名家名篇

本分——一个乡村坚守者的故事

胡云山 著

江西高校出版社
JIANGXI UNIVERSITIES AND COLLEGES PRESS

图书在版编目（CIP）数据

本分：一个乡村坚守者的故事 / 胡云山著. -- 南昌：江西高校出版社，2024.1

（名家名篇）

ISBN 978-7-5762-1999-9

Ⅰ.①本… Ⅱ.①胡… Ⅲ.①长篇小说－中国－当代 Ⅳ.① I247.5

中国版本图书馆 CIP 数据核字（2021）第 186710 号

出版发行	江西高校出版社
地　　址	江西省南昌市洪都北大道 96 号
总编室电话	（0791）88504319
销售电话	（0791）87919722
网　　址	www.juacp.com
印　　刷	永清县晔盛亚胶印有限公司
经　　销	全国新华书店
开　　本	700mm×1000mm　1/16
印　　张	17.5
字　　数	269 千字
版　　次	2024年 1 月第 1 版 2024年 1 月第 1 次印刷
书　　号	ISBN 978-7-5762-1999-9
定　　价	58.00 元

赣版权登字 -07-2021-1268

谨以此书献给以主人公尚双印为代表的乡村坚守者。

——题记

引 子

本书中写到的主人公尚双印是一个地地道道的农民，不受商品经济大潮的冲击，不受城市化进程的影响，在外表越来越华丽半商半农的乡村里，成功地恪守住了自己的本分，心甘情愿地在土地上本本分分地坚守了一生。尚双印认为人的生命和能力都有限，一生干不了几件事，在土地上坚守就是他永不动摇的本分，他主要做了三件本分事：先抓粮食生产，让饿怕了肚子的群众吃饱饭；再带领群众创办乡镇企业，解决群众缺钱花的问题；如今又在令人振奋的新时代里，以新乡贤的身份，创办文化家园，传播中华民族优秀传统文化，满足群众的精神需求。尚双印说："人活一生，不管是干啥的，本分是最基本的，也是一个人做人做事的底线。你仔细想一下，凡是出事的官人们，哪一个是守本分的？哪一个真正知道自己是谁？一顿能吃多少饭？一辈子能吃多少粮？没有吧，要是明白这个道理了，就都不会有事了。"尚双印一生的所作所为正好印证这个人的本分、本真和本心。这个人活出了生命最本质的东西，说成根本也行。他明白孔老先生说的"君子务本，本立而道生"。意思是说君子也应该是以做人之道为本，只有本立了，人间的道德才能产生。他还明白只有坚守本分的人，才能不忘初心，方得始终。他叹息那些出事的贪官们，没有坚守住做人的本分。他心中先想的是他人与社会，其次才是自己。他因为一生恪守本分做人，本分做事而活出了生命的成色。尚双印如今八十多岁了还在干事，他说人只有一生，因此活多久，就要干多久。

目录

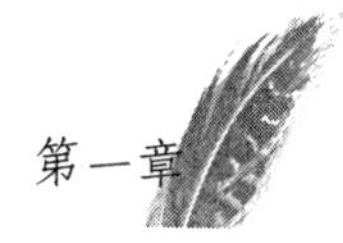

第一章

就从尚双印的奶奶领着一家人逃荒到洛南石门正式开始这本书的写作吧。

尚双印的祖上是从商州北宽坪逃难落脚到我们洛南县石门镇杨河村的。二十世纪三十年代的北宽坪地区虽属于长江流域，但山大沟深，当地人看山都得费劲地仰着脖子，日子更是恓惶得没法子过下去。农历三月份本该是绿草遍野，繁花生树，蝶飞莺啼的春光明媚时节，可眼前实际情景却是一片混沌与阴暗，这是由陕西历史上有名的大饥馑波及而来的饥饿所致。

尚双印祖籍所在的北宽坪的一道狭长的山沟里，由于连年干旱和饥饿，山野里光秃秃一片，即使在有水的地方有一点绿色的植物，也早已让饥饿的人们采摘一空。河边川道上，本来树木就少，而今所能看到的就是被人们剥光皮的树干，白花花地竖立在那儿。凡是能填充肚皮的东西，都被掘地三尺，一点不剩地找出来。眼下真是赤地千里，鸡犬不闻。

狭窄的山沟两旁散散乱乱地居住着三十来户人家，差不多已有二十户人家不堪忍受饥饿，陆陆续续逃荒而走。迫于无奈的他们逃离时用泥巴把门和窗户堵上，带上老小翻山越岭向外逃去。沟里剩下的人，不是没体力逃走，就是实在穷得起不了身，只好躺在家里等着饿死。

尚家一共有八口人，三间破房子。尚双印的爷爷是这个家里辈分最长的男人，由于家贫，尚双印的三爷光身一人。尚爷爷和尚奶奶身下有两个儿子，他们都已成家，一个是尚双印的大伯，他和妻子生有一个三岁多的女儿。老二是尚双印的父亲，和尚双印的母亲结婚一年多了，身体虚弱得怀不上孩子。

一大清早，隔房的尚三爷起来推开尚爷爷家的门，有气无力地问："都起来了没有？"

"没有。"只听到一声微弱的声音在破棉絮下回应道，是尚奶奶有气无力的应答声。

"娃儿们还都在睡哩？"

"哪能睡着？是饿得没有力气说话。"

"我哥呢？"

"我咋忘了叫一声呢？"

只见被子动了一下，"没事，还活着。"

"嫂子，你来一下，我弄到了一点能吃的东西。"

"你……这年头到哪儿弄的？"

"从刘三家弄的。"

"你……这年头可不敢做造孽的事。"

"刘三全家都死了，一家五口，全走了。"

尚奶奶大半天没说话。

"你咋知道那儿有吃的？"

"我看见老鼠钻进炕洞里，就估计有吃的。老鼠让我吃掉了，这点东西我就拿回来了。"

尚奶奶一看是小半袋搅和在一起的玉米渣和麦麸子，她双手轻轻地抱住这点东西，面容凄然。

"唉，可怜一家人，咋就这样去了！"

"别难过了。咱们现在只有靠这点东西支撑着逃出去。"

"可是，咱家人多，往哪儿逃呀？"

"这儿还有一点观音土，搅和些木渣子，还能凑合着对付两天，你们全部带走。"

尚奶奶看着一向不太守本分的三弟，要搁在往日，嘴上免不了要去数落几句，可眼下这种境况，心中早已经没有了埋怨，反倒觉得老三此时也怪可怜的。

尚奶奶没有说什么，就动手加水，把这些能当成吃食的东西做起来。

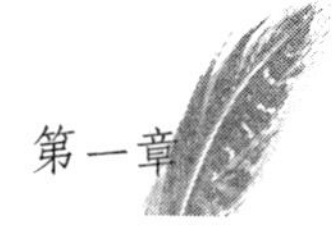

尚三爷坐下来烧火，不大工夫，就烙了半笼饼子。

“二嫂，不如把大家都叫起来，你们都吃点东西，带上孩子们赶紧走。这一家子人，我哥身体不好，大大小小的就都靠你了。我光棍一条，也就哪里都不去了，给咱把家守住算了。”

“你胡说些什么，要走大家一起走，一个都不能留下。再说了，我一个妇道人家，出了门不知道东南西北，给哪儿走呢？”

“走出去了再说。走吧，今天就走，多一点吃的，就能多走一点路。就能活命。迟了，怕吃的不够了。”

“三叔，三叔，我大（爸）不行了，你们赶紧过来看看。”

尚奶奶顺手拿了一个饼子跑过去，只见尚爷爷头垂在胸前，只有出的气，没有入的气，旁边围着面黄肌瘦的儿子和儿媳。

尚三爷附身在尚爷爷的耳边轻轻地说：“哥，你睁开眼睛看看，有吃的了，够一家人吃好几天哩。”

尚爷爷慢慢地睁开眼，用手摸了摸饼子，用鼻子闻了闻，喃喃地说：“有救了，有救了，孩子们都有救了……”

“你吃点儿，吃点就没事了。”

尚爷爷勉强睁眼看了一会儿，用尽最后的一点力气说：“走吧，走出去，带好孩子，带好一家人，一定要活下去……别管我了……”尚爷爷说着说着就闭上了眼睛，再也没有睁开。

由于饥饿，全家人根本没有声音哭出来。

尚三爷劝说道：“二嫂，你带着娃们快走吧，二哥的后事，就由我来处理吧。”

“这不行，你一个人不行。”

“就这么一点吃的，再不走，一大家子人，一个都活不成。”

尚奶奶不敢多想，走字一出口，她就成了泪人了，让人看不下去。

“走吧，带好一家人。把这点能吃的全部带走。”

“给你留几个。”

“不用了，都带上，差一口，多一口不显得，少一块就是要命的光景。”

二人争执了半天，终于给尚三爷留下五个饼子。

全家挥泪而别。

没走几步，尚三爷拿着那几个饼子撵上来，硬要让他们全部带走，说他用不着了。

尚奶奶感到有些不对劲，赶紧回头向回走。

尚三爷进门后，把门关紧，用一口破缸把门顶紧，然后一头撞向墙边，咽气之前拼了命对外喊："带上那些饼子赶紧走人，别管我……"

尚奶奶在门外站了会儿，她突然跪在地上，把五个残缺不全的饼子顶在头上。

此时正是中午，太阳白花花地照着。

走吧，走。尚奶奶想全家人的性命都在她一个人的肩上扛着，她咬紧牙关，一句话不吭，心里只有一个想法，一定要让走出来的人活下去。

尚奶奶领着一家人顺着荆棘丛生、弯弯曲曲的羊肠小道朝北行走着。

白天过涧翻岭，黑夜在山洞歇息，昏天黑地毫无目标地走了不知多少日子，终于在一天的天黑时分，尚奶奶带着一家人来到洛河边一个影影绰绰的村庄前。

尚奶奶想进村碰碰运气，就向一个就近的院落走去。

这个院落看来还不小，大门虚掩着，尚奶奶推开门，结果碰到一户姓刘的好人家。一家人在这里吃上了一顿饱饭，还在人家的磨坊里住了一宿。

第二天，尚奶奶带着一家人吃完饭要走人，老主人问尚奶奶去哪里。尚奶奶说："冒走哩，走到哪算哪，哪里能吃上饭就在哪里停，哪儿天黑哪儿歇吧。"

老主人说："去石门吧，我听说那儿有一个富户开粥棚舍饭，不如先到那里去，一天喝上一碗半碗的，人沾一点五谷杂粮，吃不饱，但也饿不死，先混过这些日子再说。"

尚奶奶千恩万谢地离开刘家，临走时，刘太太又给每人带了一个窝窝头。

"这儿离石门也不算远，赶在天黑之前就能到那儿，路上小心。"

尚奶奶一家人离开刘家，又开始了流浪，不过这次是有目的的，再加上连续吃了两顿饱饭，走起路来有了力气，也就快了许多。

一路上遇到赶去石门吃舍饭的人不少。

一家人在太阳下山之时到了石门。这里确实是个好地方，四面环山，

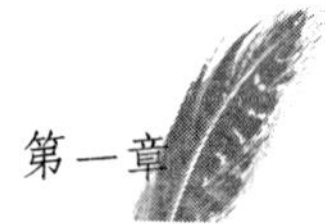

土地宽阔，中间石门河缓缓流过。聚集到这里的人都是从四面八方而来，此时已天黑，逃荒的人三人一堆五人一簇，或在树下，或在人家的台阶上，也有的人有气无力地向这地方赶。尚家人站在这人生地不熟的地方，不知如何是好。赶了一天的路程，早已困乏不堪，他们在一家人的台阶上躺下来，等待天亮。

天还不太亮，逃荒的人就急急忙忙去排队。尚奶奶带着一家人也排在了长长的队伍之后。

开舍饭的富户是山西新城人，他的资产有六百多块现洋，在当时的石门生意做得非常大。他为人和善，不忍心看到饥民饿死，就大行善事，设粥棚，开舍饭一个月，每天放饭一次。

时间虽然难熬，但也过得很快。

洛南山也发生了一点小小的变化，下了几场小雨。一有雨水，地面就绿了，一有绿色，人们就有了活下去的希望。尚二嫂家的人一边靠吃舍饭度日，一边四处讨饭。眼看吃舍饭的日期就要到头了，聚集在这里逃荒的人为了各自生活，也陆续慢慢地散去，有的继续逃荒，有的返回家园。

尚奶奶对孩子们说："石门这地方不错，我们就在这里不走了。"

尚家人在一个偏僻地方的戏楼上住下来。

不知不觉半年就过去了，天气逐渐变冷。尚家人平时靠贩卖敬神用的香表火纸走村串社，一边做些小本生意，一边靠讨饭度日。眼看一天天变冷，尚奶奶拿出一点积蓄在偏僻的地方租了间房子，一家几口人才算安顿下来。

第二章

1938 年 3 月 20 日这一天，尚双印降生到了人世间。

尚双印一岁的时候，尚奶奶闭眼离开了人世间。

作为外来户的尚家在石门没有一寸土地，尚双印的父亲就用一块现洋，在石门镇的桥河村买了一小块地，埋葬了母亲。从此家中的重担就落在了尚双印父母的肩上。

直到 1948 年，尚双印十岁那年，一家人实在是在石门街生活不下去了，他父母在石门的杨河村西沟买了两亩地，三间破房子，开始在那里居住了下来。

尚双印的伯父领着一家人回北宽坪去了。

尚双印一家五口人靠种两亩地为生，住在三间又破又小的房子里，吃不饱，穿不暖。为了使一家人能够活下去，尚双印的父亲从石门街买回一斗小麦，白天干活，晚上轮流推石磨，把小麦加工成上好的白面粉，由父亲担着到三十里外的华阳川去卖。

华阳川是洛南通往山外的一个骡马古道的站口，那里来往的人多，店铺也多。上好的白面卖给店家，剩余的少部分黑面和麸子就是全家人生存的口粮。

为了使多数儿童能学习文化，民国时期，石门曾涌现出一批热心倡办教育的人，他们以庙舍为学堂，通过捐款等方式筹集费用，兴办学校，泽被后世。他们兴办的这种学校不收学费，不论门户贵贱的儿童均可入学，因此成为义学。这样的义学，民国时期石门镇有四所。

十二岁起，尚双印在杨河村上了三年学。

新中国成立后分田地时，尚双印家分到了两亩地和一头牛。由于有地方居住，他们再也分不到房子。虽然农村发生很大的变化，但全国各地的生活都一样，经济困难，粮食短缺。吃不饱穿不暖仍然是燃眉之急。

这一年开学，尚双印已进入十六岁，在学校待了三天，连一块粗粑粑馍都吃不上，饿得他头晕眼花。

念不起书的尚双印私自决定不念书了，回家帮助大人种地上工。他年龄虽小，但干活卖力，没多长时间，生产队长就提议让他当计工员。

尚双印从小勤学好问，平日里遇到不认识的字和算不清的账，晚上就去学校问老师。日积月累，他的文化水平提高得很快。干了不到一年，上级决定把杨河村、西沟村和前沟村三个自然村合并为一个大的互助组，组长是赵连杰，一个没有文化的老头，但他为人正直，做事干练，深得村民拥护。而此时尚双印正式被任命为互助组的会计。

对尚双印来说，小小年纪当上会计，在这缺少文化的农村也算是一种荣耀和骄傲。更重要的是，尚双印一生积极干事，认真干事，就是从这时开始的。

那时的社队干部，白天要参加集体劳动，晚上到队办公室总结完成上级交给的各种任务，并安排第二天的农活。

有一次，大队交给一个重要任务，要杨河组在三天之内完成五百斤粮食的统购统销任务。

“妈呀，粮食！这到什么地方去弄啊？”尚双印一听头就大了。

赵连杰在办公室里直打转。全组不到一百户，家家都是吃了上顿没下顿，哪儿有粮食贡献出来？但这又是死任务，不完成不行。

赵连杰站着说一家，尚双印坐着登记一家，但回过头逐一核实各家情况，到最后连一家都没能确定下来。二人折腾了一个晚上，眼看鸡叫头遍，赵连杰快把办公室的地面都踏出水来，还是连一户都没确定下来。

天亮了，赵连杰在地上使劲一跺脚，说："有了。"

"谁家？"尚双印高兴地问。

"我叔。"

"他家有粮吗？"

"五百斤哩。"

"哪有那么多？"

"能弄多少算多少，先开个头儿再说。"

"就不知道他家到底有没有？"

"你不知道我叔那人勤快，开了不少荒地，可能有点粮食。"

"那你去同他商量。"

"还是你去，你人小，有话好说。"

尚双印应声去跟赵连杰他叔说去了。

不大一会儿，赵连杰他叔扛着锄头火气十足地冲着办公室而来。

赵连杰一看情形不对，回头赶紧把门关上。

赵连杰他叔在门口大骂不止："连杰，你羞先人哩，人家当干部都向着自己人哩，你倒好，专门欺负你叔哩！你娃没本事，当不了干部不会不当了，欺负不了别人就来欺负你叔来了。你到你叔家里来搜，只要能搜出粮食，你全部拿走，你叔要是挡你，反过来给你叫叔哩！"

赵连杰他叔在门口气哼哼地连打门带骂街，惊动了乡长陈生祥。陈生祥爬到窗口一看，赵连杰吓得蹲在墙角，连一个屁都不敢放。他叔在外面从老子到娘把他侄子骂了不下上百遍。陈乡长就好言相劝，让赵连杰他叔消气回家，粮食问题再不关他的事情，他们想别的办法来解决。赵连杰他叔这才转身走了。

赵连杰在心中默数着他叔的脚步声走远后，这才腾地站起来开了门。陈乡长进门一看，一夜没睡觉的赵连杰双眼通红，心先软了下来。

"实在不行，想别的办法。"陈乡长说。

"求求乡长大人，这组长我当不成了，你选别人吧。"

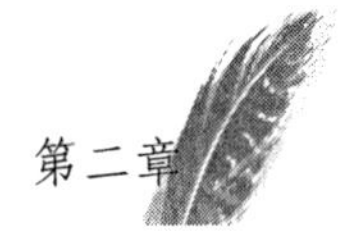

“选谁呢，我看还是你来当最合适不过。”

“你也看见了，任务完不成，我想先拿我叔开刀，可连我叔都不给我面子，还差点要了我的命。”

“你工作认真，责任心强，大家都看到了。这就叫大义灭亲。再说了乡上也知道眼下粮食紧缺，实在不行我给乡上汇报实情，能免就免了。”

“这能行吗？”

“试试看吧。”

赵连杰一看陈乡长松了口，就急忙对尚双印说：“双印子，天不早了，社员还在等着咱们去安排活路哩，咱赶紧走。”

半路上，赵连杰放慢了脚步对尚双印说：“这就是工作经验，你以后学着点儿，要不今天的事就没法交代。”

“你这样做，本身就是不守做人的本分，耍滑头演戏给人看哩，我学你这干什么。”

“没办法呀，我要是坚守我这组长的本分，不折不扣地完成乡政府分配给咱们互助组的任务，咱们的群众就要跟着我挨饿，你知道咱这下救了三个村的人。”

“总之，对上面的任务没完成。”

“没完成就没完成，先拖一下。以后要多在地上想办法，领导群众好好干，多打粮食，啥任务来了都不怕。你还小，要实实在在地做事。不管什么事要多留心眼，不要做没良心的事。”

尚双印不完全知道赵连杰今天怎么了，一时间讲了这么多的大道理。他跟在赵连杰的屁股后面，认认真真地听着，仔仔细细地琢磨着，一种无声无息的东西正悄悄地渗入到他的思想意识之中，为他以后的做人干事奠定了基础。

好不容易到了夏末秋初，田地里的庄稼长势虽然比往年好一点，但吃不到嘴里，饥饿依然折磨着人。

赵连杰和尚双印夜里在互助组的办公室里核对了当天的劳力出工情

况，再把当天的劳动做了一个小结，谋划好了第二天的活路后，已是深夜。

二人饿得实在撑不住，头冒虚汗。

赵连杰让尚双印在办公室静静待着，他出去想办法弄点能吃的东西。

“到处都干干净净的，你从哪里弄哩？”

“出去了再说。看能有啥菜叶菜根的，只要能吃就行。”

外边一片漆黑，赵连杰消失在漆黑的夜里。

尚双印在办公室里不安地等待着。

赵连杰进门后小心翼翼地从怀里拿出一根黄瓜。

“妈呀，这可是好东西。”

“咔嚓”一声，黄瓜分成了两半，顿时房子里清香满溢。赵连杰把稍长的一半给了尚双印。尚双印接过半根黄瓜并没有很快地吃下去，而是细细地看着，心中想这东西竟能吃，能吃为什么不到处都生长呢？要是遍地都生长这东西的话，就省得让人饿得眼睛发花。

“你赶紧吃，我都吃完了，省得让我看你吃，那我受不了。”

“吃。”尚双印索性三下两下解决了手中那半根黄瓜，然后问：“这么高贵的东西，你是从哪里弄来的？”

“好娃哩，你就别问了，我找了大片地，就找到它一根，也算是老天可怜咱们，趁这会儿还能压住一点饿，咱赶紧回家睡觉吧。”

第二天晚上，尚双印和赵连杰正在办公室里核对记账，办公室的破门发出一声咣的狂响，黄瓜的主人何老汉气冲冲地破门而入。

“咋的啦？出啥事了？”赵连杰自我紧张地问道。

何老汉气得半天说不出话。

“是不是哪饿死人了？”赵连杰又心虚地问道。

“不是饿死人了，是撑死人了！”

“不着急，你慢慢说。”赵连杰此时心中也明白发生了什么事，但一副着急又冷静的样子让小会计为他捏一把汗，终究无法掩盖心中的内疚。

“哪个天杀的昨晚把我黄瓜种偷摘跑了。”

“是这事，也是个大事，不偷别的就偷黄瓜种子，这也太缺德了。不过你还有几个黄瓜种子？会不会影响到明年没啥种？”

“我的领导呀，就那么一个宝贝蛋蛋，都留了一个多月了，其余的不等长到指头粗，就拿去卖了。一家人就指望它换点麸子过活哩。再说眼看秋天到了，再也结不下黄瓜了，就是结下也留不成种子了。明年咋办呀？”

“查，一定要查出来。”赵连杰信誓旦旦地说。

“查个球。我只是气得不行才来找你们。唉，现在谁不饿哩？”

赵连杰给何老汉卷了一根旱烟点着火，老汉抽了一口烟，气哼哼地走了。

赵连杰半天不吭气。

“咋办呀，主任。”尚双印问。

“能咋办？吃了就没办法了。”

“是不是想办法给人家还上？”

“拿啥还哩，不言传，这事情就过去了。”

“那不成昧良心的事情了？”

“是昧良心的事，但不是昧多大良心的事情，以后借机会给人家讲明就是了。”

第三章

二十世纪六十年代，由张士燮作词、王玉西作曲、郭兰英演唱的反映农民生活的优秀群众歌曲《社员都是向阳花》在全国广泛传唱，这首歌曲音调优美，旋律流畅，情绪轻松活泼，反映了当时农民群众战胜自然灾害的乐观精神和走社会主义道路的坚定信心。原歌词如下：

公社是棵常青藤
社员都是藤上的瓜
瓜儿连着藤
藤儿牵着瓜
藤儿越肥瓜儿越甜
藤儿越壮瓜儿越大
公社的青藤连万家
齐心合力种庄稼
手勤庄稼好
心齐力量大
……

这首歌自然也传唱到了石门杨河。

尚双印就是在这一时期当上生产合作社的会计助理的。

饥饿一路伴随着尚双印到十九岁，这样的日子还不知道要跟随他多久。从十六岁涉世至今，他看到的事情和经历的事情的确不少。他这个只读过初小的年轻人，从小组记工员一路干到了生产合作社的会计助理，在这期间他认识和学习了好多东西，最对他有益的是在劳动和实践中，他学会了

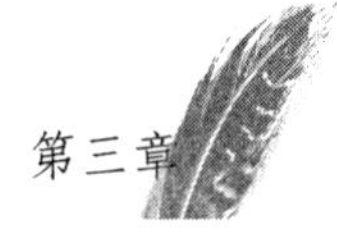

用眼睛看问题，动脑子分析问题。上级分配的各种劳动任务，他总是想方设法一个人独立完成。

已经有了自觉的责任意识的尚双印就开始思考怎样才能让乡亲们不再忍受饥饿的折磨。

要解决饥饿的问题，首先要解决粮食问题。可是粮食如此奇缺，到哪里弄来呀？粮食是从地里生产出来的，从种到收需要漫长的过程，期间风雨旱涝不是人力能控制得了的事。怎样才能控制旱涝？怎样才能让庄稼缩短收获期？……一系列天真又可笑的想法有时能让他专注地想上好几个小时。

尚双印有时一个人坐在没人处苦思冥想，把头都想破了，还是想不出一点办法来。眼下就是这个样子，不如从简单的地方想起，先从一家一户想起，然后再做，如果成功了，再推向大众。

先从自己的家庭分析。

整个冬季，尚双印的父亲是他们家中的主要劳力，他天不亮去四五十里地以外的栗峪深山里挑上一担木炭，下午四五点才能把一担木炭挑回到石门街去贩卖，有时弄得好了，一天就能卖完，有时要两天才能卖完，一担拼了命担回的木炭，最多能挣到一块钱。一块钱能干什么？这在当时的石门街，一斤红薯馍是三毛五，而二十里以外的麻坪街是三毛钱一斤，为了节省这五分钱，父亲又翻山越岭走二十多里路来到麻坪街，为的是一块钱能多买回五两红薯馍。

春季正是最难熬的日子，大人们要在地里劳动，家里的事就落在了小孩子们的身上。

尚双印的妹妹不到七岁，整天在地里寻着挖野菜。

当时家家户户都在挖食野菜，所以能吃的野菜少之又少。能挖到的东西就是生命力极其顽强的刺蓟。刺蓟是一种学名叫小蓟的野生植物，它的叶子两端长满了小刺儿，所以农村人叫它小刺蓟。还有一种生命力旺盛的植物叫苦荬子，也就是苦苦菜，再就是土生土长的一种叫构树的叶子。当然像榆钱儿、杨树叶、柳树叶在那时都是上好的充饥食物，只可惜都太少了。

尚双印的妹妹在有限的春夏季节里，紧巴劲地连采摘带晾晒野菜，然后再把晾干的野菜储存起来。她瘦小的身影在田间地头不停地劳作着，整整一个季节过去，妹妹手上流血就没有停过。那时节的孩子们都知道，不这样做，到了冬季和来年春上青黄不接的日子，就得出去讨饭或者饿肚子。

春夏季过去了，尚双印的妹妹给家里储存了三大囤的干野菜。尚双印生怕这些东西还让一家人过不了冬，秋后就用一毛钱一笼买回些小豆叶子。小豆是一种到死了都不落叶的植物，所以待收成后，他家把打下的叶子弄干净，本来是为猪预备的吃食，但在没办法的情况下，人照吃不误。到冬天把这些干叶子弄出来，一次一大笼，泡在水里，等发起来，然后再去掉多余的水分，放在锅里，大半锅的糠加一碗玉米粗粑粑和在一起蒸熟，一家六口人要吃上三天，这样的日子一直要持续到来年的三四月。

那时候，家家户户都在吃糠咽菜，所以能轻易弄到的野菜并不多。有的人到了冬天，连这些野菜都会断顿儿，只好拿着口袋东借西借。好在那样艰苦的年代，乡亲们的人情味十足，人们都相互帮衬，彼此接济，共渡难关。

有一天，上级来通知让抓紧搞人口普查，要求必须在五天之内完成任务，还要求必须是挨家挨户地去登记：男女性别，年龄大小，家庭成员人数，出生年月日等项目必须登记得清清楚楚。

这项任务自然就落到尚双印的头上。

由于登记起来本身就相当麻烦，再加上东峰第二生产合作社属于丘陵和小盆地相互参差地形，人口居住相当分散，有个别的户要走上大半天才能到。而当时合作社办公用的都是毛笔和墨水，携带起来很不方便。白天东跑西窜，胡乱地在草纸记录下来，晚上在煤油灯下加班加点再进行誊写。既费时费力，到时肯定还无法完成任务。

机灵的尚双印想了一个好办法，他先在办公室里画了一个方框框，上面标明户主姓名、性别、年龄、出生日期，然后再画上好多格格，他一连在家里画了两天两夜，画好了一大本子方框框，他才开始逐家逐户地去填写。没想到他的这一方法还真灵。再用了两天两夜的工夫，终于把合作社下属十五个自然村队的登记用方框框的形式交了上去。

全石门镇当时就数尚双印他们的合作社地域最大，人口最多，没想到

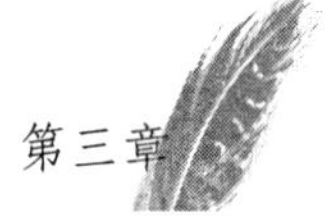

是他第一个完成任务。会计雷宪岳一看，对尚双印大加赞赏，夸这娃真灵性，用这种办法，既简单明了，又省时省事。

大部分合作社的任务在五天内都没有完成，有的甚至连一半都没完成。镇上领导批示在全石门推广尚双印的方框框办法，其结果是全石门在全县率先完成了人口普查任务。说穿了这种办法就是一种统计表，在当时根本不普遍应用。但尚双印能独自想出来，也实属不易。他的工作踏实和成就也引起了县上的重视，得到了表扬。

第四章

1965年的夏季，石门地区承蒙老天的眷顾，多偏了几场雨，地里的庄稼呈现出多年不曾见过的好长势。

庄稼人的心中充满了希望，同时也隐藏着一分担忧。因为此时庄稼只能算是一把草，等到秋后庄稼收回家，才算是收成。

在高温高湿的气候条件下，田地里的庄稼一路疯长，一天一个样，到了六月半前后，碧绿的玉米拔节，长出了红缨子，不久玉米棒子就看得一清二楚。

石门到处在传播着一种不好的消息，说是洛南好多地方都有山洪暴发，破坏田地，冲毁房屋，河堤倒塌，淹没好多庄稼。

虽然水灾在洛南的别处时有发生，但石门地区的天气依然赤日炎炎，没有一点要下雨的迹象。

不管怎样，抗洪救灾的准备工作不能少。

石门河发源于秦岭山脉，由北向南而去。河流由秦岭山脉中沟沟汊汊的小溪汇集而成，当河水流到石门区的中心地带时，进入一片比较开阔的地方，沿河两岸居住着稠密的人家，分布着大面积的土地。为了修造更多的良田，农民不惜与河流争抢地盘。在河两边修建河堤，把河道夹在了中间。

烈日炎炎下，三百人分布在河道中，把河道里面的石头全部集中到河道中心，小石头一人扛，大一点的两人抬，再大的就用钎子打开朝外运。沿河道两边开始挖地基，挖出来的石沙和堆积起来的石块连成了一体，水从石头的缝隙中缓缓挤出，好在此时水流不算大。

尚双印就是这三百多人的带头人。不到一个星期，全线2000多米长的河道中间全部堆满了沙石。越是这个时候，人们心中也越紧张，上级领导也明白，一旦有洪水发生，河道中的这些沙石无疑是一个大隐患。所以300个劳力在没日没夜地干着。

这个工程在洛南也是数一数二的大工程，县上的领导也时不时地前来察看，有的甚至在此蹲点指导。由于杨河地段是石门河的入口处，也是两岸良田的最上端，一旦河水从这里决堤，下面的几百亩土地也将受到冲击。

工作组安排总组长尚双印严把这一关。在这里堆积的石块最大也最多，把个进入口封得死死的。两边的地基还在深挖中。为了以防万一，石门公社决定又从各大队再抽出200个劳力来援助。先从下游的两岸开始向上砌河堤，一步一步把河道中的沙石清理掉。

为了加快进度，当时全县唯一的一台75型链条式拖拉机被开到了现场来支援。

这大家伙在当时见过的人少，干起活来，一个人顶成百人，是人们眼中的宝贝。所以有人说，那家伙一条命能顶人一百条命。

不到半月时间，两千米长的河堤已完成了一千八百米，只剩下入口处的二百多米。这时工作组也松了一口气，心也慢慢地放下了。由于河道小，用不了这么多的人，公社又决定把两百名社员解散回去，剩下的活由原先的三百人继续完成，75型拖拉机也继续全力配合。

时令到了七月中旬，天气奇热，河边柳树上的知了一大早就聒噪不止，一直叫到日落天黑，有时大半夜的也在叫着。

这叫声让对天气变化有经验的人感到有些异常。

晚上收工后，近处的人回家去了，远处的人就在工地上将就一晚，大热天又不冷，一会儿天就亮了。王民山的家离这儿不到百米。由于白天干活累，他叫上尚双印去他家将就一晚，到了王民山家，尚双印一看，哪有啥家呀？他家房子眼看都快要倒下来了。

“你这房子还能住人吗？”

“分老地主家的，将就着住一晚上吧。”

“要不咱们住河边，那儿凉快。”

“听你的。”

王民山顺手拉了一张破席子，二人就在路边躺下了。但是无论如何就是睡不着，尚双印默默地看着天上数不清的星星，就瞎想人活到这个世上到底是弄啥来了。

“睡不着吗？”

“睡不着。”

“你说这洪水要是突然来了，我们这么多的人哩，咋能一下子逃离这河道呢？”

“你净瞎想。”

“不是睡不着吗？想想也无妨。如果真的来了咋办？”

“我不知道，你说咋办？”

“要我说，最好的办法是用绳子拉。”

“绳子……绳子……”尚双印说着说着就睡着了。

第二天，一大清早没有一丝丝的凉意，人们还没有干活，就汗流满面。

尚双印的心中烦躁不安，又说不清理由，是无端的。

一直到十点前后都是这样，尚双印偷偷地安排了几个可靠的老年人到近处的村子里收集绳子，然后细心地结在一起，越多越好。

公社王书记把尚双印悄悄地叫到没人处问道：“你叫人偷偷地弄恁多绳子干啥用？”

尚双印脸一红，不知道如何回答。

“我是私下和你说的，不用怕，有啥说啥。”

“我总担心怕有什么事要发生？”

“什么事？”

“说不清，只是感觉不妙。”

“其实我心里也有点惊慌。”王书记说。

“就是说不清，反正叫人胆战心惊。”

“算了，你想怎么做就怎么做，跟着感觉走，没事更好。”

“知道了。”

“私下干，别嚷嚷出去了。影响不好。”

“知道了。请王书记放心。”

王书记也来来回回在河堤上到处查看，生怕哪儿出现不安全问题和意料不到的隐患。走了大半天，还是一点漏洞都没有发现。这令他心中更加不安。

吃完午饭后，尚双印暗中又派刘三老汉到对面的老龙山顶去，刘三是个见多识广的老年人。

“娃，你叫我上那山顶干啥？”

“你上到山顶的最高处，那地方看得远，能看到秦岭主山脉是啥天气。这一两天我总感到有点不对劲，总怕发洪水。咱们这么多的人窝在河道里干活，万一洪水来了，一时撤不走，谁冲走了咋办？”

“你这娃心细，我也有点同样的担心。”“有时下大雨闪电，有时不，所以只要看到上面大黑云就得提防着。”

“成，如果有啥问题，你看我的手势就行了。”

“不要让人知道。”

“好的。”

石门四面环山，能看到的范围极其有限。每年夏季，这儿还青天白日的，上边突然就有大水冲下来，有人一时躲不及就被洪水冲走了，每年这河里都有被冲走的人。

两点过了，还是没有动静。

尚双印能隐隐地听到远处有闷雷在响动，他时不时地向对面的山上观望着，留意刘三老汉有可能发来的信号。他面前的人们都正在起劲地干着活，没有人太在意远处的事情。当尚双印再次抬起头，看见刘三老汉脱下身上穿的粗布衣服，在空中不停地挥动。

尚双印心中一惊，但还是很快地冷静下来，这时只见刘老汉连滚带爬地向下而来。由于距离太远，一时无法看得非常清楚，他目不转睛地注视着那儿，确实看见刘老汉站在一块巨石上不停地挥动衣服。这次他看清了，赶快爬到河道中垒起的石堆上，大声喊：“全体集合，全体紧急集合，快点，不能耽搁！”

人们正干得带劲儿，让突然集合不知是发生了什么事，都你看看我，我看看你，不知道该咋办。

工作组的干部一看尚双印突然发下这样的命令，一时间也弄愣怔了。

"双印，你这是疯了，大伙都正干活哩，你叫人集合起来干啥呀？"

"要发大水了。"

"你简直是睁着眼睛说瞎话哩，青天白日的，你说啥梦话哩？哪儿来的洪水？"

"赶紧让人撤，让人撤。赶紧把准备好的绳子沿着河道中的石堆拉到对面的大树下，然后再死死地拴在大树上。"

一时间，人们不知道听谁的。有几个老实一点的人把绳子拉过来，其余的人手中拿着工具呆呆地站在那儿干瞪眼。

尚双印让人把绳子分别拴到两岸的大树上，绳子中间紧挨着河道中堆积的沙石上。几个听话的小伙子，把绳子从这边拉过去，拴到对面的大树上，由于绳子有多余的，又从对面的树上拉过来，结实地拴好。领导一看人都停下了，大声叫着尚双印的名字，厉声说赶快叫人干活，再妖言惑众，小心法办。

正在说话间，突然有人说："洪水下来了。"

紧接着就听到了河水的呼啸声。

"这是河头，大水还在后面呢。"

"赶紧火速撤离！"不知谁喊了一句，河道中的人急忙扔下手中的工具，人们蜂拥向两边的河堤上。

这时就看见上面灰黄色的河水来势凶猛，转眼间就淹没了眼前的一切。有几个小伙子来不及从水中逃走，急忙抓住手中的绳子才走出水面。由于河道中堆积的沙石，洪水受阻，开始向两边寻找出路，其势锐不可当。洪水中夹带着从上游冲下来的树枝和杂物，一股脑儿地涌向河道中，涌向堆积的沙石，水中的树枝和杂物在沙石边很快形成了一道牢固堤坝。水突然疯狂地向两边涨来。不一会儿就进入上边的村庄里。就在这时，村中传来哭喊声，有的房子开始塌下来。突然又有人喊河堤决口了，洪水进入到田地里了，玉米倒下了。这时到处传来了哭喊声，有的人不顾生命危险，跳进地里，死死抱住将要倒下的玉米。洪水的怒吼声夹杂着水中石块的撞击声，再加上两岸的哭喊声，简直到了惊天动地的地步。

尚双印静静地站在河道中堆积起来的沙石上，眼看着就要被洪水淹没。他的手死死地抓住拴在对岸树上的绳子，呆呆地看着不断猛涨的洪水。

王书记说要设法把尚双印救出来。

面对这样大的洪水，没有一个敢下水。站在那儿的尚双印，此时忘记了自己身在何处，他一心想着洪水赶快退去，但事与愿违，洪水还在继续向上涨。

这时，王民山脱下衣服，光着膀子，拉着绳子一点一点地从水中向尚双印靠近，不知过了多长时间，总算来到了尚双印的脚下，他还愣在那儿，对于王民山的到来，他一无所知。王民山用尽了最后的一点力气，总算站到了他的面前，不由分说，就狠狠地给了尚双印一个响亮的耳光。

尚双印一手捂着脸，平静地说："我没事，你看如果水能把咱们脚下的这道水坝冲开，两边的田地就没事了。"

"冲你先人个头，水坝冲开，你小子不知死到哪儿去了，还能站这儿说话，赶紧走。"

王民山死活拖住尚双印向水中走去，费了好大的工夫才来到了对岸。

尚双印刚一站稳，王书记就又给了他一耳光。这一耳光好像给他打出了一个好主意。

"有了，有办法了。"尚双印拍着手高兴地说。

"疯了，我看那小子多半是疯了。"

"快，拿炸药，只要把河中间的堆积的沙石炸开了，洪水排泄而下，两边的田地就没事了，庄稼就能保住了。"

"好主意，保住庄稼是首要问题。"

"好主意就赶快行动。"

不到五分钟的时间，人们相互帮忙就装置好了两大包炸药，但要把炸药包放置在洪流中的沙石下谈何容易。面对如此大的洪流，人们都胆战心惊。再看河两岸，到处传来妇女和老人的哭声，玉米在继续泄下的洪水中不停地倒伏。

不能再多想了，也不容再多想了。

"走吧，看来只有咱们两人了。"

"走！"王民山坚定地说。

尚双印和王民山夹着炸药包，把准备用于点火的东西放在一个木盒子里，外面用油纸包好，挂在脖子上。手拉着绳子跃向洪流里，一个巨浪打来，二人立刻淹没在水中，好久好久都不见露出水面，站在上面观看的人此时都为他们捏着一把汗。突然有人惊喜地说："看，出来了。马上就到地方了。"这时人们才看到他和王民山借着绳子已经游到沙石堆上，眼看水快要把沙石堆淹没了，他们周围都是波涛汹涌的洪水。炸药必须放置在水下面的沙石中，如果放不到好的位置，这样的爆破等于是零。

尚双印心中清楚，河道中的石块是用于修两边的河堤用的，当时为了赶进度，石块是用方量来计算的，为了便于收方，大多数的石头都码放得非常整齐，中间留有过道。此时虽然被水淹了，但中间的缝隙应该还在。他没有多想，把炸药包递给王民山，一个猛子就扎下了水面，过了好久，才从水中冒出来说："我找到地方了，你把两包炸药拴在一起，成败就在此一举了。"

"你要小心。一定要把炸药压好。"

"知道了，你放心，一定要把导火索都点燃。"

王民山点燃导火索，赶紧交给尚双印，尚双印又潜入水中。王民山站在那儿焦急地等待着，一股股蓝烟随着冒出水面的气泡破裂之后慢慢地浮在水面。此时还不见尚双印上来，急得王民山的心腾腾直跳，又等了好久，只见尚双印从水中出来，大口大口地喘着粗气。

"赶紧跑吧，要不绳子炸断了，我们就完了。"

"走！"

二人抓住绳子又向回撤，还没等上岸，突然传来两声沉闷的巨响，石块垒积起来的水坝突然塌陷，洪水像猛兽一样向下游猛冲而去，一时间洪水声和石块的撞击声惊天动地。

夏季的洪水涨得快也落得快，不到一个小时，洪水就退下去了。

事后，据上游的人说，这是一场罕见的大雨，前后不到十五分钟，就毁坏了十几座房屋。

过后，石门区委区公所召开大会，尚双印和王民山作为好样的小伙子被请上台亮了一回相。

二人走下主席台，王民山叽咕道："就让咱们亮一下相就完事了？"

"啥都别说了，只要土地和庄稼保住比啥都好。"

"听你的，只要有饭吃就行了。"

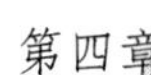

随后，洛南县广播电台连续十天报道了石门这次抗洪救灾的事件，高度地赞扬了尚双印和王民山奋不顾身的英雄事迹。商洛地区广播电台连续报道了半个月。

尚双印和王民山在石门地区一下子成了红人，他们的所作所为人尽皆知。

从此，尚双印在村里人的心目中成了大英雄和救命恩人。

第五章

一天晚上，杨河大队开干部会，所有成员都到了，就差尚双印一人。

等了一会儿，尚双印仍没到。

又等了大半天，还没见尚双印的人影。

雷军堂支书拍起桌子说：“这小伙子太不像话了，做出点成绩就张狂得不得了了，尾巴就翘到天上去了，开会也不按时参加了。”

有人随声应和雷支书的话说：“就是张狂得都不知道自己姓啥了，得想法子教训教训他”。

老会计雷宪岳说：“要不把这小伙子的会计助理下了，反正到年底也没有什么大事，我一个人也能干得过来。助理下了也能杀杀年轻人的傲气。”

“我看行，离了他，全大队十几个生产队还愁找不到一个会计助理？有才能的人多的是。”十一生产队的会计张华说。

张华外号叫小诸葛，能说会道，他一直想当大队会计，他深知雷宪岳老了，弄倒尚双印，会计迟早是他的。

张华这么一说，还有几个响应的。

就这样，经过大队就地会议研究，免去尚双印的会计助理职务。

这个决定是背过尚双印做出的，主要的推手是老会计雷宪岳。

尚双印知道后觉得没啥了不起，会计助理当不当是闲事，让他生气并想不通的是，老会计雷宪岳为啥要在他背后捅他一刀？而且以雷宪岳以往的为人处事，这种落井下石的事情，他是无论如何做不出的。这究竟是为

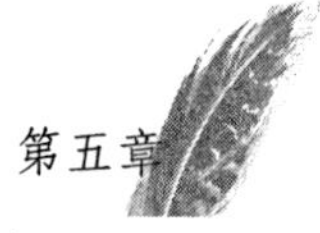

什么？他非要找老会计雷宪岳讨个说法，要弄清事实真相到底是个啥。

可是，尚双印找来找去找了半个月，连雷宪岳的人影都没找到。

尚双印打消了再找的念头，他相信凡事到底都有水落石出的一天。

一个月后，老会计雷宪岳慢腾腾地找上门来。

二人村外的小路上狭路相逢，雷宪岳停下来，尚双印没事人一样从他身边绕过。

老会计雷宪岳叫住尚双印。

“还有啥好话要说？”

“你小子别牛，明天有任务，你照办就是了。会计我先给扛着，别使小性儿。”

老会计雷宪岳一说完就头也不回地走人了。

尚双印琢磨起老会计的话来，总觉得话中有话，到最后还是琢磨不明白，心想他叫弄啥咱就弄啥，弄到底也就知道他叫咱弄啥了。

果然三天后，石门区公所和石门公社安排尚双印领人加入冬季到秦岭山里烧木炭的队伍中去。尚双印眼下手头也没什么事，他也乐于接受这一任务。

石门和麻坪两个公社参加烧炭的超过五百名社员组成的队伍浩浩荡荡地向秦岭山中进发。这一令人振奋的好势头得到了县上领导的肯定。给尚双印指定的烧木炭具体地点在秦岭山中的火龙关生产队的地盘里。

听说尚双印来了，烧炭队队长张子善带几个人前来看望，想知道这个被全县广播得让人耳朵发麻的小伙子是什么个样子。二人一见面，张子善发现尚双印给他的第一印象挺好，心里就踏实了。张子善心里还暗暗地滋生出新的想法来。

张子善毕竟五十多岁的人，虽然担任了好几年烧炭负责人，但看到今年两地来了五百多人，心中就有些胆怯，就想让尚双印出头管理。“咱们商量个事。”

“啥事，你说，我办。”

“今年你来给咱烧木炭队当队长。我老了，不行了。”

“这坚决不行。我一来就夺你的位子，我成啥人了？让人都咋看我？”

“好娃哩，帮帮叔。”

“我什么都不懂，就是有一把子力气。这烧木炭是要技术的，你是数一数二的行家，再说了烧瞎了，不但完不成任务，咱这些弟兄们就白受苦了。”

“没事，我管技术你管人，两地互相帮助，咱各自都把任务完成就是了。”

“你要这么说了也行，反正当头儿也没啥好处，一样的出力，只要带好弟兄们干好活就是了。”

依照往年的惯例，安排一部分人上山伐木，另一部分人按规定好的尺寸把木材截成备用料，再一部分人就是把备用料连扛带拉地运到烧窑现场。这些是先行的工作，还得有一部分人箍烧木炭的土窑。箍窑的行家主要是张子善，虽然算不上什么精到的技术，但一般人做不了，特别是几个要点抓不住，会严重影响到成品的数量和质量。所以箍窑是个千万马虎不得的事。

张子善是麻坪人，石门这边一天要出三个劳力换张子善一个技工来给他们箍木炭窑，这是互助的公平条件。张子善这人受大伙的欢迎和拥戴，不仅仅是因为他掌握着箍窑的技术，还因为他这个领头人干活舍得出力。因此大家在他的带动下，每年的任务都能够如期完成。据说他一人一天能砍两窑木材，这的确是一件难以想象的事。

经两家商议，决定把木炭窑集中修建在石门组所住的地方，那里正好有片地势比较开阔的地方，而且有一条小溪从旁边流过，周围还有密密麻麻的一大片橡树林，再向四周的山上一看，到处都是密不透风大大小小的橡树，所以在这片平地周边箍起上百眼窑是再合适不过的选择了。

张子善察看地形后选好了地方，提议尚双印先把坪地里的树木全部砍掉，再把地面的石块弄起来，箍窑还能派上用场，赶在第二天早上之前，把这块地方清理出来，下午他来带人箍窑。

尚双印一看，这一大片橡树林，少说也有成百方，而且里边大的树木，

水桶一样粗，放倒一棵树弄不好都得大半天，而且眼下的人工都派到山上伐木去了，只剩下他一个人咋办。

尚双印想了想，从山上把人朝回调吧，山高路远，还不如自己干，他把两把斧子磨得锋利无比。从外到里，一棵一棵地砍，斧头轮换着用，转眼工夫就砍倒了一大片。赶在天黑工人下山之前，他已经砍得不剩几棵树了。

第二天早上，尚双印起了一个大早，在工人上山前，他已经把坪里的树全砍光了，他留下几个人，把放倒的树木截成备用料，然后再搬运到一边去。

到了饭时前后，来了一个老头，把尚双印叫到一边哭丧着脸说："小伙子，咱们往日无仇近日无冤，你心咋恁狠哩！"

老人说话不紧不慢，但句句瘆人，让尚双印感到心慌。

尚双印赶紧赔着笑脸问道："叔，你说我哪里做不对了？"

"这里的树好吗？"

"好。"

"你把我祖坟的树全砍了，这是上百年的祖坟，没人敢动，你一下子就给我毁光了。"

"妈呀，那我真不知道这是你的祖坟，你看，我真不是存心的。"

"我知道，如今弄成这样了，只是活活地气死我了，你说我现在有啥办法。"

"好叔哩，事情已经弄瞎了，你说咋办，我们一定配合。"

老人长长地叹了口气说："再不敢把窑箍在我老坟上就是了。"

尚双印感到非常内疚，老人所说的一切他都答应了。

老人转身再也没有说一句话，低头慢腾腾地走了。

越是这样，尚双印越觉得心中不安。

中午张子善来了，一到现场先眼红得不行："你看，这里的条件多好，眨眼工夫，几百斤木炭就到手了。"

"事情弄瞎了，我把人家的祖坟给破坏了。"

“这是祖坟？要么说这树能长得这么好。”

“这下事大了。”

“有啥大不了的事？人家找麻烦来了？”

“倒没弄出多大的动静，就是有点让人心中不安。”

“那还怕啥？”

“听人说那老头可不是一般的人，我也见识过了，的确是有城府的人。”

“山里人，不一般又能咋？”

“听说那人在这一带山沟里可是个有名的人哩，德高望重，深受人们的敬重。”

“妈呀，那可坏了。这烧木炭最忌讳的就是那玩意儿，一旦人家使了坏，气死你都烧不成一窑木炭。你还是设法去求求人家开恩。这真不是闹着玩的。我说，你把人家的祖坟弄了，人家来没吵没闹就走了。”

“要不这样，咱俩一块去给人家赔个不是。”

“行是行，但不能空着手，拿上一瓶烧酒，一斤红糖。”

“烧酒好办，红糖就难了。”

“你供销上有熟人，走个后门不就行了吗？”

“那我明天回去办。”

“尽早不尽晚。”

第二天晚上，尚双印备好礼，和张子善一起翻山穿沟来到了老头的家里。老头一看到他们二人进了门，就气不打一处来。

“来向你老人家赔不是了。”“有啥用？”

“确实不是有意的。”

“有意量你也不敢，上百年的祖坟，说没就没了。搁给谁，谁都受不了。”

“老人家你说得对，但事情已弄成这样了，你想开一点，再别生气了。”说着，尚双印把拿来的东西递给老头。

“我要那东西有啥用？”

“是没用，但这是我们的一点悔过之心。请收下，这样我们才会心安。”

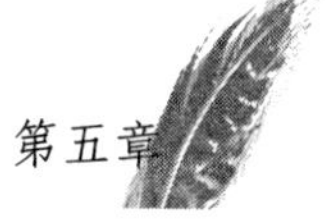

“算了吧，都是为了集体。该说的气话说了就过去了。要是再为难你们，可就是成了我的不是了。”

尚双印二人一看有门儿，就互相帮衬着千恩万谢地说了一大堆好话，老头不再说什么了，他二人赶紧退了出来，一路说着老人是好人，开通明事理。

转眼进入秋末，山里冷得早。和往年相比，这一年的烧木炭任务提前完成了一个月，是所有参与烧炭人的福分，意味着所有的人将会少在山中受苦一个月。

接下来的任务是把烧好的木炭从山中一担一担地挑出去。而要把烧成的木炭全部从山里挑出去，至少也得十来天。眼看就要回家了，人们的干劲也非常大。当第一批木炭送出山时，他们就受到了区县领导的表扬，还有领导赶到山里来看望尚双印他们。尚双印带领的这帮烧炭人吃苦肯干的好名声一下子就在社会上传开了。

第六章

秋末冬初，石门区属单位和石门公社所属单位都被不同程度地安排这样或那样的突击任务，有难以拿下的事情，就有人前来找尚双印给想办法或代为完成。

其中有一次，公路上有些活要突击完成，一时调不出那么多的人力，有人进入山中求尚双印帮忙，尚双印一次给了三十多个劳力，这三十个人在外搞收入，那时在公路上干活的收入较高。其余的人留在山中，继续把烧好堆积在一起的木炭通过肩挑背扛的办法向山下转运。

过了几天，离火龙关五十里地的山外桃下火车站派人来叫尚双印给安排人去下水泥。一听说又有钱可挣，大家不管干啥活都很出力。尚双印亲自选出十二个精壮劳力向桃下火车站出发，到了那里，站上领导说，每吨水泥码放整齐，是一块八毛钱，共计是一百五十吨水泥，必须在有限的时间内完成，不能耽误了火车的启程时间，如果出了问题一分钱没有。

“干吧。”

由两个人专门负责把水泥抬到其他人的肩膀上，每人一次三袋。那时候的水泥是用牛皮纸包装，又硬又滑，扛起来确实不易。风风火火地干了不到一个小时，就有人喊受不了啦。

尚双印说：“饥荒年代没饿死，今天死都得干。”

又过了不长时间，尚双印发现自己扛的水泥袋上有了血迹，一看自己的肩膀并没有破，发现是抬水泥袋子的人手上的血，他赶紧让人轮换着抬袋子，又干了不长时间，发现大部分人的肩膀上都出了血，都被水泥袋磨破了。

为了确保完成任务，大家都咬紧牙关，忍受着火辣辣的疼痛来来回回地奔忙着，等到火车一阵狂鸣时，车皮上的水泥终于全部下完了，大家都松了一口气，纷纷倒卧在铁道边的石子上喘气歇息。

洛南人这样豁出命的干劲把车站的领导也看傻了。最让他们想不明白的是，那时的人普遍饥饿，在吃不饱的情况下，还能完成如此高难度的体力活，真是叫人佩服不已。

车站领导给他们结完账后对尚双印说："你这老头还真行。"

尚双印一听差点晕过去，自己才刚三十出头，就被人称起老头来了，心中肯定不太美气。但又一想，自己在山中都待了几个月了，没洗过脸，没理过发，不像老头也差不多了，人家叫就索性让人家叫吧，钱让大伙挣到手了，也不用给人家解释了，反正对他来说折不了啥。

看着倒卧在地上休息的那些可怜的乡亲们，他心中也很不是滋味。于是他对车站的领导说："看在给你们干活的分上，给每人半个馍吧，让吃一口东西，好翻山回家。"

"这倒是件难事，我得同几个干部商量一下。"

"可怜可怜我们这些下苦的人吧。"

不一会儿，那个领导笑嘻嘻地来了，说："能成，稍等。"

又一会儿后，一个师傅把馍拿来了，不是每人半个，而是每人一个。

看着又大又白的麦面馍，馋得人直流口水，不知道多少年了，大伙都没能吃上这样的馍。也不知道过多少年后，大家每天都能吃上这样的馍。

在返回的路上，有的人一点一点地吃着馍，有的人流下了眼泪说："只可惜不能给家里的娃娃们尝一口。"一个人这样一说，大部分人都流下了眼泪，这样的泪水只有那时的人体味最深。

干了大半天，差点拼了命，每个人才分到十三四块钱，除了要给队上交百分之八十外，剩下的不到两三块钱，这两三块钱还要分到在家里烧炭的那些劳力头上，所以也剩不了几个钱了。好在他们在外一直有活干，所以平均起来，还有几个钱，这在当时可是件天大的好事。

桃下火车站的领导想从山里买一副十二个头的棺木板，尚双印答应了，三天后的一个晚上，他独自一个人，每次扛四块，摸着黑穿林跃涧，赶在天亮之前全部送到桃下界，回来后还要安排当天的生产。

尚双印帮人家的目的是为了给大家能从火车站弄到更多的活干。

第七章

尚双印接到公社的通知。通知要求所有参加烧炭的社员们农历十月底前必须从山中撤回，上冻之前，木炭要全部分发到各个单位。

进入冬季，大搞农田基本建设的任务一个接着一个，人们白天干活，晚上加班。各大队的任务也是两天一增加，三天一调整，农民根本没有消停的时候。

尚双印带着烧炭的民工们蓬头垢面地回到了村上。

经杨河大队开会商议，参加烧炭的民工不能解散，仍然由尚双印带领深翻土地。

杨河大队各个生产小队眼下土地深翻的任务非常艰巨紧迫，必须在上冻之前完成，如果完不成就会影响到下一年的生产安排。眼看上冻要不了十五天时间，在十五天之内完不成任务就会留下大麻烦。

人人都能看出来，全大队合计起来有好几百亩土地，一锨一锨地翻，别说是十五天，就是二十五天也白搭。

这任务只能交尚双印来完成，别的人没有这样的本事。

说这样话的人，一方面是想看尚双印的笑话，另一方面也有他自己的目的。

只有老会计雷宪岳心中最明白。

大队开会，各生产小队的队长和会计都到了，通过商议决定让尚双印来领导完成这一任务。

雷宪岳说："尚双印既不是杨河生产大队干部，也不是生产队上干部，叫人家带上劳力干名不正言不顺，怕是叫不动哩。"

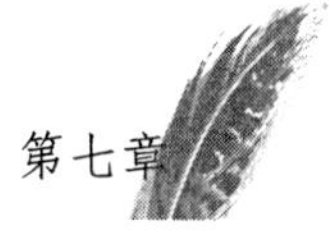

雷军堂说："我看小伙子肯听你话，也爱逞能表现耍彪子，你设法把他人叫来，到时候我们一起连激带将，年轻人心一热，不愁他不答应。"

雷宪岳对身边的一个小伙子耳语了几句，小伙子就出去了。

不大一会儿，尚双印果真来了。

事不凑巧，尚双印刚一到会场，公社社长也带人到了。社长一行主要是来看任务安排得怎么样，劳力落实得如何。

"谁具体管理这项任务？"

"还没定下来。"

"咋搞的，到现在了还没定？"

"想让尚双印干。"

"他行吗？"

"我看行。"十一生产队的会计张华说。

谁都知道这次张华不怀好意。

尚双印心中也明白。

"双印子，你看行吗？"

"行，没问题。"

"不敢头脑发热，这一回是木板上钉钉子，半月之内必须完成任务。"

"十三天就完了。"

社长心里没底，他只希望尽快把任务落实下去。

雷军堂眼睛瞪着尚双印，怪他说起话来太没谱了。

也有人等着看笑话。

尚双印还是信誓旦旦地坚持自己的态度。

雷军堂的本意是这个在他看来按时完不成的任务必须得由门道大的尚双印来完成，别人没有这个能耐。而且他还留有余地，万一尚双印完不成的话，他还想趁郭社长在场请示再宽限几天，没想到尚双印这二彪子不知道有啥特殊办法，连规定的时间都不用完。

雷军堂只好由着尚双印的意思来，到哪一步弄不动了再说弄不动的话。但终究心中还是放不下。一方面安排抓紧干活，一方面设法向上级请求宽限几日。

谁都知道说宽限是闲话，天要一上冻，想翻都翻不动了。

雷军堂说："双印子，你可别把牛皮吹破了。你说，让大队咋配合你，还需要给你安排些啥？"

尚双印说："没啥再安排的了。只需要明天派个人拿上尺子来验收就行了。"

雷军堂心里更加不放心，就派雷宪岳私下再去夯实。

雷宪岳对尚双印说："我有点不放心，这一回不是闹着玩哩。"

"哪一回上级安排那些没法弄的事情，都不是我弄了，哪一回我都没敢当闹着玩，你放心。"

"这次你打算咋弄？"

"没想好，走一步看一步。"

"反正叫人放不下心。"

"别人不放心，你放心吧，我心中有数，要不，我能在领导面前吹大话？"

"行，我服你娃有本事，鬼点子多，我放心了。会计我也干不动了，肯定是你的，但争的人也多，这次弄好了，我也好说话，搞砸了，那就啥话都不说了。"

"当会计事小，这次任务砸不了。你明天就能看到好消息。"

第二天天一亮，田地里结着一层厚厚的白霜，在初升的太阳照射下闪烁着点点寒光。九十多个劳力站在一个队的田地边，口中吐着白气，寒冷让人们不停地跺脚搓手。

尚双印说："把手中的家伙磨亮，把工具的把柄安好。今天的任务是深翻套种田中的空行，每人每天一百二十丈，早干完早回家，工分按一天算，干不完的晚上加班也要干完，加班不加工分。没意见的就动手干。"

尚双印的话刚一落下，人们哗的一下就行动开来，你争我抢地占地方。

尚双印一看不行，马上又说："每人一次只准占三行，干完了再占。一队没了到二队干。"

九十多人一下排开来，把一队的大面积的土地都给占完了。

大队派来丈量的人拼命量还量不过来。

有的社员为了早点完成任务，吃饭都是让家里人给送到地里吃。

中午太阳热起来了，小伙子们脱下衣服光着膀子在干活。

村上的老人看见了都在议论这件事。“不知道双印子这娃有啥魔法，能让这些人的干劲这么大。”

“你看我们队上的那几个光膀子干活的二货，平日里是个有名的懒汉二流子，不知一到双印子的手上，咋就听话顺势多了？”

“还是双印子这娃灵性会用人，将来是个人才。”

不到十天时间，几百亩地就被尚双印带的一帮人用这样一股令人没法相信的干劲给翻完了。

杨河大队给石门公社专门做了汇报，社长还专门派人逐块地进行了检查验收，结果是深翻质量都没有问题。

公社公开表扬了尚双印。

尚双印说：“出力流汗是大家的，成绩大家都看得到，本来十五天的活，让大家不到十天干完了，我有个小的请求，给这些劳力每人加三个工日，算作奖励。”

“完全可以，以后有啥事情，更能够调动大家伙的积极性。”

社长发了话，大队干部也认可，就给每人多加了三个工。

这次突击完成任务引起了区县领导的注意，有人开始对尚双印进行了了解，结论是不但积极肯干，舍得出力吃苦。而且对任何一项任务都做到沉着冷静地分析，有一定的指挥能力，绝不是那种只知道蛮干的人，所以应该作为年轻一代有能力的人来培养。

到年底，老会计雷宪岳提出辞职。十一队的张华找支书雷军堂活动要接替雷宪岳的位置。而雷宪岳给雷军堂推荐的是尚双印。

就在尚双印进山的时候，雷宪岳就该交差了，但他一直拖着，眼下火候到了，他说不干就不干了，谁都知道他心中的用意。本来大队会计只要有合适的人选，在大队召开的干部会上一宣布就行了。

而雷军堂有点为难，就耍了个心眼，把这个难题推给公社。公社的意思是让尚双印来干。雷军堂就在大队干部会上宣布尚双印接任。这样一来，十一队的张华也不能怪罪雷军堂，因为让尚双印当会计是公社的意思。尚双印就这样顺理成章地接替雷宪岳当上了杨河大队的会计。

第八章

年关将近，石门街一天比一天热闹。人们经过一年的劳作，公社布置的各项工作任务都已经完成。社员们到这个时候也开始消停了下来。各大队小队都进入最后的预算和决算阶段。按劳动日分粮，要逐家逐户地算出全年的出勤日和出工日，定出一个劳动日值多少粮食。再按总工日和总人数算出人均工日，再按人均工日定出哪家是余粮户，哪家是缺粮户。

那时在农村，劳力多的人家肯定是余粮户，而劳力少，老人和孩子多的人家无疑都是缺粮户。一年一度到了这个时候，总有人欢乐，也有人发愁。按决算结果，每户减去平时从生产队借的粮食，再按工日核算，能剩下粮食的就是余粮户，剩不下的当年还是缺粮户。

按照社队规定，先给余粮户发放粮食，比如今年的粮食大丰收，百分之八十分给社员，百分之二十预留出来作为下一年的开销，主要用于化肥和种子的开销。有的生产队总体上人口少，所以一个劳动日合计到的粮食多，一个工日能拿到半斤粮食，有的三两四两不等。尚双印所在的三队，有一年一个劳动日才合一两八钱的粮食，也就是说人们辛辛苦苦干一天，还拿不到二两粮。

眼看着仓库里的玉米让那些余粮户一口袋半口袋地扛回去了。最后剩下的多是一些妇女在擦鼻子抹泪水，小孩子在身边低声哽咽。

粮食分过后，生产队长安慰大家说："都不要难过，没分到粮食不是因为平日没干活，主要是因为咱们家的人口多，能干活的人少，不要难受，等咱们的孩子长大了，劳力多了，就能从缺粮户变成余粮户，我不是也和大家一样，也是个缺粮户。"

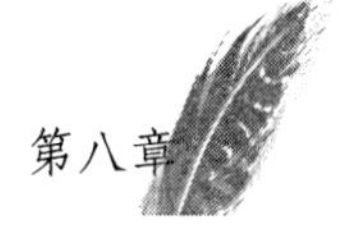

队长这么一说，人们的心中似乎暖和了一点。

“为了让大家过好年，和往年一样，需要借粮食的借一点，玉米借一斤算一斤，小麦借半斤算一斤，黄豆按斤半算，黑豆按二斤算，高粱按二斤半算一斤。”

为了能填饱肚皮，大部分人选择了多借粗粮，好歹也算是粮食。也有少数人，家里有老人，借点小麦，过年初一吃上一顿白面饺子。用黑豆和黄豆做豆腐，豆渣晒干再和些面粉蒸黑馍，好处是豆渣馍不出毛，可以吃到来年二三月。高粱连皮磨成粉，也蒸成馍，不好吃，难以下咽，好处是有点甜味。

那时过年很简单，新衣新帽就别想了，即便是余粮户也不敢想。一大家子人，能有几斤大肉，不过猪也是生产队统一饲养的，再穷，人均都能分到一点肉，人们一年的油水就集中在过年的这几天。再就是萝卜、豆腐、粉条子。穷一点的人粉条子就免了，因为那是要花钱才能买来的。基本上一家人过个年，多的五六块钱也行，少的块儿八毛的也就过去了。

那时人们的生活水平就是那个样子，贫富没有太大的差距，甚至可以说没有差别，只要能吃饱饭，人和人的物质快乐基本相同。所以欢欢喜喜倒是那时候人的纯真。

尚双印家也是人口多，劳力少，自然年年都是缺粮户。

这一年秋天，农田整修任务大，村上决定实行包工制，当时农村有一个说法是：“包工扑命哩，平公装病哩。”说的就是包工能调动人们的积极性。按规定，挖一方土给算一个劳动日，一个劳动日合十工分。为了改变缺粮户的命运，身强力壮的尚双印和妻子没日没夜地在挖土，一天下来，好挖的和难挖的平均起来一天一人能挖十五六方，相当于现在的十五六三轮车。夫妻二人在地里干活，老母亲把做好的饭送到地里。在吃饭时，尚双印只能站着吃饭，不敢坐下来，因为一旦坐下来，再站起来的时候是非常难受和痛苦的，浑身到处都疼得无法站立。所幸那时年轻力壮，这种苦头还是能受得了的。这样的力气活，整整干了三个月，再加上当会计给一点工分补贴。这一年他们全家的总工分是一万八千多，这在当时引起了轰动。由于他是大队会计，为此还引来了外队的会计组成的工作组来查了一回他的账，最后一分不差，人们这才服了尚双印的吃苦耐劳的精神。

年底决算后，尚双印家终于成了余粮户，折合人民币是十八块多钱。当上了余粮户并没有让他高兴起来。他躺在炕上一夜睡不着，拼了命干了一年，才得了十八块钱。一想到这儿，他心中就有点难受。但转眼一想，如果把这十八块钱买成粮食或者别的东西，那也是相当可观的。钱，粮食；粮食，钱。钱和粮食这两个东西在他脑海中整整折腾了一夜，他终于想明白了，“钱。”他不由得大声说出了口，吓得睡在一旁的老婆和孩子以为他病了。

从此，尚双印有了别的想法。一到年终月尽，农村的活相对少了许多，而各个供销社和代销点就忙起来了。进货出货都要拉到洛南县城去。那时从石门到洛南县城没有大路，一路上坎坷难走，说是拉货，其实不是肩挑就是背扛，能拉的很少。尚双印想了想，不如把供销社运货的差事弄下来。

那时人们只知道粮食，就没在钱上多想办法。这一招让尚双印想到了，和供销社的人一说即合。

尚双印偷偷地组织了几个家庭困难大的，劳力又少的人开始晚上拉货，白天不误干活，那时人们把这叫拉黑脚。他们上县城时把石门的物资拉去，回来的时候再把石门需要的物资拉回来，这叫作来回脚。不到个把月的工夫，有几个可怜人再也不为过年而发愁了。当然期间也吃尽了苦头，他们天一黑从石门出发，天不亮再回来，一来一往要走六七十里地。每次每人能挣块儿八角的，在那时也是不错的收入。

时间长了肯定有风声传出，只是没人说罢了。

年底队上也没啥事。

雷军堂由于年龄大提出辞职。他把想法汇报给公社领导，公社领导问他说：“你不干了让谁干？”

“尚双印干吧。”

“会计让谁干？”

“会计让张华干。”

“尚双印还年轻，想事情不深。”

“我看能行，小伙子有能力，是个好苗子，干上后再好好磨砺，一定能干好。”

“不行，靠不住。听说最近专门和人拉黑脚，这要是在前几年，早就

把他的资本主义尾巴割了几回了。”

“没功劳也有苦劳吧，他天天拉黑脚也不是只为了他自己一个，他为的是那些生活困苦的缺粮户，那些人要是生活能过得去了，也不用年年吃困难照顾了，不也是为国家减轻一点负担吗？”

“过一段时间再说吧，这家伙做事也算公道。但拉黑脚这一事的风声不小，说不定让上边知道了，吃不准是表扬还批评呢。所以过一些时间再说吧。”

一时间有人提起尚双印都说：“那家伙是抓了钱，荒了田。”不知道谁这么一说，他这抓了钱荒了田的名声就传出去了。

尚双印听得时间长了，心中到底也有点不安。

第九章

省建委的李耕深被派到洛南来，协助基层搞经济建设。

李耕深既是个实干家，又是搞经济方面的行家，到洛南后却发现无用武之地。洛南县属于黄河流域，以农业为主要的生存手段。人们习惯于在土地里刨食吃，你说抓经济之类的事情没人信你。所以他到了这里基本上发挥不了他的特长。县上也没处给他安排，只好让他自己下到各公社实地察看，以寻找到更适合他的发展机会。眼看一年就要过去了，他还是没找到下家，急得他坐立不安。

有一次，李耕深到石门下乡，听人说有个叫尚双印的小伙子是个能干事的人，因此他就住在了石门，通过和尚双印几次接触之后，二人成了无话不谈的好朋友。他们有一个共同点就是都能坚守做人的本分，爱说实话，爱办实事，还比别人站得高，看得远。

一天，在雷军堂的陪同下，尚双印和李耕深来到杨河大队的砖瓦场察看破旧的砖瓦窑。石门当地人叫这种土法结构的砖瓦窑为马蹄窑。李耕深一看到这地方，顿时来了灵感，再仔细地看了看当地的土质，他一拍大腿说："这地方完全可以建一个大的轮窑，建一个更大的砖厂。"

雷军堂和尚双印根本没听说过轮窑，更没想到砖窑就是砖窑，怎么能办成砖厂？

"我看在这儿建一个大的砖厂，是最好不过的。"

"这不是现成的砖厂吗，还办什么砖厂？"

"这算屁，办大的砖厂，我最在行。"

"你说的砖厂，一月能烧多少砖？"

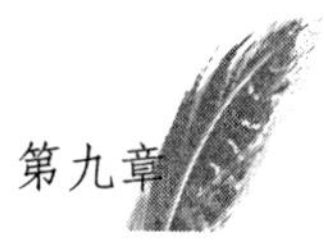

“一天就能烧上你们这一个月的砖。”

“天哪！那咋能做下那么多的砖坯子？”

“用砖机。”

“我咋没听说过还有那么神的东西？”

“你没听过的东西多了去了。”

雷军堂哈哈一笑说：“我做不了这个主，你找公社领导去。领导同意，我没意见。”

李耕深很自信地看好了这一项目，他信心百倍。来洛南快一年了，一事无成，再晃荡一下，两年就过去了，他回到省里也没法交差。

李耕深终于找到了他期盼的人生目标，所以他连夜写计划，写材料，逐级上报。省建委很快就批复下来，县区和公社三级也都没有什么问题，就把任务下放到了杨河大队。支书是杨延宾，虽说是个大老粗，但他为人处事脑瓜子灵活，凡事以和为贵，所以人们叫他人抹子。什么事经他一抹就没事了，上下级有问题也让他一抹就光了，也算是个本事人，所以好评不断。再加上多年的老干部，早就不想干了。

在李耕深的带动下，再有省建委做靠山，不长时间机械就都到位了。又在短短的时间里，从省上抽调来了技术人员，也在不长的时间里修好了一个前所未有的大轮窑，引来了不少的人前来参观。

然而，大砖窑运行了一年，一点绩效都没有，把李耕深急得像热锅上的蚂蚁。石门公社也把这砖厂作为重点项目来抓，砖厂干部换了一个又一个，就是搞不起来，不是这儿有问题，就是那儿赶不上，一度弄得将要倒闭了。所有的劳力都是从各小队抽调来的，开始人们还趁热闹真干实干，可时间长了，没有成绩可言，人们也就松了劲儿，不再好好干活了，混一天少两晌。

眼看砖厂存活危在旦夕，公社领导研究决定让支书杨延宾专门管理砖厂，以便能够有效地组织好劳力，当时一次重新调动了二百多劳力，折腾了两个多月还是没有成效，气得李耕深都想哭。

不管怎样，这是省建委扶持发展的项目，倒闭了谁都不好交代，实在没办法了，杨支书对雷军堂说：“我看这烂摊子还得由尚双印来收拾。”

“不知道那家伙干不干？”

“试试看嘛。”

抓了钱，荒了田的阴影还在尚双印的心中晃荡，所有人跟他说，他就是不答应，最后公社领导找他还是被他拒绝了。

没办法，老支书到底是个人精，有一天，他请尚双印来给他帮忙，双印一来到厂子，他就问：“你说这厂子这么多的人，整天都在干活，为什么就出不了效率呢？”

“还是人没好好干，是管理上的问题。”

“你眼见了，你说这些人谁没好好干？”

“走，你跟我走，你就知道了。”

尚双印和老支书大摇大摆地出了砖厂，在对面的大路上瞎转了一会儿。

老支书耐不住了说：“问你话哩，你把我叫到这儿胡转啥哩？”

“你别急，再转一会儿我给你说。”

他们又转到了砖厂对面的小山包上，砖厂里的人和事尽在眼底。“你现在看看，那些人是不是在干活。”

老支书一看，这下终于明白了，那些人哪是在干活，只是在消磨时间罢了。

“你说这咋办？管理人换了几回了都不顶用。”

“那还是管理的问题。”

“好小伙子，你给咱管管，看在我的面子上。”

“我说了不干，也干不了，谁都能看出毛病，谁都没法治理，我也是一样的。”

“你到底是要啥哩？”

“我到底是管不了。”

晚上，李耕深来到尚双印家，好话说了一大堆，还是不起作用。就又想出了别的办法，讲了一大堆砖厂的前景有多好，收入有多可观，再从私下的关系上又说了一大堆的好话。尚双印还是没答应。

李耕深拉长了脸：“没本事的货色。”恶狠狠地骂了一句走了。

这下轮到尚双印急了：“你倒是听听我的苦衷。”

“你有狗屁苦衷，我不听。”说着，李耕深倒是站着没动。

“回来坐下说。”

“不坐，你说。”

“你不坐，我不说。”

李耕深一听，扭头就走。尚双印急了说：“我主要是怕干不好，人笑话哩。”

“你不要学那些人，我知道你的病在哪里害着哩，只是我不想说。”

“真没有。”

“以前砖厂刚开始，人们争着往里钻，现在不行了，都向后躲。你是忌恨那时没来找你让你管，无非是让人看重你嘛。你觉得有意思吗？”

“不是，不是……”

“你小子别装了，我见得多了，别在我跟前来这一套儿。”

尚双印有点动心了。

“你到底干不干，痛快点儿？”

“干干干，只是……”

“没得只是，直接说。”

“这样吧。先让我在那儿干上几天活，管理的事以后再说。”“你小子想留后路，年轻人还是要干实事，别曲里拐弯的。”

一席话说得尚双印觉得好没意思，只好答应第二天到厂了里先干上几天活再说。

没想到他这一进厂，成了他以后的事业开端。

一听说大队会计尚双印也来砖厂干活，原来逃跑的工人又回来了，跟随他烧过木炭的几个小子也来参加砖厂的劳动，不到三天的时间由一百多劳力一下涨到二百多人。通过一个星期的劳动，尚双印逐渐弄明白了生产线中的每一个环节。

晚上干完活之后，尚双印向老支书汇报了工作，然后再对砖厂中存在的各种问题提出意见和改革方案：

一是机修方面，提前检查机械的各个部件，勤更换生产中机械某些部位的消耗材料。

二是电工方面，在生产中绝对不能出现断电现象，机械故障和断电现象耽误了一大半时间。

三是挖土这一块儿，经常跟不上运输，输送带上时不时会出现空转问题。

四是在下班的时候不能在运输带的一端堆积大量的土，造成第二天上班时，运输带启动不起来，导致工人二次翻土，耗力又费时。

五是在机口这块儿，要有固定的人员，不能谁想上谁就上。

六是在机口下抬土坯子这个地方，由于劳动量大，应定时更换。

七是在拉坯子这一环节，应该每人一辆架子车，按先后次序流水式的拉运，不能像平常那样驴拉马不拉的，影响了整个流水作业。

八是码砖坯子应该用熟练的工人，要多培养几个熟练工人。因为一旦码不好，倒了将是更大的损失。

九是在装窑和出窑这个地方，要实行计数制，因为这个地方比较艰苦，应该多劳多得，这样才能调动工人的积极性。

十是预备几个流动人员，专门清理道路和厂子中的一切不利因素。

尚双印一条一条地陈述着，杨支书听得目瞪口呆，半天不知该说什么好。最后他只说了一句话："就按你说的办，就从明天开始落实。"

经过三天的安排和调整，初步制定了厂规和厂纪，整顿和变动了各个环节的人员安排，把一个像杂货场一样混乱的厂子一下子整理得顺顺当当的。

杨支书一看喜在心中，心想这下杨河砖厂有救了，洛南唯一的大型砖厂有救了。他按捺不住心中喜悦，偷偷地跑到公社给领导汇报了这一情况。

当时的书记是叶杨智，叶书记说："不要高兴得太早了，拿出成绩再说，从今天起，三天后再给我汇报每天的情况。"

其实杨支书也明白公社领导和他是一样的心情，都在暗暗地关注着这个新兴的企业的发展。

杨支书为了证实自己有先见的眼光，整天在厂子里东转转西看看。工人们干活的积极性让他不敢相信自己的眼光，和过去相比简直是一个在天，一个在地。等到下班时，他赶紧叫人统计了当天的生产情况，一听说是两万，他高兴得心都要蹦出来。他故意提高声音问："双印子，今天做了多少砖？"

"两万多。"

"比过去一个星期都多。"

"今天才正式开始，明天要上四万。"

"你不要说大话，小伙子，弄啥都要沉得住气儿。"

"弄不到四万不吃饭。"

杨支书没敢再问，怕明天弄不到这些彼此都没面子。

等到第二天下班，一统计整整四万。我的妈呀，四万！一样的人数，为什么就能生产这么多砖？会不会以后永远这么多，天长日久了工人能干得下来吗？力气能跟得上吗？杨支书越想越感到不安。于是就到工人中，带着心中的疑问去逐人了解。工人们都说这样好，每个地方有固定的人，规定了数量，干起活来人有劲头，而且轻松。任务明确之后，人人都心里有数，干活团结一致，为了达到目标配合得相当好。不像以前那样，到处乱成一窝蜂，干的干，转的转。有的人干得累死了，有的人转得闲死了，喊喊叫叫，一天下来没有成绩，最重要的是那样把埋头干活的人的积极性打击了，谁都不想好好干，你看我，我看你，到头来只能成了混日子……

杨支书一听心中更加高兴，没到天黑就又跑去镇上汇报情况。头一天是两万，第二天是四万，第三天是四万五，第四天是四万二，今天是四万六……

"真的。"叶书记高兴地又问了一遍。

"是真的。"

"只要能坚持在三万上就行了，我看那家伙还想多哩。一天到黑都在琢磨怎样再提高些哩。"

"明天我来看看。"

叶书记第二天天黑来到杨河砖厂，一进门先问："今天干了多少？"

"今天是五万。"

叶书记一听半天没说话，等了几分钟突然又问："这样干下去，工人还能撑多久？"

"要多久就有多久。"一个老工人说。

"你是干啥的？"

"挖土的，这个地方最累，别看我年纪大，挖了半辈子土了，这活我最在行。"

叶书记一听微微一笑，临走时对杨支书交代说："让尚双印写份入党申请书。"

杨支书把这一好事告诉了尚双印，没想到那家伙就是不肯写。任他怎样都说服不了，反正说啥就是不写。

杨支书把这事汇报给了叶书记，气得叶书记见了尚双印就像没看见一般，黑着脸，真有点吓人。叶书记心想：这怂娃不识好歹，多少人托关系都想入党，我叫他入他还不入，真缺心眼儿。后来心中气愤不过，叫人暗地里打听，才知道尚双印不想入党，是不想当村上的一把手，其实他早已猜到了领导们的用意，只是在这节骨眼上，他不想当干部，只想帮老支书把砖厂干好就行。

叶书记有些不服，就把这事交给了支书杨延宾，让他下来找机会继续做通尚双印的工作，非动员他入党不可。

管理出效益。砖厂生产一天天地进入正规化，产量也一天天地在增加。杨支书一下子成了领导面前的红人。但他到底是个有自知之明的人，越是受到上级的表扬，他心中越是不安。

终于有一天，杨支书把尚双印叫到没人处说："双印子，叔在西安有个亲戚病重了，这几天要请个假，砖厂里的事你就先替叔管两天。"

尚双印一听，说："这是小事，没问题，我一定管好，不过你得快去快回。"

杨支书故意给尚双印交代了几样不痛不痒的事情就慢腾腾地走了。

由于砖厂刚走向正轨，有许多事情还需要处理，把尚双印一个人忙得晕头转向。有一天叶书记来到砖厂问尚双印："杨支书去西安几天了，回来了没有？"

一提到杨支书，这一阵子一直埋头抓生产的尚双印才蓦然想到杨支书出门已有些时日了，他粗粗算了算，都半个月过去了。

"这时间过得真快，杨支书出门都快半个月了，我一心用在厂子上，把他出门这事情都给忘了。我也不知道他回来了没有。"

"听说病了，在西安住院哩！"

"啥病，还跑西安住院了？"尚双印感到有些不对劲。

"也不是多大的病，不过在县上治不了，所以队上的事和砖厂的事你先替他管着。"

"没问题，让他把病看好早点回来。"

听说队上的事要尚双印管，厂里的事也让他管，人们一下子高兴了起

来，一见面不是叫大队长就是叫厂长，他由于忙也没把这事放在心上。

一个月后，尚双印还没看见杨支书回来，他意识到有点问题了。那天正好厂子里不太忙，他赶快把一天的事情处理完，摸黑到杨支书家去打听一下他的病情如何。

刚一进门就看见老支书坐在炕上，悠闲地抽着旱烟，哪里像是有病的人，他感到什么地方不对劲了，好像被人当小孩哄了似的，不是滋味。他耐着性子走了进去说："杨叔病好了？"

杨支书一看吃了一惊，忙说："好了好了。"

"你啥时候从西安回来，也不招呼一声？"

杨支书一时不知说什么好，叽叽咕咕了半天说不出话来。倒是他老伴接着说："他啥时候病了？没啥说了，非要说自己病了，这不是好好的嘛。还去西安哩，想得倒美，都不知道西安是向东走哩还是向西走哩，连西安长得啥样都不知道。老了老了还给自己编排这好事弄啥哩？"

他老伴一阵唠叨，把个杨支书弄得脸上红一阵白一阵。

"你这老家伙，真是个老狐狸，把侄娃子给哄了。"

"反正叔就看上你了，你干，我和公社都放心。"

"你和叶书记合谋的？"

"合谋不合谋反正你现在都干上了，以后大队的事和厂里的事都和我没关系了。"

"为啥不早说？"

"都是你这牛性子造成的，早说你肯定不应承，只好来这一手了。"

"好叔哩，你这是霸王硬上弓啊。"

"不说气话了，娃，好好干，叔早就看上你了，你是个有出息的小伙子。自从那年闹洪水，看到你所做的一切，大多数人就断定你是一个了不起的小伙子。再是火龙关烧木炭也证明了你是一个吃苦耐劳的人，也是有组织才能的人。拉黑脚说明你是有经济头脑的人。组织可怜人偷着挣钱说明你是有同情心的人，心地善良的人。总之你是个办事公道的人。你以上的这些好处，在咱大队的年轻的人里头，选一个能占全的，还真是一百个挑不出一个来。再从那年冬季搞深翻土地这一事来说，你的管理能力发挥到了叫人不敢相信的地步。就凭这几件事就能说明你是个干大事的人……"

“叔，不说这些了，我也是个外来户，是当年吃舍饭落户到咱这里的，是这个地方让我们一家人活了命，又让我们定居在这里，能给人办一点事，出一点力，咱也觉得是一份回报，也感到心安。”

“你娃这样想就好了，我是个大老粗，一心只想着能让咱这地方的人都能吃饱饭，再不饿着肚子干活，我死也心安了。”

“叔，我也是这么想的，我也是个饿怕了的人，所以也不想看到别人再饿肚子。我给咱想办法让人们都能吃饱饭，别的事我就不想了。”

“年轻人好好干，能让大家都吃饱饭，这是一件积德的大事。叔相信你能办好。”

当尚双印从杨支书家中走出来的时候，他无意中感到自己有了一个方向，这让他整个人感到心情舒畅。

后来，雷军堂当支书，尚双印当大队长，张华当会计。

第十章

来年开春，正是青黄不接的时候。

一年一度，春季最是人们难熬的时节，家家户户的粮食基本上全部吃光了，只有等春播过后剩下的种子和库存的极少量粮食，才能供给那些马上就要断粮断顿的人。好在春天万物复苏，树木发绿，地里有野菜之类的东西能让人充饥。

为了砖厂的正常运转，大队给厂子里的工人补贴了两千斤黑豆。单一的黑豆人根本无法吃，一般是牲畜的饲料，那时牛是主要的生产劳动力，一到冬季都要给牛加上点粮食，要不牛在冬季会饿瘦而死，所以人宁愿自己少吃点儿，也不能把牛饿死。

这些黑豆还是从牛的嘴里省下的。

没法吃也得吃，总不能饿着肚子干这么重的体力活。尚双印安排人把砖厂所在地的土场闲置的地方全部整理出来，种上黄豆和谷物，这样一年下来，春季就不用到社员和牛的口中夺粮了。他的这一行动差点把公社领导感动得流下泪水。

领导们一致认为尚双印是个人才，在物质极度贫乏之际，他总是能找到方法来解决一些面临现实的最大难题。这不能不让人佩服他，别看他当时年纪轻轻的，他脑子里总是能想出奇特的法子来化解矛盾，让领导有台阶下，所以让领导既佩服又感动。

砖厂的生产管理虽说日益完善，但有个潜在的危机隐藏在其中，其实尚双印早已觉察到了，为了不让厂内人心产生动摇，他一直压在心中，早已盘算如何度过这一关。

砖厂内的成品砖堆积如山，眼看着无处可以码放了，所有的地方都堆满了红哇哇的机制砖，简直是砖山砖海的，但卖不出去，人们看着都发愁了。

这种红砖在当时的农村没有销量，人们很少修建，如果要修要盖一律都是土墙，手头有点钱的人，也只用少数的砖作为门面装饰材料，所以用量少之又少。再加上人们的思想都处于传统和守旧阶段，一看到红色的砖从内心上就感到不舒服，怪模怪样的。而且自古以来人们讲究的是青砖瓦舍，所以红砖在那时的农村的销量几乎为零。

怎么办？如果再十天半月的想不出办法来，砖厂就要停产了，如果砖厂一停，石门的半边天就塌了，不但没法给公社领导交代，更是没法向全大队的社员交代。

尚双印去找李耕深商量解决这一问题的办法。

这个问题起初也把李耕深给难住了，他根本没想到这种东西与当时农村的消费习惯是脱节的，人们都吃不饱，哪有钱去修盖房子？再说了当时的各个单位也都住在破旧的房子里，企业更是少得可怜。

李耕深赶紧把这一情况向省建委做了汇报，省建委也很快做了调查。洛南与华县交界的秦岭深山里，有一个大型金堆城钼矿企业，是一家规模很大的厂子，由中央直接管辖，每年的建筑材料用量相当大。

事不宜迟，尚双印骑上自行车赶去九十里以外的金堆城钼矿厂打探销路。

天无绝人之路，功夫不负有心人。金堆城钼矿厂里管建筑项目的领导是洛南四皓人，一听说洛南有了小型机械化砖厂，心中暗自高兴，想以后再不用为用砖的事发愁了。

为了照顾乡党的面子，洛南那位管建筑的老乡立马派了一辆大汽车来到石门考察具体情况，并先拉回一车试试看。前提是质量必须过关，二是数量必须能跟上用量。如果这两个条件满足了，那么金堆就是常年的用户。

一听到这儿，尚双印心中的一块石头总算落了地。

尚双印把自行车抬到卡车上，跟随前来拉砖的卡车回到了砖厂。

当车响着喇叭停靠在砖厂门口时，引来了石门街道一路跟来观看新鲜的人们。那时在农村，哪有过这玩意儿，一般的人根本没见过这东西。砖厂周围的群众从四面八方围过来看新奇，看热闹的人一下子把砖厂给围得

水泄不通。往车上装砖根本就不用工人们动手，也轮不到那些工人动手，看热闹的人争先恐后给车上装东西，只有几个人忙着清点数量。

不大一会儿，卡车就装满开走了。

人们安静下来，惊叹这怪物的力气真大，一车就能拉动上百号人才能拿得动的东西，真是太神了！一算照这样下去，用不了一月半月的，砖厂的砖就让人家拉空了，那时的钱真是像水一样往杨河砖厂里流哩。

从此尚双印成了人们心目中的大能人，人们把他当神来敬。

其实尚双印不过是一个三十出头的小伙子。

这一下也引起了各级干部的积极响应和领导们的支持，只要尚双印砖厂需要的东西，牵扯到哪个单位都毫无阻拦地提供。一看这个势头，生产的工人也有了干活的劲头，产量在稳步提升。

由于机口下的抬板消耗得非常快，需要大量的木板，而且木板的质量要好，树身要大，在当时上好的大树很少，只有砖厂对面山头上有一棵大柏树最合适，但是无人敢砍。

税收所的所长说："这棵树砍倒了，要多少抬板就有多少抬板。"

尚双印说："那么大的树，谁买得起？"

所长说："没问题，我给财政上说一下，这事就解决了。"

当人们把那棵大树弄回来的时候，尚双印心中有点舍不得了，他把上好的树身子解成了五副棺木板，其余的做成抬板。

尚双印把那五副棺木板码在做饭吃饭的灶房里。

一天听说金堆城的领导要来杨河砖厂现场考察。石门食品厂按照区领导的指示特地给砖厂批了三斤大肉，让他们好好招待一下远道而来的大领导，拉一拉关系。

前来考察的不是别人，正是洛南的乡党王厚道。尚双印赶紧殷勤地把人家请到灶房吃肉炒的菜，没想到人家连正眼都没看一下，气得尚双印心中乱跳。

临出门时，王厚道忽然看到了那些靠墙堆放的棺木板，眼睛一亮，问道："这是什么东西。"

"棺木板，上好的柏木棺木板。"

"卖不卖？"

“不给别人还能不给咱乡党吗？”

“多少钱一副？”

“三十块钱一副。”

“关系归关系，啥价就是啥价，不敢胡来，要犯错误的。”

“不要怕，这棵大树是十块钱买来的，解板花了一百元，一副卖三十元，我还能赚几十块钱呢。”

“真的？”

“没问题。”

“给我一副，只一副。”

“放心，天王老子不给，都要给你一副，一会儿走时架在车上就拉走，省得夜长梦多。”

“太感谢你了。”

“谁跟谁嘛，不讲客气话。”

尚双印来这一套把跟在他后面的砖厂会计弄愣了，双印瞪了他一眼，示意他别乱说话。临行时拉了一大车砖，上面架着一副棺木板。没过三天，一连串就来了三辆大汽车，从石门街前呼啸而过，引得人们傻傻地观望。人们议论纷纷：“尚双印这娃不得了，这一下总算把砖厂弄大了。”

车刚一停稳，只见王厚道第一个从车上跳下来，握住尚双印的手，左一个尚厂长，右一个尚厂长，把个尚双印叫得心中美滋滋的。他把尚双印拥到办公室没人的地方，给尚双印说：“老弟呀，这次要帮哥一个忙。”

“不是外人，只要能帮上的，别说一个，就是十个兄弟我也得帮，只要你开口。”

“上次我拉的棺木板，我们的领导看上眼了，问我还有没，我说还有四副，书记要两副，经理和厂长一人一副还争执不停。这次老哥的面子都在你手上了。”

尚双印面露难色，王厚道一看，赶紧拿出大前门塞到他的手中。

尚双印说：“不是不给你哥面子，如果是一副这还好说，多了我怕做不了主，你也知道这是集体的东西。”

“你得给哥想个办法。”

“这样吧，过两天再说。这几天厂子砖销不出去，把人都愁死了。”

“哎呀！这算什么大不了的事，就你们厂的这一点砖都不够我们一个月用，我们还到别的地方定砖，如果你能供上我们用，你们厂的砖我全要了，而且价格还能高一点。你看行不？”

“价格就不用提了，人家多少咱多少。只要你们用我们的砖，一是我们保证质量和数量，保证不让你老哥在领导面前没面子。”

“痛快。说实话吧，春季是我们修建和扩建的高峰期，你们砖的硬度是最好的，早就想把你们的砖全部包下来，就是怕你们生产不出来。今天把话说到这儿，我们先定一千万的货，定金今天先给一半，明天全部给清。”

尚双印一听，差点跳起来，他把身边的人全部支走，然后很神秘地对王厚道说：“四副板不是小数目，白天拉着有些扎眼，天黑后拉走，你我都不感到招摇。”

“成成成。先把我们今天带的钱交到你们厂子里，明天把剩下的钱交完。”

“不急不急，咱哥儿俩谁还不相信谁？”

“公是公，私是私。”

天黑，王厚道临上车时对尚双印说：“抓紧生产，我明天派十辆大车来拉货，你把装车的工人安排好。”说着，王厚道又给了尚双印一盒大前门烟，说：“这可是大领导们才能抽上的好烟哩。”

汽车一溜风儿地走远了，车灯把黑暗的夜晚照得通亮，一条条光柱好像一条伸向远方的路，引得村民们在门口观望。

当晚尚双印把偌大的一堆钱堆放在会计的办公桌上，引得好多人前来观看。

“这么多的钱，人老几辈都没见过。”

尚双印把王厚道塞给他的大前门拆开，一人一根地发下去，大伙抽着这等好烟，心中美得无法形容。

年终决算，杨河大队的收入比全石门区所有的收入高三倍还不止。这一下把全洛南县都给震动了，杨河大队和杨河砖厂成了人们谈论最多的话题，是有点见识的人街谈巷议时说话的资本。在砖厂干活的人这一年全部成了余粮户。

一到年关，人们欢天喜地来来往往。

第二年开春，社员们都积极报名要进砖厂参加劳动。

这下又成了尚双印的难题，要谁不要谁一时不好定论。经商议，根据家中的劳力和家庭状况来决定，困难的人家可以优先。毕竟砖厂用人有限，再就是怕人都进了砖厂，对农业生产产生不利影响。

最后经过商议决定再添加一套设备，扩大生产线。因为光每年金堆城的用量就供不应求，再加上内地人喜欢看样儿，一些单位和企业也开始用红砖修房子了，未来的势头肯定一片大好。这点尚双印早已想到了。和传统的蓝砖相比较，机制砖块头大，正规正矩，硬度远远大于传统砖，而且成本低。一部分人开始认可机制砖了。

经过预算，再加一套设备，光劳力就得五百多个，占杨河大队总人数的百分之八十。这地谁来种？看来抓了钱荒了田成了他一时摘不掉的帽子。

尚双印想了两天两夜，终于拿出了一套解决方案，就是在生产期间，实行倒班制。每班八小时，实行三班制，这样部分人在劳动之余还可以干地里的活，压砖和种地两不误，而且在体力上还有所缓解。再就是在农忙时节还可以轮流休假，全力搞农业生产。剩余的百分之二十的劳力完全有能力照看好庄稼和家里的牲口。

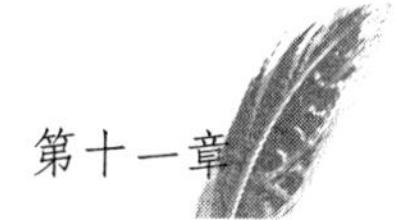

第十一章

改革开放了。

实行联产承包责任制了。

洛南县革命委员会变成了洛南县人民政府。

石门区委区公所作为县委县政府的派出机构继续存在。

石门人民公社变成了石门镇人民政府。

杨河生产大队变成杨河村委会，各生产小队变成村民小组。

尚双印当选为洛南县第八届人大代表，消息传到石门地区后，人们奔走相告，高兴的程度不亚于新春过大年。

尽管当时大部分人不知道人大代表是干什么的，但都认同一点，尚双印为村民办实事的行为得到了官方的认可。这对当时的基层干部也是最大的鼓舞和激奋，对农村一些有上进心的青年人是一种启发和激励。在多少人的心中都把他作为榜样，好好干，干实事，从小事做起，这样的风气在砖厂尤为明显突出，人人开始爱厂、爱公物、守纪律，干活积极主动。在干好本分的工作之余，争先恐后地为厂子干些需要干的杂活。

工人们的一举一动，尚双印看在眼里，喜在心中，打心底对这些农民兄弟的所作所为激动和感动不已。他也关心每个工人的干活情况和家中的生活问题，深得每一个工人的爱戴和拥护。

这年春天，经过长期的工作经验，尚双印决定把机口缩小。这样一来，虽然降低了每日的产量，平时每天能生产九万砖坯，经过改装后，每天只能生产六万砖，但是延长了搅拌时间，整合了泥土在机器中的密度，每块砖的硬度质量达到了令人惊讶的地步。

尚双印的这一做法得到了省质量技术监督局的认可、肯定和好评，此后各地前来定购砖的单位和个人越来越多。其实这一举动看起来好像很简单，但背后不知凝聚了尚双印多少的思考和琢磨。有人说他有远见的目光和天生的某种才能，但谁也不知道在这每一件事情的背后他付出了多少的努力和辛劳。

几年下来，杨河村几乎没有缺粮户，虽然那些家庭人口多的，劳力少的，妇弱病残的，年老孤寡的人还是缺粮户，但为数很少。他把砖厂空地上生产出来的粮食，给逐家逐户的困难人发放一些。他最不想看到的是那些饥饿的老人和孩子。因为他自己小时候就是因为饥饿才失学的，所以他最不想再看到别的小孩再失学。

作为一村之长，尚双印把全村十三个小组的失学儿童全部统计起来，作为砖厂的厂长他又帮助这些儿童重回教室，这样一来全村没有一个失学儿童。尽管在当时没有人这样明文规定，但对尚双印来说，他认为这是自己应该管的事。村上的事情不管大小，只要让他发现了，让他知道了，他都会想尽一切办法很快解决。

自从尚双印当上县人大代表以后，认识的县级部门的领导和主办干事也随之越来越多，他的人际关系也越来越广，为人办事解决问题也顺利得多。

一年中，砖厂最忙的时节是春夏秋三季，冬天主要是把前三季储存下来的砖坯子烧成成品，厂子里只剩下少量的工人。

一天早上，突然传出狼袭击上学孩子的事情，这可把尚双印吓了一大跳。

因为是冬天，上学的孩子都起得早，灰蒙蒙的还看不清楚道路。那时农村大部分的学校不是在荒山野岭的破庙里，就是在破旧的公房子里。而杨河村的小学就在西山的一个破庙里。学校离村庄少说也有三四里地，而且山路难走，时常有孩子摔伤的事情发生。一到下雨下雪，这些孩子更是

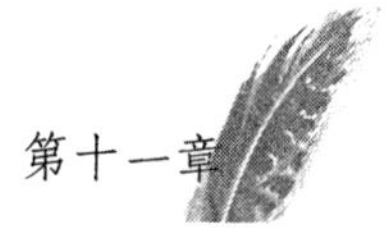

苦不堪言，安全问题不言而喻。

尚双印独自思谋了好几天。不行，学校一定要修，但修在哪儿，这事不能由他一个人说了算，要上村委会班子研究决定。

经过村委会领导班子商议之后，多数人认为，修学校不是什么大事，十几年了都过去了，再拖几年也不是啥问题。况且那时候政府也没有在修建学校上下过功夫，就是有人要修建学校，修建的地方也是问题，没有人敢把哪片地随便划分。

村上的一个热心老人跟尚双印说："修学校是地方的善事，也是造福子孙后代的千年大计，更是解决一个地方的人文素养问题的大事。你大胆地干，我支持。至于地方的事，我也想了几天，就修在村北头的那片光梁上，那儿不长庄稼也不长草，不占耕地，不用审批，和谁都不撞搭，地方大，是修学校的好地方。只要把那地方一挖平，就能修一所好学校。缺点就是劳动量大，修起来费事，就看你到哪里能弄到那么多的劳力了。"

尚双印眼睛一亮说："真是个好地方，要是把学校修在这儿，离村上就近了好多，娃们上学就不愁了，大人也放心。这事我再和支书商量一下。"

尚双印和支书雷军堂一说，雷支书说："修学校对咱们来说是好事，可是上级没要求，再说了在那儿修，需要动用好多劳力，工分从哪里出？我怕弄成出力不讨好的事，那就难受了。你看，如果你执意要修，我不反对，但一切问题你担着。"

"为咱们村上娃娃们办好事哩，我担就我担。"

尚双印回到砖厂又想了一夜，眼下正是腊月，农村的事也不算太多，他决定把厂子那些放了假的工人召回一部分，或者轮流叫回来，估计要不了多久就能把地基弄好。

说干就干。于是第二天，尚双印就开始行动，他安排人把大伙叫到一块儿，他说这是义务劳动，大家自愿参与。

一听说是修学校，大家都认为这是件好事，帮不上别的忙，出力人人都是好手。

于是，说干就干，一百多人把那片地方拥满了。一天下来，挖的挖，运的运，把修建学校的场地的大体的毛面整理出来了，接下来的两天参与的人更多，男女都有。

有时，晚上还有人在干。那时月光很亮，晚上人没事，干干活说说话，大家也感到热闹。不出三天时间，一个偌大的地基挖好了。

有的人建议，离过年还有几天，不如趁农闲，把做基础的石头一次弄完。尚双印觉得这个建议很好，因此大家又忙开了，从四面八方，挑的挑，扛的扛，就把石头运到了地方，会砌埝的村民自发组织了十几个人把基础石砌好。

一进入正月，所幸天气好，一入春就比较暖和。几个人同尚双印一说，就开始用土筑墙，人多力量大，不到一星期，墙打成了。因为是给大家修学校，村民们有的出力，有的出些小件木材，还有的出瓦，这样一来，一座学校所需的材料也差不了多少了。尚双印决定既然是修学校，砖厂应该多出点东西，于是那些大件木料全由砖厂来办，不出一个月，学校就修成了。

那时，各地学校室内的地面都是土地面。只有杨河村办小学是砖铺的地面，在当时全洛南的乡村学校中可能是第一所。

春节过后，当砖厂开工的日子来到时，一所新修的小学校也正式开学了。村上的娃们兴高采烈去新的学校上课，有人提出为尚双印立碑，这是古规，但被他婉言谢绝了。

当学校的钟声响起时，尚双印站在远处的一个山包上静静地观看着，那些从各个小组出来的孩子们高高兴兴地上学去了，他心中也美滋滋的。一群学生娃从他脚下的小路向学校走去，口中叽叽喳喳地议论着。其中大一点的学生说："今年真好，再不用上那个破庙里去了。"

"要不是砖厂厂长，咱们还得去。"

"那是个真正的好人，我爸说要叫人家尚叔叔哩。"

"对，我爷爷也是那样说的。要不是人家，咱还在那儿受冻哩。"

"真是好人。"

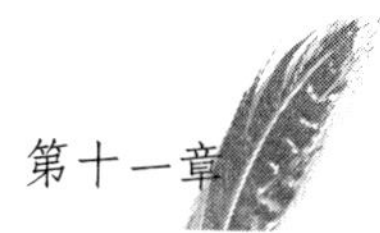

尚双印听了一会儿，双手向后一背向砖厂走去，他从来没有这样悠闲过。走了一会儿，他又回身看了看学校。这是一所宽敞而明亮的学校，他心满意足了。

忽然听到有人喊尚厂长，把他吓了一跳，回头一看是一群学生娃，他站下问有啥事。

一个小男娃跑到他面前急得说不出话。

尚双印在小家伙头上摸了摸说："别急，有话慢慢说。"

"刚才……刚才……有人要寻你哩，来了一大帮人，听说是镇上来的干部，还在那儿吵架哩。"

尚双印叽咕了一句。

那小男娃又说："对不起，我爸让看见你要叫叔叔哩，你看我给忘了。"说着做了一个鬼脸。

尚双印一阵好笑，心想这娃是捣蛋鬼一个。

这几个小家伙一蹦一跳地上学去了，他忍不住回头多看了几眼。

第十二章

尚双印一走进砖厂大门，一眼就看见办公室门口蹲了一大堆人。他赶紧迎了上去，有的人看见他站了起来，有的人还是蹲在那儿没动。

尚双印觉得纳闷：这些人是干什么来了？他仔细一看有镇上的书记叶杨智，还有老支书雷军堂，反正都是熟人了，不起来也就不起来吧，为什么一个个都苦瓜着脸。他再看看那几个站起来的人，都不太熟悉，那几个人也冲他点了点头，算是打了招呼。

“有啥事进来说，一个个都拉着脸，不知道的还以为是谁把你家里的馍偷吃了。”

叶书记头一个进门，脸黑着坐在墙角，一句话都不说。老支书雷军堂哼哼唧唧地说：“刚才你不在……商量的事……弄翻了……”

叶书记白了老支书一眼，赶紧转了话题，介绍了身边的几个人，都是县上部门派来的干事。来干什么？他天上一下，地上一下，到底都没说清。

“县上派这么多的人来弄啥哩？”尚双印不解地问。

“修水库哩。”叶书记说。

“在哪儿修？”

“骡子峪。”

“这是好事呀。”

“好！”

“妈呀，天大的好事，这水库一旦修成，全石门的平地就不怕天旱了，那一年要多收多少庄稼哩，全区的人都不怕饿了。真是天大的好事！”

“天大的好事竟然都不想管。”叶书记气哼哼地说。

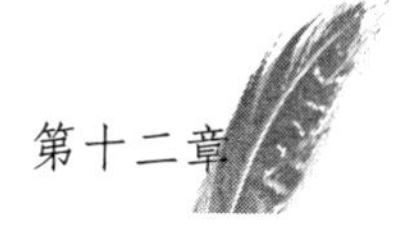

“不想管我管。”

“这是你说的。”雷支书赶忙接上了话茬。

“这……你看我一高兴就不知天高地厚了。”

“没啥。只要你说你管就行了。”叶书记发话了。

“我说我管了吗？”

“在场的人都听得明明白白的。”

“好了，咱们走，就这么一点事。看难为不难为。”叶书记说着站起来第一个走出办公室。

“别急，让我想想。”尚双印急了。

一听是这话，叶书记迈开大步又走。雷支书说：“这是全县的大工程，石门先打头阵，石门又把这事定在了杨河村，我不同意，和公社都闹翻了，这下倒好，你自告奋勇，你撑着，你和书记说去吧，没我的事了。”

“叶书记，你听我把话说完。”尚双印这下真的急了。

叶书记放慢了脚步。

“反正我没弄明白，我也不敢管。”

一听是这话，叶书记头也没回就走。雷支书比叶书记走得还快。

“你们这帮人缠上我了，到底咋办？总得说清吧。”

“按镇上的要求，杨河村先出八十个劳力，由于任务大，我再给加十个，一共是九十个。再就是每人每天补贴半斤粮。不够的村上自想办法。”

“妈呀！这是坑人哩。”尚双印不应。

叶书记听着不顺耳，不吭声就走。

“管就管，啥事情不是人管的。何必来这一套，演戏设套圈。”尚双印心里有点不高兴。

叶书记一听笑了：“知道你家伙是个一根筋，不这样办，你不上钩。你知道我为这事都纠结了半个多月了，县上差点把我停职了。这下要谢你了。”

“上边养你们这些只会说官话的干部，连一点补贴粮都不多给？”

“没门儿，没粮食。你看着办，要是有粮食的话，谁还来寻你，早让别的村抢着干了。”

“算你这领导心狠，我服了。”

“服了就好，咱先到工地上看看。”

一行人向骡子峪而去。骡子峪离砖厂不算太远，大约四五里的路程。附近有几户人家，但不妨碍水库的修建。在沟边有一个石窑，里边住着一老头儿，是当年修洛华路时留下来的山阳的一个孤寡老头，由于家乡困苦，修完路之后，再也没有回到老家去。他落户于此，没房没地，只在沟渠边开些荒地，以种粮为生。

“这个老头儿得迁走。”

“迁到哪里去？”

“外地人，赶走就行了。”

“行。”尚双印嘴上假意应承着。

三天后，指挥部和各个项目部都安排好了，后勤部和食堂安排在附近的一所旧房子里。尚双印向指挥部反映办公的地方小，没法住。

当时的总指挥是县上派来的，名叫李英儒。他说可以修两间小房子，将来上边给一点补贴粮。尚双印一听就同意了，他安排人不到一个星期就在对面的小山坡上修成了一座小土房。虽然房子不大，但收拾了一下，住人倒还比较适合。他把里边一应的东西弄好了，刚住了不到两天，就说他一个人住里边孤栖，就让那个山阳老头和他一起住。

后来让镇上知道了，说尚双印那家伙原来是给那个老头修的房子。尚双印说：“一个外地人，怪可怜的，修那么一点房子算什么，权当是积德行善哩。”李英儒说：“修就修了，也没人怪你。只要把修水库这一工程顺利拿下就好。”

山阳老头儿一看给他修了新房子，非常感激尚双印。那人是一个勤快的老头，每天都帮着灶房干这干那，工人收工时，他就帮那些人修理工具。

由于修水库用的劳力基本上都是附近的人，早上按时按点上工干活，晚上除了加班，也是有准确的时间下班。九十多个劳力在尚双印的指挥下，一切都在顺顺当当地进行着。他把活路安排得非常扎实，工人们也能干出成绩，大家都能够发挥各自的积极性，所以干活也不算是太累，进展也很快。

时间长了，尚双印也能看出来这些人很劳累。那时正是春天，日子进入最难熬的时节，家家吃的都很困难。为了能让这些出苦力的群众吃得好一点，凭补贴粮是不够的。这时公路上的活路也开了，有时路上的工人一时拿不下的任务，路上的领导就偷偷地来找他，弄几个劳力去帮忙。一来

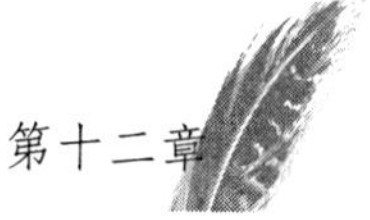

公路是国家的，临时用人工钱比较高，再是他在那儿干了好几次了，领导和他的关系也很好，所以一旦有干不完的活，就来寻他。这次人家又来寻他，他偷偷地从九十多个劳力中派出几个人去外边挣钱。而工地上的活也不能少干，剩下的人必须再加把劲儿，把那些外出的人的活儿赶出来。这样既不耽误劳动，也不耽误挣钱。

水库的工程在一天天地进展着。

由于骡子峪的岩石结构比较独特，说硬不硬，说软不软，用炸药炸，炸不出东西来，用人工挖又太费力。一看这样缓慢的进度，指挥部也急了，总指挥部更是急得如同热锅上的蚂蚁。最后李英儒把这一任务交给了尚双印，让他必须在三天之内拿出解决方案。

还没等尚双印想好，县上把全工地的补贴粮发下来了，骡子峪水库整个工地上少说也有上千的劳力，那些粮食也不是个小数目。那时人运粮食，不是背驮就是肩挑，好在工地上有辆架子车，多少还能省点事。这一任务也算是个艰巨的任务，别的工队都不想干，没办法就又给了尚双印他们。条件是每运回一百斤粮食给三斤粮食作为回报。尚双印一想这是个好事，但任务紧，必须是三天内完成。如果按时完不成任务，外加的三斤粮补贴就没有了。

当时多少人都说尚双印这一回亏定了。

亏不亏都得干，人们拼了命干，一天下来，没拉回多少。这一下尚双印真急了，按这样的速度计算，十天都拉不完。晚上他想了想，第二天就把金堆城前来拉砖的大汽车叫来，帮忙运粮食。不到两天工夫，粮食全部运回。让他高兴的不是提前完成任务，而是有了上千斤粮食的收入。

大家伙一看到粮食，干活就更来劲了。

三天没到，李英儒又来问工程安排得怎样了。尚双印说忙于运粮，这事还没顾得上安排。李英儒一听火了，说明天拿不出好办法，那些粮食就别想要。

第二天到工地上，尚双印看了半天，终于想出了一个好办法。他对那些人说："从明天开始，每人每天从这个大坑里挑出二百斤石渣，我不管你是用锤子打还用嘴啃，只要完成这些任务就好。今天放工早一点，大家回去把各人的工具收拾好，别在干活时耽误时间。"

晚上指挥部给尚双印下了死命令，在雨季到来之前，必须要把地基修好，也就是说在两个月之内，一定要完成任务。如果按眼下这种速度，四个月也完不成。但人们心中也都明白，在雨季之前不完成，那么这几个月的活就白干了。别说上级领导急，干活的人也急。

为了提高大家的积极性，尚双印说："从明天开始，把伙食水平提高，加大油水，让大家尽饱吃饭。"

一听说生活提高了，让尽饱吃，人们也来劲了。

尚双印又强调了一点，让大家吃好，主要是要把活干好，说啥都一定要按时完成任务。

这样一来，在干活中，这些人相互帮助，想法没法完成了每天的任务。不到十天的时间，水库地基就有了一点眉目。

由于越向下挖，水就越深，为了不影响干活进展，尚双印向指挥部汇报了这一情况。

为了解决这一问题，指挥部想办法从县水利局拉来了一套抽水设备。这在当时在全县是最好的东西，全县只有两套。他们把柴油机和抽水机固定横放在上面的几棵大杨树上。这样一来，积水的问题解决了，施工的速度大大提高。

由于水库越来越深，水流也加快了。为了不耽误时间，尚双印又把人分成两班，日夜不停地倒班干，这样就省去每天上班前抽水的时间，大大地提高了工作效率。

进入四月初，骡子峪水库的修建正在如火如荼地进行着，各路人马都坚守在自己的岗位上，整个山沟一片热闹景象。开山声、凿崖声，再加上工人干活的号子声、说笑声令整个山野充满了活力。

第十三章

尚双印把水库工地上的事务安排好后，他才急急忙忙地向砖厂走去。他知道离开砖厂已有些日子了，最让他惦记的是现在的生产情况和工人们的生活问题。

正是四月天春困的时候，他一进厂也顾不上喝一口水，就先从土场开始察看，每一条生产线，他都看得非常细致：一是安全，二是质量和进度。

尚双印检查工作的习惯是不听汇报，他一面看，发现问题时，又一面思考着、盘算着、计划着如何解决。他从工人面前走过，好长时间不见，工人们都想和他打个招呼，但一看到他思考入迷的样子，没人忍心打扰他，都把所有的力气用在了手头的活路中。他逐一看完之后，才乐呵呵进入办公室问最近的生产情况。令他高兴的是今年的销售情况比去年提高了一倍不止。再就是村民也开始认可红色的机制砖了，他的梦想是让全县的人都能用上杨河的机制砖，到处都能看到一片红红的砖房，以替代老式的土里土气的蓝砖房，让红砖墙尽快替换那些七扭八歪的土墙。

尚双印对他的一些美好设想也很着迷。因为每当他有一个好想法时，都能在或远或近的时候实现，不管是难事还是易事，总是很顺利地成为现实。他不信神不信鬼，但他也觉得有些事情很神奇，总觉得有一股异样的力量在暗中帮助他，无论是出力的活还是求人的事，最终都能如他所愿地实现或者得到解决，而且每件事的结果都异乎寻常地令他满意。

今天尚双印很高兴，就又到各条生产线上走走，和工人们说说话，拉拉家常。人们都对他恭恭敬敬的，连平日里那些和他乱开玩笑说粗话的人，此时见到他都老老实实的。这反倒让他心中生出一股无名的孤单。

是不是平日自己把那些人管得太严了？是不是他批评工人太重了些？

尚双印边走边想，不觉就来到了码砖坯子的地方，这里大多是年轻的妇女和小伙子们，因为这个地方苦重，而且还要有些技术和眼色，而年轻人手脚麻利。他正在看那些人，每人手上拿两把叉子，每次两块砖，在不停地一上一下码放着。无论是行距还是高度都非常平直，简直像是用绳子拉过一样。码完一排后，再盖上草帘子。

他一边看一边问："干这种活累不累？"

"时间长了，也都习惯了。"一个女孩子说。这时他才注意到这个女孩子年龄不是太大。

"你家里几个人？"

"八个。"

"现在能吃饱了。"

"能，弟弟和妹妹都上学了。"

"那就好。让我看看你的手。"

女孩子不好意思地把手伸出来。他看到的是一双粗糙的手，上面有磨破了的血泡。

"一天能码多少砖？"

"三千多。"

"三千砖要十几吨重哩。"

"大家都一样。"

"是叔让你们受苦了。"

"受苦总比受饿好，是你让我们不再受饿了，全村人都感激你。"

正说着，那边传来一阵哭声，惊得尚双印不知出了什么事。他赶忙跑过去，看到一个女孩子倒在地上，不停地哭泣。再一看她身旁倒了许多砖。

这时清理场子的老王过来，扶起女孩子，安慰她说："没事，倒几块砖坯子是正常事，你新来，学得也快，码得也好，没人责怪你的。"

女孩子停止了哭泣，不敢抬头看尚双印，从地下拾起叉子又开始码起来。

看到这情景，尚双印心中一酸，低低地对老王说："你跟我来一下。"

老王跟在他后面，思谋着怎样说才好。

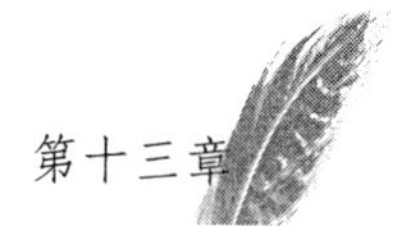

“这娃是咋回事？”

“她才来十来天，是她提出要学码砖的，你看她学得也很快，码得也平整好看，就是……”

“我说你心里有鬼，说话哼哼唧唧的，到底是咋啦？”

一听厂长用平时开玩笑的话说他，老王心里才轻松了些说：“这不是让你吓的。”

“我又不是狼，能把你吃了。”

“说实话吧，人一见到你都有些怕，也不知道是为啥。”

“平时，我没太骂过人吧，你要说实话，是不是我态度不好？你帮我想想。”

“没有啊。”

“那是怎么回事？”

“也许是工人们敬重你，你的尊严和威望就出来了，在干活中谁都不愿出错，一旦出错，他们自己都感到不好意思。就像刚才那个女孩子，也没人说她，她自己倒先怕起来了。”

“最近伙食咋样。”

“好着哩。”

“行，你去忙吧。”

尚双印向那个女孩子走过去。看到那些倒掉的砖已经被女孩子码得整整齐齐，旁边几个人在空闲时给她指点码砖的技巧。他看了看那些码的砖说：“行啊，干得不错。累了就歇一会儿。”

“我不累，我能干。”

“你今年多大了？”

“十九了。”那个女孩子怯怯地说。

“哪个队的？”

“四队的。”

“你爸是谁？”

“张二同。”

“谁？”

“张二同。”女孩低下了头，手中的叉子掉在了地上。

“给叔说实话，到底多大了。”

“十六。”

“上过学吗？”

“上过。”

“几年级？”

“五年级。”

“还想上学吗？”

“不上了。”

“学不会？”

“能。”

“那为什么不上学了？”

“我爸爸让我弟弟和妹妹上学，说他晚上在家教我。”

“给叔说实话，还想上学不？”

“不，不想上了。”她的声音很低。

“想上学我能帮你。”

“不上了，只求你别把我赶出砖厂就行。”说着那孩子又想哭。

“没事，我不会赶你走。”说着他拉起孩子的手，一看手腕红肿红肿的，手上有几处血泡，他慢慢地放下手。

“叫啥名字？”

“张春芳。”“知道了。”

中午吃饭的时候，尚双印和大家坐在灶房门口的地上，边吃边谈，谈到高兴处，他话头一转，向工人们检讨自己的许多不是，下边的工人都在听着，没有一个人说话，也不知道该怎么说。

这时一个小伙子站起来说：“厂长叔，你说的话是对我们不放心，我们从来没有感觉到厂长叔哪里有问题。我们只觉得我们每天活没干好，没有干得更多，其实这个砖厂是我们自己的，是大家吃饱肚子的地方。我们都知道，不光在石门镇，就是在全石门区，也只有咱杨河村没有缺粮户。我们在干活的时候都是想着把活干好，这样才能对得起我们自己的良心，也是对厂长叔一片好心的报答。”

小伙子一说完，全场一片掌声。

“行，只要大家好好干，我有一个想法，只要在今年农历九月能完成一千万，我给每人发一块手表。”

“真的。”几个小伙子一下子跳了起来，全场又是一阵掌声。

等掌声慢慢落下去。老王站起来说：“我知道咱厂长说一不二，只是我有一点反对意见，就是不知道该说不该说。”

“说。”大家异口同声地喊。

“这手表不能要，我们不知道这手表咋认哩。”

大家一听哈哈大笑。

紧接着，小伙子们跳着蹦着干活去了。

第十四章

进入初夏，烈日当空。突然一阵风从山后推来一大片乌云，说时迟那时快，一阵子大雨哗哗啦啦地就落下来了。

尚双印看着将要完成的任务，心中美滋滋的，说不定两个月的任务就能在月底彻底完成，也就是说一个月就完成任务了。他招呼大家赶快上来躲雨。下边人说不用了，衣服已经湿了，再说这是过云雨，说过去就过去了。

事实上也的确如此，山里的这种过云雨，也叫太阳雨，来得快，去得也快。但不知怎么回事，这次却下得时间较长，不一会儿，把干活的人淋得跟落汤鸡似的。有的人索性把衣服全部脱下来光着膀子干。和大部分人一样，现在穿的衣服都是从冬天的衣服改装而来的。由于冬夏共用一套衣服，所以大部分人的衣服都破破烂烂的，有的人穿的衣服可以说是衣不遮体，在腿面子上和屁股上打上了一层又一层的补丁。像干这种体力活最费衣服了。一干到出力流汗，人们都把衣服脱下来，光着身子干。

“啥时候能给每人发一套衣服该多好呀？”

“再加上一双鞋子就更好了。”

干这种跟石头打交道的苦累活确实离不开鞋子，可是尚双印仔细一看，还有百分之十的人确实没有鞋子。而大部分人的鞋子都是烂得不成样子了，胡乱绑在脚上。令人无法想象的是，在如此艰苦的条件下，人们居然能干出现在人不敢想象的事情！

尚双印动了这个念头。因为只要他心中有某种想法，那么这种想法就会鬼使神差促使他要想办法把想法变成现实。

尚双印就顺着这条思路一直向下想，如果每人一套衣服，要多少花费

呢？这些钱从什么地方来。再就是有钱了，光这些布匹就能把整个石门供销社买空，再说了还得要有缝纫机。那时根本没有成品的衣服买……他不想则可，一想就一发而不可收。他一动不动地站在那儿，想得入迷了。

下边的人说："咱们的头儿是不是出问题了，你看他站了半天了，连动一下都没有。"

"是啊，连眼睛都直了。"

"那家伙是不是中邪了？"平时爱开玩笑的人说。

"你上去看看，要是哪儿不对劲了，让鬼给拿捉住了，就狠狠地给扇上两个耳光就没事了。"

"能行，看我的。"

有一个小伙子说着就向面前的一道石坎上扑过去，原本打算一下子扑上去，没想到脚下一滑，摔了个面朝天，把一只草鞋挂在了石茬子上，脚上鲜血直流。旁边的人赶快把他扶起来，另一只草鞋也断了。小伙子一看鞋烂了，疯病发了似的仰天大号："哎，我的妈呀，我的草鞋呀，你怎么说断就断了，你这一断以后谁来保护我这脚呀？"

这家伙有板有眼地号啕着，可是干号不见眼泪。他怪腔怪调地号着，说是哭不像哭，说是唱又不像唱，把旁边的人都弄蒙了，一时间不知如何是好，都愣愣地看着他。

"干活。"小伙子冷不防地站起来，把草鞋朝地上一扔，"去你妈的，我以为我爷死了，让我哭了大半天，原来是你。"

这时，愣怔着的人们才醒过来，原来这家伙在出洋相。一想到这儿，突然爆发一阵大笑，有的人直接笑得滚到脚下的水坑里。这家伙是出名的捣蛋，一次吃饭时出洋相把大伙笑得碗都掉在地上，为此尚双印没少骂过他，说要是以后再出现类似的现象，就让人组织起来收拾他。

尚双印被下面的混乱弄醒了，慌得不知下边出了什么事。他一回过神就连滚带爬地来到工人身边，忙问出了啥事，旁边的一个人强忍住笑，从头到尾说了一遍，把尚双印气得把小伙子臭骂了一顿。

那家伙把脚从水中抬起来让尚双印看。"一块皮都没了，你看。"他把脚伸到尚双印面前，上面正在流血。

"活该！"尚双印说着从地上抓了一把泥，把小伙子出血的地方给抹上了。

“没鞋咋干活儿，把你那布鞋让咱穿上，也让咱的脚美上一下，能美一会儿是一会儿。”

“你小子。”尚双印骂了一句，把自己的布鞋脱下来给了那小伙子。

小伙子把鞋穿上对自己的脚说：“还不快谢谢尚领导，你这没良心的脚，一会儿罚你多挑一担石渣子。”

又引起了一阵大笑。

尚双印强忍着笑，一拐一拐地从石渣子堆上走了，他想回到灶房，但中间要经过一丛丛酸枣刺林。他知道工人每天都要从这里经过，有的人和他一样也是光着脚。他一到灶房，就蹲在地上拔脚上扎的小刺。

山阳老刘一看尚双印双脚流血，吓了一跳，问：“你这是咋了？”

“鞋烂了，光着脚回来的。”

“我这儿有。”

“你吃饭没锅，睡觉没窝，哪来的鞋？”

“你还不相信人呢？”

山阳老刘放下肩上的桶和担，从房子里拿了两笼草鞋给他面前一放说：“看上哪双拿哪双。”

“你从哪弄来恁多的草鞋？”

“晚上加班打的。”

“就打这么多？”

“这还多？你没看工地上那些人，谁穿的草鞋不是我打的。”

“我说嘛，这些人成天在这儿干活，哪来的时间打草鞋？原来都是你给打的。”

“有的二货一天要穿好几双呢。”

“老刘呀，我要替大家谢谢你了。”

“谢个啥哩，我住的是你给的，吃的是大家的。这点小事算不了什么。”

“那以后，我向上面给你申请补贴粮和工分。”

“啥也不要，有饭吃，有活干，我就满足了。我一个外地人能有这样的地方立足，多亏了咱们这地方的人好，不欺生。”

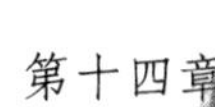

正说话间，尚双印看见一帮子人背着烂被子向这儿走来，仔细一看是那些外出搞副业的人回来了。尚双印顾不上脚疼高兴地站起来问：“那边活干完了？”

“完了。”

“这回去了好长时间了，收入不错吧？”

“还行，”说着那些人中领头的人把结算单交给了他，一五一十地说，“平均每人每天是三块钱，共计是五百六十二块钱，加班干包工共计是二百二十块，加起来总共是七百八十二块钱。”

“妈呀，这么多的钱，这下大家伙有救了。”说着，尚双印就蹲在那儿数起钱来,高兴得嘴都歪向一边。身边那些人也笑嘻嘻地傻乎乎地看着他。

“还愣在这儿干什么？这次不给你们额外补贴钱了，和水库上干活一样，只给工分和补贴粮。这些钱全部归水库上所有。”

“不给就不给，反正人家国家食堂比这儿吃得好，我们在那儿也享福了。”

“给钱不给钱，只要肚肚圆。”

“但也不让你们吃亏，给你们放一天假，工分和补贴粮照给。不愿意休息的，可以得双份。”

都是本分实在的庄稼人，放着能挣到手的工分和粮食，肯定没有人愿意休息。

第十五章

第二天，指挥部在尚双印他们的工队上开现场会。参加的人员除了全水库上的所有工人外，还有县区镇三级领导干部。在大会上，上级表扬了杨河村的所有劳力，再是为先进人物尚双印佩戴大红花。另外再为杨河村参加劳动的每个劳力奖一张锨。理由是原本三个月的任务，杨河村一个月就完成了。当领导们在上边讲话时，下边不时发出掌声。不是因为领导讲话动人，而是被杨河村的功劳所折服。

大会一结束，其他人员都散了，指挥部留下几个村的工队队长，说是有新的任务要重新安排。

开会的内容只有一项，当务之急是把水库地基上的抽水设施弄下来，那可是当时洛南最宝贝的机械，毫发都不能损坏。会上征求了各工队的意见，必须在第二天把机械拆下来。按说这是一件好事，但各工队队长没一个人敢答应弄这事。因为他们都明白这看似简单的事，其实干起来非常难。他们早就为将来拆机械而担忧过，当时抽水机一抽水，引来各队的人前来围观，谁都没见过这铁家伙能把水抽出去。这一神奇的东西让大家议论了好久。有人甚至担心那东西半夜会从上面掉下去，也有人议论将来不用了怎样把悬在半空中的铁家伙弄下来。果真今天这事情来了，所以没有一个人敢应承这件事。最后领导又宣布，哪个工队能把机械拆下来，给八千工分，一千斤补贴粮。

一听说有工分和补贴粮，大家都在纷纷议论，但一想那东西不好弄，悬在半空中，两个人站在上面还晃晃悠悠，想把那东西弄下来，没有三四十人都是白搭，再说了这么多的人站没个站处，别说用力抬东西了。

好处确实是好处，谁听了都眼红心热。可难题确实又是没法解决的难题。所以那些好处不是那么轻而易举就能弄到手的。哄哄了半天，没人敢上手。

这下把指挥部给难住了。李英儒拿眼看了几次尚双印，尚双印都没敢把头抬起来，只顾低头抽他的旱烟。别的人没事人一样地把脸面向不同的地方。

“我看这事非杨河村不可。”李英儒拿着官腔说。

尚双印还是只顾吸他的烟，一声不吭。

“杨河的尚双印来了没有？”

“没有，尚双印死了。”尚双印说完，引来一片哄笑声。

“没听说尚双印死，既然没死，这件小事就交给你了，两天弄不下来，倒扣八千工分，一千斤补贴粮，说到做到。散会。”

李英儒大手一挥，会议室里的人都忙着溜出去，一路上叽叽喳喳说：“这下有好戏看了。”

李英儒还坐在那儿，等尚双印来商量这事，一错眼就不见人了，他站在会议室门口一看，那家伙耷拉着头，正扑踏扑踏地往回走。

李英儒忙叫王干事去给尚双印传话。

王干事赶上尚双印说：“限你两天完成任务，要不真的要扣工分和补贴粮。”

“站着说话不腰疼。”尚双印没好气地说。

王干事一看他老大的不高兴，也不知如何应对。

尚双印再也没多说话就走了。

尚双印来到了工地上，站在摇摇晃晃的杨树上，吓得出了一身冷汗，低声嘟囔道：“这能弄下来？这不是坑人吗？”说着又哆哆嗦嗦地退下来。面对那堆冷酷无情的铁家伙苦思冥想起来。

尚双印想了老半天，突然用手狠狠地在自己的大腿上一拍，飞快地跑回到灶房。这时工人们也下班了，都在兴高采烈地摆弄着刚才奖励的铁锨。

尚双印二话没说来到三组的小伙子杨明面前说：“你腿快，赶紧到中学借两条拔河绳来，在吃完饭之前拿到。你先拿上两个馍，边走边吃，多给你一个馍，饭给你留着，没按时拿回，就没饭吃。”小伙子一听，拿上馍撒腿就跑。

“二峰，你快吃完饭，到指挥部要上十斤八号铁丝，再借一把虎头钳子。看咱们今天把这八千工分和一千斤补贴粮弄到手。”

一听这话，大伙儿沸腾了，不约而同地问：“咋干哩？”

“这不用你们操心，到时听我的就行了。”

吃完饭，杨河村在水库工地上的劳力全部集中在机械周围，连做饭的师傅打扫完锅灶也都来了。外队的工人一看杨河村人要行动了，都远远地站着看热闹。

李英儒坐在办公室内，心神不宁地等待着消息。

尚双印派了一个年轻麻利的小伙子，过去把铁丝拧在机械两端，然后又把拔河绳双折拧在铁丝上，把两个头拉上来，一端四十五个人，一端稳住方向，一端拼着命向上拉。一切都安排好后，尚双印嘴上咬着哨子，只听吱的一声，大家一用力，一千多斤的机械从空中轻飘飘地飞到了地面。顿时一片欢呼之声四起，响彻整个山谷，把个总指挥部的李英儒吓得蹦出办公室，以为是那边出了事了。

“成功了，成功了。”喊声不断。

四处观望的人也没精打采地回到了各自的工地上，真后悔当初没把这活弄到手，一千斤粮食，八千工分，谁不眼红啊？杨河村人这鬼点子真多，胆子也忒大，不到一个小时，这么多的东西就成了人家的了，真真后悔。

骡子峪的这件事一下子在石门区各地传开了，人们把尚双印传得跟神仙一样。

在那个时候，八千工分和一千斤粮食是多大的诱惑啊！

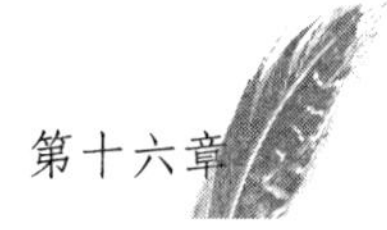

第十六章

接下来，尚双印托人到县供销联社弄来两台缝纫机。这东西那时在农村人见过的也不多，衣服都是用针线纳缝而成。又从外地请来了两个裁缝师傅，日夜加班为杨河村参加骡子峪水库修建的所有人员赶制工作服。

尚双印把石门供销社的劳动布都买空了都不够，幸好他与供销社主任是熟人，人家给想办法从别的地方又弄来一批劳动布。那时布匹都要限量，所以弄起来比较困难。

那时的人们都是饿着肚子走过来的，只想着吃的，哪还有人能想到穿的，连想都不敢想，也不知道去想，而这事让他想到了，将来的结果是好是坏，他也没多想。他只要一闭上眼睛就能看到他的社员们穿着破烂的衣服，没有补丁的衣服少之又少。再一想到那些在烈日炎炎下光膀子干活的人，他们的身上都被太阳晒落了几层皮，他们的脚在流血。每人一套衣服，要不要再加一双鞋？为此他也苦思冥想了几日几夜，到目前为止，他还没有最后决定下来。如果每人再加一双鞋，就又要多出好几百块钱的支出，要知道这些钱虽然是这几十个人拼命挣来的，但它是属于全杨河村人的，全杨河村十三个村民小组，一千八百多人的。但他又一想，反正家家户户的人不在这儿就在砖厂，有的还有几个人在里边，这样下来，几乎家家都能受益。一个人有了吃的穿的，一个家庭也就少了一份负担。一想到这儿，他咬牙决定还是每人一双解放牌黄胶鞋。一套衣服是七八块钱，加上鞋也就是十几块钱，买吧，反正羊毛出在羊身上。这话虽然听上去有点难听，但却是事实，是他们拼了力气挣回来的。只要有办法多挣些钱，什么东西都有了。

骡子峪每三十年发一次大水，水头来了有七八丈高，破坏力特别强大。

这一年六月的一天恰好遇上。

天空突然阴云密布，转眼间就是电闪雷鸣，紧接着暴雨倾盆而下，不到一小时山洪飞奔而来，把工地上一盘一吨多重的钢丝绳不知冲到什么地方去了，还有许多没来得及拿走的工具都被冲走了。要知道那时工业用品在农村是很难见到的，全是非常珍贵的东西，是由县水利部门专门配给的，没了那东西，这水库就没法修成。所以还没等大水过去，就赶紧派人到处搜寻，幸好在一个比较缓的地方找到了它，人们把它从泥沙里挖出来。这东西的另一端必须弄到面前的山顶上，这么重的东西无论如何都无法弄上去，那时只有靠人力向上抬，东西小，分量重，根本就容不下那么多的人来抬。

当务之急是必须把钢丝绳弄到山顶上去。总指挥部又召集紧急会议，参会的还是各队的负责人。李英儒下达了命令，各村的带队人你看看我，我看看你，没有一个人敢接受这一任务。这是一次更加艰难的任务。

李英儒说："水库的重大工程就靠它了，而且上边只给这些，人家这是通过科学计算过的，没有一点多余的。如果这盘钢丝绳出了问题，再想要是没门了。再是眼下正是洪水多发期，赶紧想方设法把它弄到安全的地方。按要求是把一端拉到山顶固定的地方，要直线从山下拉到山上，所以不管山崖多陡都要弄上去。"

一听是这事情，更是把人吓得不敢吭气了。指挥部的领导一看也急了。尚双印思考了再三，还是没办法，所以也不敢吭气儿。但他一刻也没有停止思考，他想这东西体积小，分量重，人少了弄不动，人多了又施展不开，再加上在山沟里，要到山顶根本无路可走，想弄到山顶不是一件容易的事。

全场没有一个负责人敢接这个任务，李英儒脸都气青了。大家一看不对，都在私下商量看怎么办。眼看太阳都要落山了，还是没有结果。李英儒五十来岁，本来就是一个脾气火暴的实干家，接二连三的紧急事件更让他烦躁不安，眼看一天就要过去了，还是没有个下落，这更是令他烦躁不安。

这时不知谁在叽咕了一句，把李英儒硬是激怒了，他一看是麻坪乡带队的头儿，叫王长顺。

"王长顺，这次由你们麻坪来干。"

"干不了。"

"那你在那儿叽咕啥哩？"

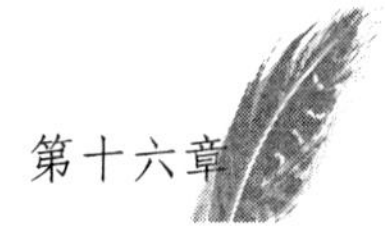

“上次不是杨河村人干的吗，这次还得让他们干。”

“我也同意，杨河村人吃了那么多的补贴粮和工分，肚子早就吃饱了，吃饱了就有力气，这活让他们干最合适。”

“我看行，不过这次任务重，就多给些工分和补贴粮，谁有能耐谁去干，反正我们是干不了。”

李英儒一听，也是个主意，就说：“这次任务重，给一万工分，两千斤补贴粮。谁干？”

大伙一听，都纷纷议论起来，都在为这些东西眼睛发红，可是争吵了半天还是没有人敢应承下来。

这一下真的把李英儒弄火了。

“到底有人干没有？”

大家还是不吭声。

“尚双印干不干？”李英儒点名了。

“我怕干不了，还是让别的村干吧，好处轮流转，让别的村也得上一点，都是人嘛。”

“到底有人干没有？这么多的东西，到时候可别再眼红，让人家拿走了。”一个干事说。

还是没有人敢站出来说话，把个李英儒更是弄火了，他站起来把桌子一拍：“就是尚双印了，不干也得干。具体问题你和技术人员小王协商。钢丝绳不得弄断和损伤。”

李英儒一说完就气冲冲地走了，会场的人一看也赶紧溜之大吉。

没办法，尚双印把技术员叫来和他一块到钢丝绳那边看了大半天，都没看出来啥名堂。

尚双印就问技术员说：“这是弄啥用的？”

“是导链上用的，一头在山顶上，一头在大坝上，主要是起重那些磨好的大石块用的。”

“一点都不敢弄断？”

“肯定了，连磨损都不敢，要不那么重的石块，有的好几吨重哩，就靠它拉到空中，放在设计好的位置上，如果有问题，就不安全了。”

“我知道了。”

“那你好好想办法吧，我走了。”

“好。”

尚双印站在那儿紧锁眉头，他无奈地看了看钢丝绳，又看了看对面的山，看了大半天还是想不出什么办法来。没办法，他把钢丝绳拉开，拉了三四米就拉不动了。由于地方较小，他把拉开的盘成了个圈，再拉，直拉得他满头大汗，气喘不定。这时他看了看那个圈，突然明白了什么，赶紧把手上的油泥甩了甩，飞也似的跑回去了。

工人们在院子东一片西一片或站或坐地等尚双印回来。

尚双印一进院子就说：“好事来了，一万工分，两千斤补贴粮到手了。”

工人一听忙问啥好事。

尚双印说：“今天回去每两个人准备一个一丈长的木杠子，要结实一点的，谁拿不来，明天就别上工。然后就是好好地休息一晚上，到明天准备挣工分和粮食。”

满院子的人就如同炸开了锅一样热闹。

“赶快回去准备。”他一喊叫，大家都纷纷又说又笑地散开了，一心等着明天的大好事来到。

第二天一大早，太阳给骡子峪染上了明亮的色彩。骡子峪其实不叫骡子峪，而叫落箭峪，相传是佘太君教练手下射箭的地方，箭头落在了这个山沟里，然后再拾回去，不知何时何代就成了骡子峪了。

第二天一进工地，尚双印先安排了十来个小伙子和两个老人，把钢丝绳拉开，每隔一丈远挽一个一米大的一个圈，然后用铁丝扎好。依次类推，每隔一丈远挽一个一米大的圈。看看差不多了，他下令每两人一组，每组一根木杠子，把钢丝绳圈拴在木杠子上，然后两个人抬一个圈向山顶直爬上去。一时间人们前呼后拥，一条龙式地向山顶攀爬着。由于谁也没有干过这种活，好奇心远远大于干活的心理，所以场面非常热闹。前面的人走走歇歇，后面的人在不停地挽钢丝绳圈和打结。没多大一会儿，一盘钢丝绳已经拉开了一大半，工人们一看，原本带有压力的心一下子就放松了，干劲也大了起来。在对面山坡指挥路径的人，不停地喊叫着，抬钢丝绳的人也在喊着号子。叫喊声和说笑声把骡子峪撑得满满当当的，以至于回音都让人感觉很黏稠。

指挥部设在半山腰上，在办公室门口的场地上，站满了领导和技术人员，都在兴致勃勃地看着下面的劳动场面。其他村的工人和带队的也都站在各自的工地上，傻傻地看着杨河村人欢马叫的，心中的滋味各不相同。

一万工分，两千斤补贴粮就这样一下一下地跑进了杨河村人的口袋里了。有的工队队员开始埋怨起自己的队长没能力，又叹息自己不能成为杨河村的一员。当然，这么多的粮食在那时是多么的金贵，没有人不眼红的。

眼看在这热闹的场景中，队伍已经到达半山腰了，眼看离山顶也不远了。这时的战线越拉越长，重量也越来越大。多余的人，跳上蹿下，替换那些力气不足的人，替换下来的人又主动开始在难以攀爬的地方连拉带扶。叫号子的人都把嗓子喊哑了，下面的人有节奏地应和着。汗水湿透了衣服，迷蒙了双眼。

那样的劳动场面在当时的确既宏大又振奋人心。

李英儒站在那儿一动不动，静静地观看着，心中不由得暗自佩服起尚双印这家伙来，同样是人，那家伙竟然有如此多的办法。这就是才能，不服不行。只有想不到，没有做不到。

前面的一组人马上就到山顶了，突然有人大声喊："坚持就是胜利。"下面的工人应和着，一鼓作气就到了山顶。尚双印大手一挥，"同志们，全体休息一会儿，休息好之后，把钢丝绳的圈子解开拉直，我们的任务就算完成了。"

"好。"大家不约而同地喊叫起来，索性都不休息了，连拉带拽地把钢丝绳拉直了。

"胜利啦，我们胜利啦。"顿时山上山下喊声连天，人们挥舞着烂衣服或木杠子。一场前所未有的热闹场面在骡子峪里不停地向四处激荡着，久久难以平息。

"尚双印这小子真是个人才。"

过了好久，山上的人如同蚂蚁一样，开始沿着小路向下移动。山下边，一台55型拖拉机拉着一台巨大的发电机，冒着黑烟又冲进杨河工队的住处。

"事情又来了。"李英儒说。

"是从外地弄来的发动机。"

"下车又成了问题了。"

“我也正为这事发愁哩。”李英儒说。

“也是，和上次的一样，重量大，体积小，抬无法抬，搬无法搬，翻下去又怕给人家摔坏了。”

“谁注意到刚才尚双印把钢丝绳弄到山顶用了多长时间？”李英儒问。

“只顾看热闹了，就没注意用了多长时间。”

“估计用了三个多小时。”

“三天时间，这小子只用三个小时就干完了。”

“这家伙是啥东西变的？”

“这么多的粮食让这小子一下子就弄走了。”

“哪有啥办法，别人没有这种能耐。”

“有的村肯定不服。”

“那也没办法。”

“不行了，这次不让杨河干。”

“总不能老让他们捞好处。”

“也不一定是好事。”

“这次给少点，要是干不好，从上两次的里边扣。”

“那小子要不干呢？”

“不干还得干。”

工队开饭了，人们苦干了一个早上，现在开始觉得又饿又累。尚双印早把今天的伙食安排好了，油水要重，菜要多，馍饭不计数，能吃多少吃多少。一听是这等好事，大家伙的脸上洋溢着过年时才有的幸福色彩。

李英儒突然从人群里冒出来，把尚双印叫到一边没人的地方说：“把车上的机器弄下车，放好，那东西金贵。给三百工分，二百斤补贴粮。”

这是命令式的口吻。

“你这不是坑人哩么。”没等尚双印把话说完，李英儒反背着手，头也不回地走了。尚双印气得叽叽咕咕不知说什么好，连饭碗都没端。

拖拉机司机和尚双印是熟人，过来问：“愁眉苦脸的是咋了？”

“让下车哩，这么重的东西咋下哩？”

“我当是啥事，原来是这，太好弄了。”

“你小子有办法？”

“有。”

“你给咱下。”

“我看你们工人都吃肉哩，馍又大又好。”

“你什么意思？”

“一碗肉，两个馍，拿来了我给你下。”

“别吹，下了再给你。”

“不行，吃了干才有劲。”

“吃了干不了怎么办？”

“咋可能哩？”

“这样，先把饭给你打来，放在你面前，等干完了再吃。”

“哎呀，你太精了。行行行，算是服了你了。”

“别在我们工地上给我丢人。”

司机没说话，把场地看了看。场子中间有一大堆沙子。而且边上有一个不太高的土坎。他二话没说发动了拖拉机，一阵黑烟过后，拖拉机箱子和发动机一块倒在沙子上。“成了，叫人帮忙给我把车箱子弄起来就行了。”

“你小子，胆真大。”

“你不知道拖拉机是坏坏腰，你看行不行？”

“行了，人们都服我，我看我得服你了。”

“没有啥，这是经验。”

“一碗肉就这样白白地让你吃了。”

“你比贼王还奸，我哪能占上你的便宜。”

尚双印叫了十几个人把车箱子翻起，把发电机从沙子中弄出来，摆放整齐。他又对司机说：“一会儿帮我的工队干点私活。”

“弄啥哩？”

“到石门街道把工作服运回来。”

人们一听说发工作服，又是一阵呼躁。尚双印赶紧制止：“好的多着哩，在衣服没回来之前原地休息，好事还在后面哩。”

拖拉机刚一走，工人们就站在路边等待。

拖拉机回来了。尚双印让人们排好队，叫一个人，发一套衣服一双鞋，而且让就地换上新衣服。

有的人不肯，说是过年时再穿，尚双印说这是纪律，没办法，人们这才不情愿地把新衣服穿在身上，到底是穿旧衣服习惯了，新衣服一上身，当下人觉得干什么都不自在。大部分人一辈子都没穿过这么好的衣服，所以当时那种微妙的心情是无法用语言一下两下说清的。

山阳老刘说什么也不要那身衣服和鞋，他说："我一个孤寡老头，有处住就沾天光了，哪还敢再要衣服。再说了这么好的衣服，让我一个快死的人穿了，这真有些可惜，还是让给哪个年轻的小伙子穿吧，他们还要说媳妇，成家立业哩。"

一席话说得大家心中都酸酸的。一想平日他为了大家也忙前忙后的，晚上给大伙儿加班打草鞋，多少人在这半年里穿的都是他打的草鞋。

"不行，一定要给老刘，他虽然不在编制里，但他为了这个工程也出了不少力，流了不少汗。按说工分和补贴粮都应该给。"

"这事我正向上边申请着哩，但今天的衣服和鞋子一定要给。"尚双印命令道。

山阳老刘是个耿直人，一时不知说什么好，竟跪在大伙儿面前。尚双印扶起他，站在大家的中间说："今天咱们穿好衣服，到总指挥部转一圈，然后回来。现在水库上的工作已到尾声，回来之后，咱们再放三天假。"

"去那儿干啥？"

"连这都不知道，让那些人看看咱杨河人不是好惹的。"

"不是那种意思，这事我也想了好久，咱们不是去炫耀，而是让更多的人知道一个道理，只有团结肯干，吃苦勤劳，我们才能吃饱穿暖。如果人人都像杨河村民这样，那么全国就没有饥饿和寒冷。我也知道这件事可能在地方引起不小的争论，但凭良心，这是大家用血汗换来的，我们问心无愧。"

那些听的人没说话，都在想尚双印说这些话的道理。

杨河村工队慢慢地将指挥部门前的场地站满了。其实李英儒早早就看到了这些人，对身边的人说："可能是活干完了，这小子又不知要玩弄什么花样了。"

"尚双印这家伙，你不服不行。你看人家那些工人，跟上他都沾光了。"

别的村组一看杨河的人马都聚集到指挥部，以为要闹事，都纷纷停下

手中的活向那儿拥去，把个门前弄得人山人海的，再看看人家，清一色的服装，新衣新鞋，早就羡慕死了。

尚双印简单地向指挥部汇报了情况，并说明给工人放三天假。李英儒一看这些人心中也很激动，本来想好了许多的话要在这些人面前讲演一番，但一激动，再一看这些人比国家正式的工人都气魄，最后只说了一句话:“是尚双印打造了杨河牌，杨河村将成为洛南最有典型、最模范、最先进的村，希望我们大家都向杨河人学习。”

第十七章

身穿清一色工作服的杨河工队浩浩荡荡地从水库工地上回来了。这些从来都没有穿过一身新衣服的土包子弟兄们，喜气洋洋地走村过组，把地里干活的人都弄得停下了手中的活，看得目瞪口呆。

有的人让人一看，反倒窘迫得不知如何是好，因为习惯了旧衣服，今天穿上新的，不知怎的走路都感到非常别扭。特别是年龄稍大一点的人，他们感到有点自卑。

古人说："吃饭穿衣看家道。"有两种说法，一是从吃饭和穿衣上能看出你的家世的好坏。另一种说法是，吃饭和穿衣的好坏要看家中的情况来决定，不能打肿脸装胖子。今天穿得这么好，就是打肿脸装胖子，害怕遭人非议，所以都低头走路。

"都给我精神点，贼娃子似的。难看不难看？"尚双印说。

"我总觉得今天不对劲儿。"一个人说。

"哪儿不对劲儿？"

"怕人说闲话。"

"怕什么，这是咱们用苦力换来的，不用怕。我不是说了嘛，要让大家明白，只有实干，苦干，才能吃饱穿暖。现在你们穿上了新衣服，下一个目标就让全家的人都穿上新衣服。你们在工地上下苦吃上了大肉米饭白馍馍，下一个目标就是让全家人都能吃上大肉米饭白馍馍。让所有的人都吃好穿好，再不要吃糠咽菜了。大家说有没有这个信心？"

"有。"人们高声喊叫，这才有了些精神。一路上人们说说笑笑的，有的人也到家了，所以队伍陆陆续续的人越来越少了。

尚双印没有回家，而是来到了砖厂。进厂门时，他向后一看，还有几个小伙子跟着。

“你几个不回家，跑这儿干啥来了？”

“到砖厂看看。”

“有啥好看的，打啥鬼主意谁不知道。”

“你知道啥？”

“不是到我们砖厂的姑娘面前来显摆才怪了。”

“让厂长说中了。”

“告诉你们吧，一边歇着去，你显摆不过人家。”

“咋哩？”

“你知道人家是啥东西吗？”

“是啥？”

“每人一块手表，手表你们见过吗？”

“妈哎，手表，女的也有吗？”

“肯定有。”

“这下完了。”

“不是还没发吗。”

“快了，三天之内就发。要不你几个去显摆显摆也行。”

几个小伙子呼啦一下向码砖的地方跑去，一个个神气十足，一副装狼不像狼，装狗尾巴长的样子，惹得在厂子的工人们投来羡慕的目光。

几个小伙子转了一圈走了。

尚双印背着手到工地上看了看砖的质量，满意地点了点头。

这时砖厂的几个小伙子拥着会计小张走过来。

“你们几个不好好干活，跑这儿干啥来了？”

“我们是供料的，半小时都用不完。”

“他们几个说你给修水库的工人都发了新衣服，问什么时候给我们发手表。”

“先看任务完成了没有？”

“早就完成了，前二十天就完成了。不信你查账。”

“只要完成了，三天内准时发。”

几个小伙子一听，一蹦三尺高地从一条作业线跑到另一条作业线，不一会儿整个厂子里欢声一片。

尚双印看着这些浑身是泥的工人，心中有一种莫名其妙的滋味。身边几个年岁较大的人也被这些年轻人的活跃劲感动了。

尚双印说："只要好好干，一切都会有的，再不会像原来那样，受饥挨饿了。"

"厂长说得对，把人饿怕了，如果再不受饿，真是天大的福分。"

说着话，那几个人眼睛湿湿的。

三天之后，全厂三四百工人，每人手上都戴着一块明晃晃的手表。

村干部中有人对尚双印的做法持肯定态度，也有人认为尚双印做事有点过激，害怕为这事捅下什么瞎瞎娄子。

尚双印承包砖厂承包的是工作责任，而不是经济收入，经济收入再多都是村上集体的。要给工人们办点事情，开支必须符合实际，合情合理。所以，杨河人才亲切地称呼尚双印为砖头厂长。

到了年底，杨河村一共一千八百多人口，每人给发三斤大米和二斤油。这无异于平地风雷。分发大米和油的那天，石门街比过大年还热闹。一些外村的人眼红那些东西，抱怨自己为什么不生在杨河村。

杨河村的男男女女，老老少少，拿着瓶瓶罐罐到石门街指定的地方去领东西。有的老人一生都没吃过大米，用颤抖的双手摸着雪白光滑的大米，激动得眼泪都掉了下来。有的老人让身边的孩子给尚双印叩头下跪："要不是你尚叔叔，过年哪能吃上这么好的东西？"

尚双印一看到这种景象，吓得不知向什么地方躲。

第十八章

1980 年，杨河村民的年都过得非常红火热闹，整个杨河村都沉浸在一片欢乐祥和之中。

天刚黑，尚双印独自一个人在院子里转来转去，外面的鞭炮声不断地传来。

这时院门吱呀一声被推开了，闪进来几个黑色的影子。

尚双印定睛一看是二组的张老头。

“大过年的一个人在院子转啥哩？”

“你不好好在家过年跑我这儿干啥来了？”

“来谢你来了。”

“有啥值得谢的。赶紧进屋坐。”

尚双印让老婆把油灯弄亮，把张老头迎进来。问：“外边还有谁？”

“我的几个儿子和儿媳。”

“赶紧快让都进来。”

“快进来给你叔叩头，不是你叔咱家早都饿死完了。”

“你这老家伙，不敢这样，我才比他们大几岁。”

张老头几个儿子和媳妇齐刷刷地跪在地上。

“让娃们赶紧起来。你这老家伙，不敢这样糟蹋小伙子们了。”

张老头说：“做人不能忘本，你不知道没进砖厂之前，我家人口多，老婆又有病。没吃的没住的，实在活不下去了，老婆让我弄上几包老鼠药，给水里边一搅，让全家人都一死，就少受那份阳罪了。当时药都弄好了，一看一片活生生的命，到底没敢下手。那年春上，我们父子三个都进了砖厂，没一年的时间，就修了一座新房子，给老二和老三都说上了媳妇。要不是你起头办这个砖厂，我家真的没有一个人能活到今天。”说着，老头就哽咽起来。

“老张，别说这些了，家家户户都一样，能熬到今天也都不容易，房子有了，儿子们也都成家了。只要咱们有人，好好干，能吃苦，好光景还在后边哩。”

“眼前这光景就不错了，谢天谢地。厂长是我们家的大恩人。”

“叫啥厂长哩。叫我双印子，我觉得亲切。”

“对对对，叫双印子。”

“家里也没啥招呼的，就抽几根三环烟，好歹也算是纸烟了。”

“对我来说，这就是好烟。我吃的还是旱烟片子。”

“那东西过瘾。”

二人正拉家常，院门又响了，进来两个人，尚双印一看是老支书雷军堂，后面跟着一个不认识的小伙子。

“不好好在家过年，跑我这儿干啥来了？”

“混两根烟抽抽。”

张老头一看来了两个干部，就起身和儿子媳妇走了。

二人坐定后，雷支书开门见山地说：“这小伙子是信用社新调来的小刘，是咱们这地方的财神爷，他爸让小伙子到任后一定先要见见你。”

“小刘他爸是谁？我咋不认识。”

小刘礼貌地说：“你肯定不认识，但我爸认识你。我现在分在了你们石门信用社，我爸说让我能帮上你尽量帮帮你干些大事情。”

“你家在哪？你爸是谁？”

“我家在麻坪，离麻坪街还有十几里路。说我爸是谁，你也许真不认识。”

“那他咋认识我？”

“说来话长，那年地区剧团在石门演出。由于没有门票钱，场外一百多人进不去，而且都是大老远来看戏的人，那时人穷，还想看戏，可怜得连两毛钱的票钱都掏不起……”

“噢，你一说这我就想起来了。”

那是差不多十年前的事了。

那年夏天，商洛地区剧团来石门演出。当时农村没有什么文化娱乐，一听说是地区来的高级剧团在当地演出，人们欢天喜地，呼朋结友地前去观看。不到天黑，人们从四面八方的沟沟汊汊拥向石门，离这儿四五十里地的人都来了，他们中午就从家里出发，赶开戏前刚到地方。当时门票是两毛钱，但百分之六七十的人还是拿不出来，都在场外听听戏。剧团发现了这一问题后，又加固了外围，让在外面的人连听也听不到了。这些人只好等候演出快结束时不收票了，再搞搭混进去，看上一眼两眼的，给眼睛过个生日就行了。

一般演出是从天黑八点唱到十二点，十点到十一点前后就不收票了。没想到那天晚上的人特别多，外面还有一百多人，所以一直延续到十一点多还在收门票。

尚双印早上天不亮从家里出发，拿上绳和扁担到二十多里外的山上，割一种叫黄瓜条的东西，赶到中午刚好割一担，然后担回来放在一个建筑工地上，再编成篱笆，每片卖两块钱。这天他割的条子正好编了三片篱笆，共卖了六块钱。他拿上钱，喝了口凉水，边走边吃早上从家里带的窝窝头向戏场子走去。到那边一看，场外还有这么多的人，再一打听都十一点多了还不开放。

尚双印走过去对售票的人说："都快杀戏了，还不放人进去。这些人都是些可怜人，大老远地从山沟沟里赶来的。就让他们进去看一会儿。"

"可怜人，可怜人就别看戏了。难道我们这照明用的汽灯里烧的是水不成？"

"话不能这样说。要不这样吧，让这些人进去得多少钱？"

"钱你出？再说了你能出得起吗？"

"你说得多少钱？"

"至少十块。"

"再少点。"

"不行，一个子儿都不能少。"

"行，这钱我出了。"

售票的一看这小伙子穿得破破烂烂的，怀疑道："你别是骗子吧？"

“世上哪有骗子骗戏看的。”

“你先把钱拿出来让我看看。”

尚双印拿出六块钱说：“大家赶紧进，还愣着干啥，钱我出了。”

人们一听，洪水一样地拥进去了。守门人一看是六块钱，再一看人都拥进去了，最后气哼哼地走了。

这时走在最后的一个人问他：“你叫什么名字？是哪里人？”

“杨河的，叫尚双印。”

“这个可是养家糊口的钱，你就这么用了？”

“没事，大不了我一天权当没干活。”

“小伙子，好心人，年纪轻轻的就知道同情人。我替大家谢谢你了。”

尚双印想了想那年的旧事一笑说：“这么说你爸就是那个走在最后问我的那个人了，看来你爸像是很有学问的人。”

“我爸学问可大了去了，是当地数一数二的人。四书五经，能掐会算，不敢说都精，但样样都会一点。”

“难怪他儿子坐银行哩。”

“我和雷支书大体说了一下，把你们的砖厂再扩大一下，需要改进的再改进一些儿。准备给你们发放十万元的贷款，这可是千载难逢的好机会。”

“天呀，全杨河村全年的收入七八千元，在全县都是独一无二的。这十万元啥时能还上？”

“所以我有些担心，才和小刘前来找你。”雷支书说。

“就凭你的本事，一定能想出好办法。”小刘说。

“让我好好想想。”

“好吧，天也不早了，我们先回去，等你有了好主意，咱们再说。”

尚双印开始思谋这一件大事，没大注意到二人的离去。

春节刚过，尚双印思谋出了门门道道。他分析了一下周围的情况，应该把砖厂的规模再搞大一点，事实上目前的规模已经不算小了，砖的销量依然是他谨慎思考的一个大问题。他首先分析了农村近年来的变化，好处是过去的十来年，大搞农田基础建设和大量的兴修水利。三中全会之后，到目前为止，土地的利用已经到了成熟的阶段，再加上这两年，政策深得人心，自然界风调雨顺，农民的粮食收成可观。人们基本上已经摆脱了吃

糠咽菜的苦日子，吃饭的问题都基本得到解决。如果这样下去，不到一年，农村人普遍会在住房上动用心事。

因为去年到现在，砖厂有一部分砖已经销售给了那些脱产干部和有着固定收入的农村人群。那些人有着比较超前的意识，他们开始模仿一些单位的建筑再加上农村传统的修建方法，盖起了砖瓦房，安装起了高大的四扇门和明净的玻璃窗。这样的房子在当时的农村，不亚于皇宫大殿。如果一个村能有一座两座这样的房子，就会吸引周围数十里的人前来围观，这家主人也会因为有这样的房子闻名一时。胆子小一点的人或是家境再次一点的人，他们更是谨慎，只把前门面的土墙拆了，换上砖墙，再换上四扇门，钢筋棍子玻璃窗，这种改建的方法在当时农村慢慢形成一种风气，叫做换前面子，不仅收入固定的人家能修起来，就是那些生活稍好一点的人也能修起来。房子里边再抹上白灰，这样比那又黑又烂的土墙真是干净和美观了几十倍。这样的房子在农村也只是刚刚开始，主人在人面前神气，干活力气大，说话声音高，所以换前面子是大多数人都在计划的事情。

再过十来天，也就是正月期间，天气变暖，农活还不是太忙，正是农村人忙于修建的大好时机。再从长远分析，自从大饥荒到现在，五六十年过去了，农村基本上都处于贫穷和混乱的状态，到处都是破旧不堪的房子。这些破旧的房子至少是几十年甚至上百年的历史了，再加上到了六十年代以后，人口在不断地增长，而住房却是负增长。

因此眼下兴建家园会成为挡不住的一种发展趋势。真要是这样，洛南再有上十几个像杨河这样的大砖厂，也还是不够用。一想到这儿，尚双印暗暗下了决心。干！就从今天开始。他边走边想，不觉就来到了砖厂门前。其实以上的这些想法在他心中不知想了几百遍，几千遍了，只要一有空闲，他就在心中来来回回地盘算。

正好今天雷支书也来到了砖厂。他看到低头走来的尚双印就迎了上去。

“几天没来，这砖又积压了这么多。”

“冬季是销售的淡季，但窑上一天也没有停火，是压了不少的砖。”

“那今年生产是不是要向后推？”

“不，要提前。”

“生产得多了，天变了咋办？”

“没事，再买些塑料纸。”

“那要花多少钱呢？”

“这你更要放心，在砖厂能花一块，就要让它拿回一百块钱。”

“这点我不担心，就怕这么多的砖一时卖不出去咋办？”

“这你更应该放心，今天是正月初六，过不了几天，拖拉机、架子车就来了。”

“你小子能掐会算？”

“不信，你就等着看吧。”

“那你说信用社那些钱敢不敢借？”

“敢，我想好了，用这笔钱把砖厂再扩大。发展得好了，还款不在话下，万一有个三长两短的，咱们设法把人家的钱还上，然后你我都下台不干了。”

“也行，照你说的办。”

正说话间，一个小伙子骑着自行车慌慌张张地朝二人奔来，只听噌的一声，车子已从尚双印身边擦过，差一点撞倒了他。

“大过年的，扑得那么快是不想活了？”

小伙子把自行车刹住，赶紧道歉说：“对不起，借人家的自行车，不知道咋了，就刹不住了。”

“跑这儿干啥来了，这是砖厂。”

“我是来寻砖厂的尚双印来了。”

“有啥事？我就是尚双印。”

一听说是尚双印，小伙子忙从口袋里拿出纸烟发给二人，并擦着火柴分别给点上火。

“找我有啥事？”

小伙子到底是见的世面少，还没说话脸就红了。

“不要急，有话慢慢说。”

“他们让我来问砖厂什么时候开工？”

“问这干啥哩？”

“问是哪一天卖砖哩，他们要买砖。”

“啥时候来就啥时候卖。”

“知道了。”小伙子回身准备走。

“别急，你是哪里人？”

“石坡的。”

“挺远的。”

“不远，你看我骑着自行车跑得快，三个多小时就到了。”

“你们要多少砖？”

“具体要多少我不知道。反正是我村上好多人家都要盖房，都需要砖，他们才给我借了一辆自行车让我来看看你们开工了没有。”

“这样吧，小伙子，你回去给那些人说在过年这几天到这儿拉砖的，一万块砖给认十块钱运费，两万砖就是二十。让明天就来。”

“妈呀，真大方，都说你是好人。”

“没问题，我就是好人。我请你到石门吃麻花，喝醪糟。”

“不敢吃你的，我来时，他们给了我两个白馍，一把糖。一个馍我路上吃了，一个馍我给了我奶，把我奶高兴得半天都咽不下去，我给了她六个洋糖，她都不知道咋吃哩。”小伙子说得眉飞色舞的。

尚双印一看这小伙就是可怜小伙，在他的肩上轻拍了两下说：“你是个好小伙，以后要有啥难事就来找我。”

说着，三人一起来到了石门街，尚双印先给小伙子买了十根麻花包好，再另外买了两根放在那儿，要了一碗醪糟。小伙子没客气，吱吱两下就把一碗醪糟解决了，一看还有两根麻花，说什么也不要了。

尚双印说：“这两根麻花是让你吃的，那十根麻花是给你奶的。”

“妈呀，我奶啥时候吃过这？”

“那你带回家让她老人家也尝尝。”

“那两根就不要了。”

“这两根你现在就吃，省得到路上受饿。”

“不……叔……你是好人。”小伙子感动得流泪了，他一手擦着泪，一手推着自行车，走了很远才骑上自行车走了。

雷支书看了老半天才说：“你小子真行，我就学不来。”

“唉，一看那小伙子就是个老实人，可怜娃。”

“你小子会做生意，还会拉拢人。”

“这不是我有意拉拢人。我是受过饿的人，一看到那些可怜人，我心里就难受，恨不得帮些啥东西给他。没办法，一想起咱也是逃荒到这儿，心里就不好受。”

“你小子心肠好，日后一定能弄成事情。”

“不说这些了，我估计明天以后可能前来拉砖的人不少。可是眼下拉砖的车辆太少，大小拖拉机没有几个。眼下各单位也不算太忙，我想把供销社的汽车和区上的各种能用的车辆都预订下来。到忙不过来的时候，就能派上用场。这样他们还能有一笔收入，更主要的是方便用户。”

“你小子就是鬼点子多。行，你去打外围。我去安排厂子里的事。信用社那边，你有空儿的时候，就去把字一签，想啥时拿钱就啥时拿。”

“好吧，咱们各自行动。”

第二天一大早，东风大汽车、四轮拖拉机、手扶拖拉机惊天动地地向石门去，惊醒沿路的人，都站在路边观看。一问才知道是去杨河砖厂拉砖。

“什么时候拉都行，为什么偏偏这时候去拉？”

“你不知道，这个时候是个空闲时间，各种车辆好找，再过两天都忙了，啥事都不好办了。”

“不管咋说，杨河的砖就是好，红砖比蓝砖大，棱角好，硬度大。”

“看来杨河的砖就要火了。”

正月到二三月期间，浩浩荡荡的拉砖车占据着石门的各个主要交通路线。杨河砖厂在日夜不停地销售着。整个厂子里挤满了大大小小的车辆，人喊车响，排队抓号，装车点数，把个砖厂弄得和赶集一样热闹。一直到后来，由厂长批条子，才能排队拉上砖。一时间杨河的砖到了差不多遭疯抢的地步，随着时间的推进，周边的县区也来这里拉砖，华县的，金堆的，河南朱阳的，卢氏的……那时人们把杨河砖的好名声传得沸沸扬扬。说拉杨河的砖比买永久自行车还要难。这样一来，时间长了，有的人拉关系，走后门，有的人什么也没有，就带上口齿伶俐能说会道的婆娘来，连说带喊带哭带骂街，反正只要一个目标，就是要拉上砖。

尚双印整天忙得连饭都顾不上吃，几个月来都是连衣睡觉。区镇的各种会议总不见他的人影，害得有的干部骑着自行车到石门来寻他。到砖厂一见到他，把在路上想好的批评的话语早都忘到了九霄云外。有的领导一看这景象，来时给他带上一点吃的，给他倒水拿烟。

第十九章

有一天，王有德县长来到砖厂考察砖厂的生产和销售情况，看到尚双印忙得不可开交，就给倒了一杯水递过去，还给发了一支大前门。尚双印参加过县人代会，听过王县长做的政府工作报告，又是洛南名人，和王县长彼此非常熟悉。

受宠若惊的尚双印赶忙说："王县长，让你给我倒水发烟，到底你是县太爷还是我是县太爷？"

"你是县太爷。"

"这怕要翻天了。"

"翻不了，你是有功劳的人，咱们县还指望你争光争面子哩。你比十个县长都强。"

"妈呀，你一会儿把我说得飞上天了。"

"不过，我看不上你的工作方法。"

"咋看不上？我都忙成这样了，你还看不上？"

"一个厂长忙得连轴转，说明你不会用人。"

"你说错了，我这人最会用人，只不过我有个大毛病就是爱干，一干心里就舒服。现在不是我在用人，是人在用我。我现在只是一个工人，干的是工人的活。到了晚上我才是厂长，才思考明天的事，安排第二天的活。"

"我敢和你打赌，厂子里没你一个小时就乱套了。"

"三天都没事。"

"县上开那么要紧的会，你为啥不来？"

"开会是你们的事，只要我知道开会让干什么就行了。"

“你说眼下农村的政策是什么？”

“大办乡镇企业，解决农村剩余劳动力，离土不离乡地大搞农村经济建设。”

“行啊，你！”

“你说不行咋办哩？”

“限你三天拿出一套最好的方案。以砖厂为核心，再发展别的经济。我们配合你，给你上报，只有你的主意多，胆子大，但一定要靠谱，要实际。”

“早都想好了，就是没给你说。”

“你说，我听。”

“不说，怕弄不好得罪了你们这些县老爷。”

“你这人。”县长骂了一句。二人开怀大笑。从此，二人之间因工作而建立起来的关系更是亲近了许多。

“那以后县上要有什么会议干脆放在石门开算了。”

“放我炕上开都行。”

说完工作，二人又骂笑了一阵。

临走时，王县长给了尚双印一包大前门香烟，说：“这东西可不是谁都能抽上。”

“妈呀，这不是又反了，哪有上级给下级烟的？”

“只要你实干，干出成效，反了就反了。”

尚双印看着远去的王县长，把手中的烟捏来捏去。

尚双印烟瘾大，每遇到想不来的问题时，就抽上几根好烟，说来也怪，抽不过三根，他的办法就来了。所以一遇到难弄的事，他就想着王县长的大前门。不管是遇到批评还是表扬他都在想。从此二人结下了不解之缘。

阳春三月，春风和煦，田地里的小麦长势良好，且已经开始拔节。

县长王有德和秘书各骑着一辆自行车，心情愉快地来到杨河砖厂，不见尚双印人，又推着自行车找到他家。

刚一到院门口，就看到屋子里浓烟四起，慌得王县长还以为尚双印家失了火，正准备喊人救火时，却听到屋子传来扑踏扑踏拉风箱的声音。他这才明白，尚双印的房子小，柴禾湿，浓烟一时出不去。

王县长拉开嗓门高喊：“尚双印在不在？”

拉风箱的扑踏声曳然停了，从屋子里窜出一团黑影，后面带有一团烟雾，等烟雾散去才看清是尚双印。

“你小子在家里干啥哩？”

“妈呀！是王县长，你咋来了？”尚双印一边揉眼睛，一边擦脸上的汗水，擦得一脸乌黑，像是从煤窑里刚出来，除了两个眼睛里有两片白，再就是牙齿是白的，在黑脸的衬托下，更是白得灿然。

尚双印光着膀子，脸上、头上、身上到处落满了黑色的灰纤，经他用手一抹，倒是浓墨重彩了一番，把王县长和秘书都惹得哈哈大笑。

“孙猴子从八卦炉里出来了。”王县长乐哈哈地说。

“迟不来，早不来，水快开的关键时刻，你给来了。害得我被你这一打扰，又得多烧一把柴。老婆回来一看柴少了，我又得挨骂。”

“行了。你也别烧了，喝着不凉就行，再说烧开了，你家也没有茶叶放，白白浪费柴禾。”

“到底是县长，体贴我这下苦人。不烧就不烧了。”

尚双印也感觉到了什么，一想自己是个农民，你笑就笑去吧。他大咧咧地站在那儿。

“尚双印，你太不像话了，大白天不干活，在家里弄这事？”王县长突然拉下了脸，黑虎爷似的。

“啥号县长，说翻脸就翻脸，没一点修养，当个农民也不是个好料儿。”尚双印在心中叽咕了一阵子，吓得没敢把话说出口。

“你说说农村发展的方向，杨河发展的方向。”

“党的十一届三中全会是一九七八年十二月十八日到二十二日召开的，这一届大会的主要内容是：‘彻底地否定了两个凡是，开展真理问题大讨论，重新确立解放思想，实事求是的思想路线。确立以邓小平为核心的党的领导集体。坚持四项基本原则和改革开放，把工作的重点放到经济建设上来……’”尚双印双脚并排，双手自然放下，面向院中的一棵歪脖子桃树，小学生一般一字一句地背下来，把王县长气得脸一阵红一阵青。但心中还是佩服这个大老粗尚双印，他对国家的政策知道得这么清，比自己天天给人开会学习还要记得清楚。

“你给我背这些有什么用？”王县长说。

“不读书不看报，国家大事不知道。不知道上边的政策，下边就无法发展，没有领路人的指路，就不知道路咋走，政策就是指路人。”

“哪一句话给你指路了？”

“把重点的工作放在经济建设上来。”

“大白天在家弄得浓烟滚滚，这是搞经济建设？”

“是。”

“你不要给脸就上头了。”

“不敢。”

“你说。”

“三天后，在砖厂正式调试机制瓦生产线，设备已经安装好了。大白天在家里烧水是为了请山东的技术人员到家里商量事情哩。”

“你别胡咧咧，唬人还要看唬谁哩？你连我这县长都敢糊弄？”

“好我的县长叔哩，我又没吃豹子胆，我咋敢糊弄你老人家，你是多有智慧的县长，谁敢糊弄你，谁能糊弄得了你，真是不想活了。”

“那你告诉我，我前几天来见你，你都没说你要办机瓦厂的事情么，咋一下子就把技术员弄到家里来了？”

“这事情定得早。准确地说，是半个月之前，拉设备的车就已经动身从山东往咱石门赶哩。”

“你们说事为什么不在厂子里说？”

“是私事。”

“什么事？”

“山东人见识多，给我提供了一个办厂的好消息，所以请人家到这里来。”

“啥好消息？”

“他说咱们这儿的小麦长势好，可惜的是肥料太单一了。只知道什么尿素和氮肥，这样的化肥只长杆不结籽。想让我办一个什么磷酸二氢钾厂，说这东西能让庄稼多结籽，而且投资成本不算大，我想结合实际考察一下。”

“这是个大好事呀。”王县长一激动在尚双印的肩上拍了一下，拍了一手的黑灰，看看手忍不住大笑起来。

“翻脸猴儿。”尚双印叽咕了一句，双手急得在裤兜里乱摸。

“别装模作样了，今天想抽大前门没门儿，等哪天厂子办起了再说。”

一计不成，他只好掏出旱烟叶子，迫不及待地卷了一支放在嘴里抽起来，边抽边说：“王县长，你恁大的官，到我这平民百姓家里来，总不能空着手吧。”

“说吧，想让我帮你什么？”

“没什么。”

“你小子有几根花花肠子，我能不知道。你今天上演的这出戏，纯属是给我看的。机瓦厂三天后就要开工生产了，到处都找不到你。你小子早就算计着这几天我会来的，然后再拐弯抹角地有求于我。这点鬼点子我早在来的路上就识破了。你以为我这县长是白当的。”

“你可是有名的干实活的县长，全县人民都知道。既然我的这点小九九都让你识破了，你全都知道了，我也就不藏着掖着了，我就实话实说。我要在砖厂对面办个磷酸二氢钾厂子，你设法给我批一块地；再是洛南境内的各个单位需要机瓦就拉杨河的，再不要到山东去拉了；还有你老人家是县长，神通广大，给我打听一下省内哪个地方有磷酸二氢钾厂子，我要实地去考察一下，我担心技术和销量，更担心的是这东西对庄稼有那么神奇吗？”

“这不用你尚厂长担心，技术和质量我承包了。”门口传来山东技术员的声音。

“你是搞砖瓦这方面的，咋懂这些？”王县长问。

“我和江苏的一个技术人员是朋友，他是专搞这一方面的，无论是技术指导还是设备他样样精通，销路不是问题，河南、山东、山西南部都是产粮大省，油菜、棉花都需要这种肥料。不用怕销路，供不应求……”山东人嘴大嗓门粗，把人听得入了神。

尚双印在院中看了一会儿，才从墙角搬来几块石头让大家坐下来。由于家中的碗不够，他始终没敢把烧好的水拿出来让人喝。

王县长仔细地询问了山东技术员有关磷酸二氢钾从生产到销售再到用途的详细情况，山东技术员一一如实回答，王县长仔细听完后也是信心百倍。他对尚双印说：“你的问题我全部解决，目前先给我把机瓦弄出来，质量要好。”

“质量没问题，我们都考察过了，和山东的相比，这里的土质烧制出来的瓦比山东的色彩要深点。其余的都没有啥问题。”

“这我就放心了。咱们本地有了机瓦，谁还愿意绕道去山东拉那玩意儿。”

“我也是这么想的。”

“你还想什么？说。”

尚双印一着急，就拧旱烟片子，没办法，县长掏出三环试制烟给他发，他还嫌不过瘾。

“那盒大前门是别人给的，没舍得抽才给了你，你还想得寸进尺。”

尚双印一听嘿嘿一笑。

“说！”

“说什么？”

“说！”王县长还是那个字。

尚双印想了一会儿说：“我的计划是，以砖厂为核心，以滚雪球的方式发展和壮大，以母鸡下蛋的方式发展其他项目和产业。以上级的政策为导向，结合本地实际情况，实事求是地发展本地产业。依靠群众的生产力，依靠上级的号召力，一步一个脚印地发展本地的多种经营，振兴农村经济。这是大的方向。目前杨河砖厂正如日中天，再加上农村正是修建的好时机。我准备成立一个专业的建筑工队，选拔技术过硬的人员参加，如果需要，杨河的砖销到哪里，我们的建筑队就跟到哪里，这样就解决了一部分剩余的劳动力。再就是用这个企业的资金来发展下一个企业，这就是滚雪球式的发展。我这个人是个大老粗，不会说，只会干，说着干着，带着干着。”

“说得好，接着说。”

“说什么？”

“你小子肯定知道我让你说什么。”

“磷酸二氢钾的厂子地基十天内给我解决，一个月内建厂，两个月内东西给你生产出来。”

“说。”

“建筑队已经进入实战之中，许多人有事干了。”

“不说了。”王县长说完推着自行车叮叮咣咣地走了。

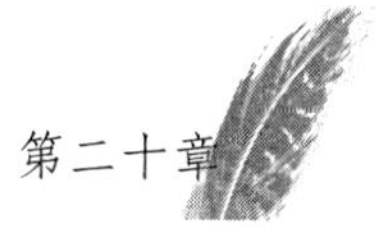

第二十章

白天和夜晚对于忙得不可开交的尚双印来说已经失去了明显的界线。

日子转眼已进入秋天，树叶发黄，田野的庄稼已经开始成熟。太阳异常明亮，空气清新。

这一天，尚双印停下手头的工作，站在村子后面的一座小山梁上，举目瞭望整个石门镇他眼力所能看到的地方。他突然晕了，这是石门镇吗？我是不是在梦中？什么时候石门变化这么大？过去破破烂烂的土房而今已荡然无存。不到三年的光景，社会变化就这么快，这是天意还是人为？那时人们衣着破烂，面黄肌瘦，有气无力，而今到处是一片繁荣的景象。这个时代是多么美好！

今天的他不知怎么了，总想出来一个人清静清静。这是多年来都没有的想法。他坐在那儿，回想起年初到现在，他的成绩也算不小，机瓦厂建起来了，它的生产量和销售量不亚于砖厂。光砖瓦这两项的收入已经能让他轻松地开办一个磷酸二氢钾厂。经过和江苏的技术员交谈，他又办起了一个生产油膏的防水化工材料厂，和磷酸二氢钾两个厂子并在一起，统称杨河化工厂。每一个项目的兴起，不知要消耗他多少心血，从谋划到筹划，各个环节都少不了他脚踏实地地去干。

砖瓦厂的门口，整天都是车水马龙，人来人往，川流不息。很显然砖瓦依然在红红火火的销售之中。

砖瓦的收入还能带动多少企业？

“滚雪球式地发展，母鸡下蛋。真有意思……”尚双印站在那儿胡思乱想了一会儿。突然有一种无名的担心，这种无名的担心促使他赶快回到砖厂。他不由分说就回到了砖厂，到了砖厂，他快速地察看了一下各个生产线，但一切都很正常。

怪了，这份担心是从什么地方来的？尚双印百思不得其解。虽然他相信唯物不相信唯心，可是这莫名其妙的感觉让他高度重视起来，是不是某个环节要出问题了？事实上尚双印为大大小小的事情操心时，他不会放掉每一个极小的细节。他虽然很少在工人面前大提特提不安全因素的后果，但他心中时时处处都在操心安全。该不是……他实在想不出什么了，但心中的那份不安仍然在困扰着他。

这时山东工人组的组长来了，这人老实肯干，技术性强。有了他，机制瓦的质量才一步步地提高，压倒了周围的华县和长安县。只是他这人有些口吃，说话结结巴巴的。

尚双印正在纳闷，这山东组长来到他跟前说："尚尚……尚厂长，我……我……有话要说。"

尚双印急了："有话赶紧说。"

"我……我赶不紧。"那人学了一句洛南腔。

"那你慢慢说。"他强压住心头的火气。

"就……就……就是那……那个房子住……住不成人……人……"

"咋住不成人？"

"就是……住……不成人了。"

"房子住不成人住啥哩？"

一看厂长发火了，山东组长一下子不结巴了，忙说："能……能住成，能住成。"边说边跑了。

这一夜，尚双印睡得不太踏实，都到天快亮的时候，他才迷迷糊糊地睡着，刚睡着他就进入梦里。在梦里他听到猫头鹰在不停地鸣叫，声音非常瘆人。

"哪儿要不走运了？"尚双印一急，挣扎着从梦中醒来。他用手压住心口，刚准备好好地想一下刚才的梦境，这时又传过来猫头鹰的叫声，就在砖厂旁边的洋槐树上。他打了一个激灵，一下子没有了睡意，赶紧起来走到室外。天刚麻麻亮，接晚班的工人马上就要来了。他一个人拿上手电到各个生产线齐齐地看了一遍，没有发现异常的现象。他刚走到办公室门口，

一想不对，赶紧又到挖土场去看看。到了那里，他仔细地看了一遍，因为每年这里都出现塌方现象，但所幸没有人员伤亡的问题。他站在那儿看着，目前挖土的地方不到一米高，即使出现问题，也不会伤及到人，再看滑土的地方，也是非常平整，也不会有什么事。也许是自己想得太多了。他静心再听，猫头鹰不叫了，不知飞到什么地方去了。

尚双印还是有点狐疑，又转身看了几遍才回到了办公室。这时交接班的工人已经到齐了，只等号声一响，各人才向自己的岗位走去。他今天那里都不去，就在办公室。

一个小时过去了。

两个小时过去了。

一切都很正常。

“也许是我想得太多了，也许是身体哪个地方出问题了，思想太敏感了。也许该松口气了，啥事都不会有的。”

正当尚双印要松口气时，突然有人喊出事了。他吓得跳蹦出办公室的门，急切地问道：

“出啥事了？”

“挖土工把腿砸坏了。”

“走，快去看看。”

“怪事，怎么会把腿砸坏了呢？”

“一个树茬砸到了腿上。”

来到现场一看，原来小伙子把一个洋槐树根挖断后，由于用力过猛，摔倒地上，树茬滚下来就砸在了腿上。

尚双印赶紧安排人把小伙子送进医院。

尚双印回到办公室正为这事而烦躁不安。他想是不是近来松懈了安全，厂子里安全应该是第一位的。

一个星期过去了，但安全问题还是在尚双印心中萦绕不去。他突然想起那天山东组长的话，之前他也隐约听人说起过，但都因为太忙，把这事放在了脑后。今天一定要问出个究竟来，为什么那个房子里不能住人？

尚双印安排人把山东组长叫来。山东组长姓李，他问：“老李，你上次说你们住的那间房子不能住人，到底是啥问题？我今天想弄个明白。”

“那可是个怪事……”

这时有人慌慌张张地跑来说：“大事不好了，那边压瓦的工人把手夹断了。”

“妈呀，这是大事。赶紧送医院。”

不到十天的时间，砖厂出了两次伤人事故，把尚双印弄得心神不宁，烦恼不堪。好在工人们都非常积极地配合，很快打消了心底的许多疑虑，一切都恢复得很正常，所以生产也没受到多大的损失。

这天，尚双印来到了化工厂的油膏生产车间，察看了一会儿，没发现什么异常情况，机器正常运转。八个工人在车间看守着机械，他很放心地走了。

工人们一看厂长走了，再说了此时也没有什么事情，就不约而同地出来在门外聚到一起抽起烟来。突然一阵巨响，把人吓蒙了。只见离心泵上的 7.5 型电机上的防护钢板，砸透砖墙飞出三十多米。有人赶紧向尚双印做了汇报。

尚双印吓得赶紧跑了过来，一看没有人员伤亡，这才长长地松了口气。

“当时你们在哪儿？我去时你们还都在机器边守着。”

“你一走我们就出来了。也不知是咋的了，大家都出来了，好像是被人赶出来似的。”

“这是运气，没事就好，但一定要多加小心。”

“记住了。”

这些人都感到有些怪，没出事心中都很高兴。但是在以后的工作中，大家都很细心，认真地检查机械的各个部件。

不到一个小时，又突发大事。由于前面的工人在检修，忘记了关掉煤焦油加热的开关，温度在继续上升，到了一定程度时，就突然着火冒烟。霎时浓烟滚滚，升到半空。好在加热的设备都在厂房外，人们倒不太惊慌。可是接下来，又有两个油罐开始冒烟，这时大家才慌了。

生产副厂长是江苏的老赵，一看大事不好，急令十个小伙子，把被子拿来，要向上边盖。这时尚双印刚赶到，一看这些小伙子要向那边跑，一看急了：“不想活了，都给我回来。”那十个小伙子吓得又跑了回来。

“现在大家需要冷静。全部都听我说，赶快到外边借六十担笼，每担

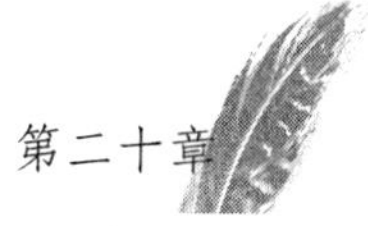

笼里装上泥土，要在十分钟内完成。”当时化工厂有二百多工人，一声令下，这些人分头行动去了。

尚双印又叫焊工在旁边的一块大铁板上的四个角烧四个大孔儿，每个孔上拴上两丈长八号铁丝，要四折的，弄好了听招呼。这时外面已经准备了上百担的土。当地的群众也加入了救援活动。他让人把土集中到前面，然后再让人都到钢板旁边，每个角二十四个人，说起一声，要把钢板拉起来盖在放油罐的井口上，然后赶快把所有的土全压上，压完后大家飞快地离开这里，以防爆炸。

“我的意思大家明白了没有？”

“明白了。”

“好。拉！”

呼的一声钢板把井口压住了，顿时把浓烟盖住了。

“上土。”

人们早就准备好的土压在了钢板上。

“跑！”

人们快速离开了现场，在远处静静地等候着。

一个小时过去了，没有什么事情发生。

人们提起的心才慢慢地放了下来。

“看来是爆炸不了啦。”

“这就好。”

“好爷爷哩，我就没经过这事。”

“这种事谁愿意天天有？”

不到一个月，就发生了这么多的事情，还真让尚双印心神不宁。虽然没有什么太大的损失，但对他的打击也不小。

直到有一天，王有德县长看到尚双印时说：“你小子，这叫幸运，也叫教训。记住不管做什么事，先有了教训，才有发展。如果发展了，再有教训，那损失可就大了。”

尚双印一听，认识到王县长说得在理，让忧虑重重的他信心重回。他心头一亮，瞬间把心中那朵焦虑不安的阴云抛到了九霄云外。

第二十一章

尚双印再次当选为县和省人大代表。

杨河村被评为省级先进村和模范村。

这使得尚双印在外边的接触面更大，人际交往的圈子也更广。无论是县级领导、地区领导，以至于是省上的领导，都对他给予前所未有的关怀、指导和支持。更重要的是他有机会认识并接触到省内外的更多知名的企业家和著名的人士，还有和自己一样，从农村困苦中一步一步走出来的优秀人物。使他有更多的机会去向别人学习，取长补短。让他有机会参加省地县组织的多种到外地去考察和学习的活动，为发展乡镇企业起到了巨大的促进作用。

特别尚双印在当选省人大代表出席省人代会期间，增长了不少见识，学习了好多先进的办厂治企业的丰富而实用的经验。大量地认识和接触外界的关系，为他拓开了不可小看的人脉圈子。使他的产品无论是从购到销都得到了异乎寻常的便利，也为他杨河村的企业以后的发展建立了不可磨灭的功绩。

尚双印总结了办企业的两个宗旨，一是质量，二是信誉。二者同等重要。尽管谁都知道是这样的道理，但实施起来并非易事，真真实实地行动起来就更难。他之所以比别人高明的地方就是他真真实实地把这一理念用在了行动中。

在短短的三年里，尚双印经过了风风雨雨，又先后办起了杨河加油站、杨河锅炉厂、杨河黄板纸厂。每个厂内，他都从外面请来高级技术人员和管理人员。每一个厂的建立，他都是奔着当地的实际情况，立足于石门杨河，

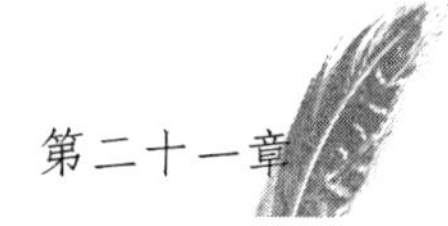

面向全县、全区、全省，甚至于全国各地。

杨河砖瓦厂正处于兴盛之时，杨河化工厂生产的磷酸二氢钾又一炮打响，由于奇特的肥效，有利于当地农作物的生长，因此销量一路看好。同时也吸引了周边各县市的经销商，比如华阴、华县、潼关、大荔、蒲城，河南的灵宝、三门峡、卢氏等区县。

有一次，大荔县的两个小伙子，开了一辆三轮车前来购买一千斤磷酸二氢钾，排了两天的队，还没有装货上车。

各地来的经销商都一样，大家急得像热锅上的蚂蚁。厂内的工人连日连夜地加班生产，经销地点的断货缺货越来越多，各地的电话纷纷打来。这两个小伙子一看也和别人一样提不到货，就以为可以走后门批条子，但还是行不通，最后没办法了，就直接找到厂长尚双印，要给尚双印塞五百元钱。

那时的五百元可不是个小数目。

“你这娃，糟蹋这钱干啥哩？”尚双印没好气地训斥道。

“你知道眼下正是用这种肥料的时候，家里断货几天了。请您作个难，先给我们弄上一千来斤解个燃眉之急。”

“你弄这点肥料能赚多大一点钱？”

“现在已经不是钱不钱的事了，问题是信誉，答应好人家三天到货，今天两天都过去了，再弄不回去，就没人到我们那个经销点来了。”

“这样吧，五天后再说。”

“你以前不是说三天嘛，现在咋又成了五天了？”一个小伙子急了。

“你不给我拿钱是三天，你现在给我拿了五百块钱，就是五天。”

“你这厂长真让人琢磨不透。”

“你把钱拿回去了，我一小时后让人给你装车。”

小伙子一听，兴奋得脸都红到了脖子后面去了。

“你们给我们厂子出力流汗，给我们打销路，我怎能收你的钱呢，感谢你们还来不及哩。只是眼下缺货，急忙生产不出来，我应该向你们道歉。”

“尚厂长真是好人，是好领导。有你这样的人，何愁厂子不兴旺发达。我们回到大荔后多多地设立经销点，为你们厂多多销售产品，并宣扬你的为人品德。”

“好好好，小伙子，我希望咱们合作愉快！”

一有空闲时间，尚双印就和工人们一起为客户装车，扛袋子，工人每次都是一包，他一次扛两包，一车扛下来，面不改色心不跳。有的工人说：“尚厂长真能干。”他说：“这算个球，那个时候，吃不饱，穿不暖，饿着肚子，扛水泥，扛木材，担粪拉土背石头。哪样的苦力能把咱累得趴下。”

尚双印身材魁梧，声音洪亮，为人憨厚实诚。他和工人同吃同住同说笑，还和年龄相当的工人同说粗话脏话，这样拉近了领导与工人的关系和距离，完全放下了做领导的架子。他的诚实和身体力行地干这干那，为工人立下实实在在的标杆，起到了带头的作用。因此一遇到难事，特别是苦活脏活，不用他说，工人们就一拥而上三下五除二地完成了。这就是他的每个企业之所以发达的主要原因之一。

随着磷酸二氢钾在各地销售量的不断上升，再加上各地也在不断地新建这种生产厂家，市场竞争力也随之加大，产品质量好坏不一，一些不正当的风气开始刮起，把这个行业一时间弄得乌烟瘴气。在大荔等地的经销点全部被查封，当地工商部门以产品质量不达标、商标不健全、注册手续不齐全为由，不是叫停就是要罚款。

大荔的一个经销点一次罚款就五千多元，这么大的数目把经销商老刘吓蒙了。他实在没办法了就给尚双印打电话。尚双印一听，立马放下手中的工作，赶往大荔。

那时从洛南到大荔，一天只有一趟班车。他赶忙搭车到罗夫，再倒车去了大荔经销商老刘家。当地工商部门看到厂家来了人，更是要经销点把罚款交齐。

尚双印说：“这钱我出，不能由经销点出。”

尚双印这话一出口，把在场的人都惊呆了。

“尚厂长不能说这样的话，罚款是罚我们的，与你无关。当初货物是我们认准的，如果这钱让你出了，反倒让我们感到有些不仗义。”经销商老刘说。

“这责任不在你，要说是质量问题，那是我们厂子的事，这罚款我来交就是了。但销售工作不能停。”

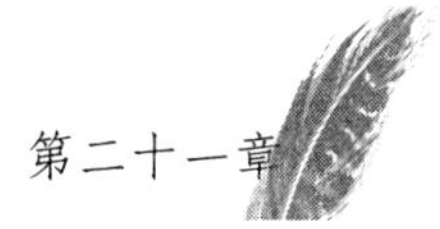

那时的人都比较厚道，做事都讲一个良心和情理。

工商部门的人说："要罚款是因为质量的问题，如果质量不过关，肯定是不能再继续销售了。"

"你怎样来确定我们的质量不合格？"

"合不合格，只有省质量技术监督局说了才算。"

"走，咱们马上到省质量技术监督局走一趟。"

尚双印和经销商老刘一块去了西安。由于大荔、华阴、华县、蒲城、合阳这几个县土地面积大，人口稠密，销量非常大，再加上眼下正是用这种肥料的季节。其实各地的经销点都或多或少遭到了罚款，但都不好意思和尚双印联系。一听说他为了这件事上了西安，所以大家都在观望之中。当然尚双印心中也明白，这一关过不去，那么他的杨河化工厂就塌方了一半。

尚双印和老刘风风火火地来到了省质量技术监督局，进门一看，连一个人都不认识。人家一看来了个乡巴佬也没有人主动搭理他们。

这时尚双印看到一个年龄稍大一点的一个工作人员坐对面的办公桌后面看他。他就走过去说："我是杨河化工厂的，来找你们有事，不知道哪位是领导？"

"杨河化工厂在什么地方？"

"在洛南的石门。"

"有啥事？"

"检验一下我们厂生产的磷酸二氢钾合格不合格？"

"办厂几年了？"

"三年了。"

"是一个老厂子，听说销量不错。"

"不但销量不错，而且质量肯定没问题，用户用了都说好。"尚双印说。

"眼下正在进行市场整顿，有没有问题，不是你说了算。"

"这不是交由地方处理了吗。"另一个工作人员说。

"当地是处理了。"

"那你还来干什么？"

"交罚款。"

"咋不交给地方呢？"

“不，我要交给你们。”

那人微微一笑。

“地方罚你多少？”

“五千。”

“想在这儿少交一点？”

“不，想多交。”

“没听说过有你这种人，你想多交多少？”

“交一万。”

那人冷笑了一下说：“你没问题吧？人家罚你五千，你却要交一万，我想你是有些问题。”

“我这人啥问题都没有，脑子更是没有问题，刚刚当上省人大代表，代表人民说话，所以脑子绝对没有问题。”

一听说是省人大代表，办公室里人们都不约而同地看着他。这时走过来一个中年人给他倒水点烟。

“把你的情况再说一下。”那个人说。

“你是这里的领导？”

“你说吧，我给解决问题。”

“问题倒没什么要解决的，我把罚款交了就是。”

“这是罚经销户的钱，你交的哪一门子的钱？”

“责任在我。”

“行，你这人讲义气，我喜欢。那你交钱吧。”

说着那个人把收据拿出来。但又一看尚双印连个袋子都没拿，一万元钱要好大一堆哩，当时最大面额是十元一张。

“先说好，我交了钱，你们得给我办两件事。”

“哪两件事？”

“一是实实在在地到我们的厂子检验我们的产品。二是准许我们的产品在省内外的市场上销售，还不能拖延时间。”

“几天？”

“三天。”

“好，交钱。”

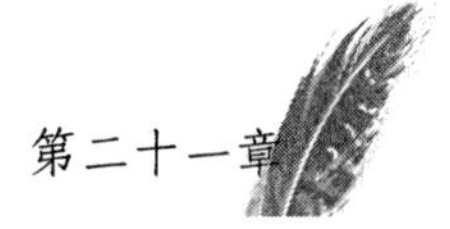

尚双印从宽大的衣服口袋里拿出一大堆人民币，说："先给你们五千，剩下的三天后给。"

"也行，不过我们得到你们的厂子里实际考察。"

"啥时去？"

"就现在。"

"哎呀，好！我说我是个实干家，你们的雷厉风行的实干精神比我还强。"

"我喜欢你这种人，痛快，能担当。"

"那这样吧，我先给你们交四千，因为走时没带多余的钱，这不，回去连路费都没有了。"

"咋样都行。"

"要不这样吧，等你们到我的厂子里考察完了之后，回来把所有罚款一次带上行吗？"

"行。"

说完，这个领导招呼了几个干事收拾行李，同尚双印一起去搭乘西安去洛南的班车。

五个小时之后，尚双印陪同省技术质量监督局的几位同志来到了他们的杨河化工厂。

一路上尚双印盘算，这一万元的罚款算是保住了，一分钱都不想给他们交。

三天后，经鉴定全省只有两家磷酸二氢钾厂生产的产品达标，其中一家就是石门的杨河化工厂。

从此杨河化工厂名声大震，产品的销量一路上升。

第二十二章

随着人们生活质量的不断提高，砖不再是有钱人家建筑的高贵象征，它已进入平常的百姓人家。所以杨河砖厂门前车水马龙，前来买砖的人整天都不间断。

这年正月快完了，有一天天气灰暗，一对年轻的夫妇拉着架子车进了厂门，一看到处都是汽车、四轮和三轮车，连一辆架子车都没有，一时弄得他们不知道把自己的车子放哪里合适，也不知道到哪里去买砖。

尚双印看见二人在东张西望，知道是山沟沟里来的没见过世面的人，再一看拉着一辆架子车就知道是个可怜人家。他心想家里可怜就别用砖了嘛，为什么还非要用砖不可。那两口子见了人也不敢问，不觉地让尚双印起了恻隐之心，想起自己苦难的身世不觉又同情起那两口子。

他走过去问："你俩是干什么的？"

女人不答话，男的怯怯地说："买砖。"

"买砖，行，到我这边来开条子。"

两口子一进门，连坐都不敢坐。

"你们要多少砖。"

"两千。"

"拉那么一点砖干什么用？"

"给我妈修墓哩。"

"你家在哪里？"

"台峪。"

"妈呀，台峪！那里不通车路，连架子车路都不通，你咋能弄到家？"

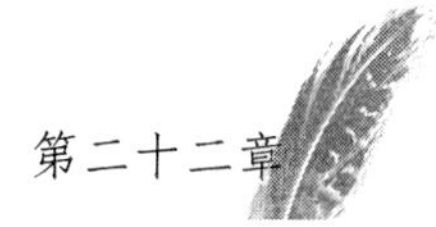

“到没路的地方再担。”

“一次能担多少？”

“二十块。”

“只怕一个月都担不完。”

“找亲朋帮忙。”

眼下农村给老人修墓才刚刚兴起，用杨河的砖给老人修墓比修一座房子名声还高。

“你妈有多大年纪了？”

“年龄不算大，就是身体不太好，我爸死得早，所以我们得早早准备。也让老人家活着能看到我们给她修的墓高兴高兴。”

“你们两个都是有孝心的人。要不你多拉些砖，给你爸再修个门面，和你妈的在一起不是更显得好看。”

“行是行，就是没钱。”

“我算了一下，带个门面一共三千砖就够了。”

“那你给我们便宜一点儿。”男子身后的媳妇说。

“三千砖收你五块钱，你看行不行。”

“那我们不敢要，一千砖都八十块钱哩。”

尚双印一看是个懂事孝顺的媳妇，就更同情这两口子了。

“我是厂长，我说了算。”

“不敢，这会让厂长犯错误的。”

“没事，你把条子拿上去交钱。”

两口子把钱交了，果真是五块钱。

男子的媳妇还是有些不放心。把车装好后，他们双双来到了尚双印的面前说：“厂长你是好人，我们一辈子都忘不了你。只是怕你这样弄会不会连累你？”

“没事，好好地孝敬老人就行了，算是我对你们的奖励。”

“叔，你放心，我媳妇是台峪最孝顺老人的媳妇，是有名的好媳妇。”

“那就好。”

小两口走了，尚双印站在门口看着他们推拉着车子一步一步地吃力地走远，心中有一种从未有过的快感。

四年后的大年初四，天上正下着雪。这时尚双印的家门口来了一个小伙子，手上提着一个小布口袋。尚双印一看不认识这人，但转眼一想，大过年的，来的都是客，于是接过小伙子手中的布袋请到屋里来。坐下一问才知道是那年拉砖的小伙子。问起他母亲，说是老人还健在，而且身体还很好。他有两个孩子，学习都是班上第一。小伙子说得很高兴，说："我妈每到过年都让来给你拜个年，可是家里生活不太好，没有像样的礼物，所以就没敢来。今年我媳妇早早就准备好了，我这才来了。"尚双印一看是一瓶秦川大曲，一包蛋糕。他心想山里人说到底还是可怜。

外面的雪还在下，尚双印拿出一瓶泸州特曲和小伙子对饮起来。刚喝了两杯，邻居的小后生来了，进门一看这么高档的酒，一下子乐了："尚叔招待啥重要的亲戚哩，喝这么好的酒。"

"滚一边去。这酒才五块钱。"

"五块钱，你一百五十块钱都买不到。"

拉砖的小伙子一听，放下手中的酒杯，脸一下子红到了脖子上。

"你知道啥，这是五二年买的，还不到五块钱。"

"你说是那时的，那我就不知道了。我还没出生哩。"

"赶快喝两杯，然后滚远。"

"大过年说这样的话让人心里不美，我喝两大杯走人。"那小后生喝了两大杯酒，咂巴着嘴做了一个鬼脸走了。

尚双印又和小伙子喝了几杯，小伙子说："喝不了啦，不敢再喝了，要回家去了，因为路还远着哩。"

尚双印也不敢再强留。最后走时他对小伙子说："实在不行了，过了年到杨河的哪个厂子来上班。"

小伙子一听扑腾跪在雪地上。他知道关系再好要进杨河的厂子也不是那么容易。

尚双印在家闲着没事，就向砖厂走去。一进大门就看见六组的杨老三把一担笼放在大门边。

杨老三在社教时和尚双印在大队同过事。

"尚厂长过年好。"杨老三说。

"你不在家过年，冰天雪地的，你跑砖厂干啥来了？"

“唉，过球年哩，老婆老生病，穷得连锅都揭不开了。”

“你拿笼担干啥哩？”

“买八十块砖，修个锅台。”

“一个锅台，八十块砖不够。”

“我知道不够，再多了我就没钱了。”

“至少要二百块才行。”

“我知道。”

“这样吧，你先把砖担回去，要不转上二百块，先放在厂外的人家门口，以后你再慢慢地给回担。”

“哪是咋哩？”

“社会都发展到啥时候了，你还用笼担挑东西，我嫌你从厂门口担出去难看。”

“钱，你还是多少收些。”

“不收了，咱这砖厂，你也算是个有功劳之人，也没少出力，权当是对你的一点回报。”

“可让你循私了。”

“你我都是实在人，老天不怪就行了。”

到了正月初十以后，砖厂已经进入了大干快上的日子。一天中午，一个老头满脸是血地来找厂长，

尚双印一看吓了一跳，问道：“这是怎么啦。”

老人说：“我在厂子边拾半拉子砖块，让你的一个工人给打了。”

尚双印一生气派人叫来了那个打人的工人。

打人的工人是个争眉火眼的小伙子，小伙子说：“我劝他，他不听，一失手就打了他。”

尚双印把小伙子骂了一顿，算是给老人擦了脸上的灰气，老人从心理上也能接受了。他让老人赶紧把脸洗了，然后对老人说：“我把河道那边的那片地方划给你，你要拾多少有多少，回家把猪圈修大一点，多养些猪，人老了都不容易。”

“多谢厂长了。”老两口欢欢喜喜地又去拾半拉子砖了。

二月底的一天，尚双印下班刚回到家，他老婆一见面就告诉他说：“对

面的老六家房子都修了一年多了，还没修成，你去看看是咋回事。”

尚双印的老婆确实是个本分人，从来不参与他工作上面的事情。自从嫁进他家门，就是放牛，干地里的活，做家务，管教孩子。整日默默无闻地为这个家操劳着，家里的人口多，全放在了她一个人的肩膀上。这才使得尚双印没有后顾之忧，在外面风风火火地干大家伙的事情。有时邻里有什么问题需要解决，她都会提醒他。

尚双印来到老六家一看，老六老婆常年是病，不能干一点点体力活儿，再加上孩子们多，少吃的没穿的。修房找来的帮工都是些病弱老人，没力气的娃们。

“修房是个力气活，你找这些人能干啥活。”

“不是没吃的了嘛。弄一点吃的，找几个人来干上一点儿。”

“房子修不起来是因为没粮食了？”

“就是没粮食了。”

“这好办。”

正饭时的时候，人们都在家里。尚双印招集全队的人都到老六家门口开会。会上宣布：每户给老六借六十斤玉米，有小麦的借四十斤玉米，二十斤小麦，家家都得给。

有人问：“什么时候还？”

尚双印说：“现在包产到户了，谁家少了这点粮食，给一点是大家的情分，邻里邻居的，让他缓过这一段艰难日子。啥时有了啥时还。”

有的人还在纷纷议论，有的人说看在双印子的分上，这算什么嘛。有的人回家把粮食拿来了。老六让儿女看见来的人都给叩个头，以示答谢邻居，村民们也高高兴兴地把粮食都拿来了。

不到一个月，老六的房子修成了。

不过话说回来，直到现在粮食还没有还上，村民们没有一个人出来争究。好在老六家的儿女都很争气，都上了大学，儿子也当上干部，不忘为本村的人办事，受到村民的赞扬。尚双印一再对人们说：“我们不管干什么都不能忘本，永远都不能。”

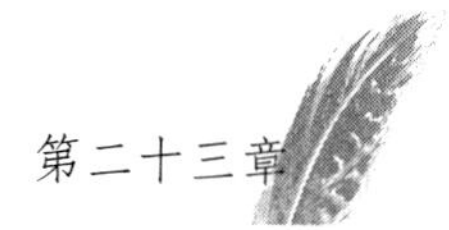

第二十三章

随着改革开放的不断深入，农村的经济发展也越来越快。尚双印依然是依照当初滚雪球式的发展模式，建一个厂成一个厂。有人说尚双印是个怪人，运气好，他所做的大大小小的事情从没看见失败过。

随着科技的飞速发展，交通也越来越便利，对外的贸易不再局限于洛南内部和周边的地方，商业也在快速地发展着。石门街成了全县最先进的一个商业开发区，街道商店林立，各行各业都呈现出一片繁荣景象。乡下的各种土特产品都涌向了石门，所以引来了全国各地的经销商。

石门当时的商业景象和人员的流动仅次于洛南县城，所以区镇和各单位大量地兴修街道，规划房屋，翻盖新居，建学校，医院。不到两年，石门街焕然一新，电灯电话楼上楼下，三转一响进入到深山野凹的寻常百姓家。一时间人称石门是洛南的小香港。

不管石门街是如何发展得快，但那终究是少数人在大展宏图。而大部分人还是以农业为主，以土特产为主。祖祖辈辈以土地为生的老传统一时还无法打破，人们在自己的土地上，拼命地劳作，主要是种植小麦、玉米和大豆。就石门而言，大量的土地集中在山上和原上，那里人口稀少，土地人均占有率高，乡村道路还不是很通畅，所以运输还是以担和挑为主。一年下来，粮食是吃不完，但也不敢随意买卖。石门川道土地相对能少一点，人均占有的更少，他们所产的粮食基本上能够一年吃，没有多少余粮。所以不管企业再怎样发展，尚双印始终坚持农民的本分，紧紧抓住种粮不放松。

一天中午，尚双印突然想起种粮能人田和。

说起田和，那人可是在粮食短缺的时候立过大功的石门人。此人有文化，一生好学。在农业发展的时候，他专门在粮食增产上下功夫，通过配种和育种，使得石门的粮食比别的地方亩产都高。那时他成了洛南育种第一人，也有很大的名气。这几年渐渐没有再见过他了。

尚双印来到田和住的地方一打听，才知道田和已是快八十岁的老人了。由于儿女多，各自成家立业，家里的房子也不宽敞，田和和老伴为了躲清闲，就逃离村庄，到一个山沟里居住下来，在那里开了五六亩地，养了两头牛，几只鸡，几只羊，一头猪，过起了陶渊明式的隐居生活。

尚双印一听，觉得有意思。春天的一天，他来到山沟里，一进沟他就看到了一片绿油油的小麦正在旺盛地生长着。他也是个种田老把式，打眼一看就知道这不是平常的小麦，应该是田和新研制的品种。叶子大，杆子粗。再看田埂上整齐地栽种着从山上采来的草药和各种花木。

虽然年龄差距很大，但二人一见如故。在田和四五十岁的时候，年轻的尚双印就是他的上级——大队干部，时常关注他的种子研制工作。二人坐在地头就热切地交谈起来，但话题还是离不开粮食。不管到啥时候，粮食是根本，是人活着的源头。离开土地，人将无法生存。可是世事不是这些老年人想的那样一成不变。让他没有想到的是他的下一代的下一代，离开了土地，比他们的生活好上了一千倍。

不管咋说，别人不注重粮食，我们这一代人打死都离不开土地，老死累死都在土地上。两个人在没边没沿地谈论着，不觉已是日落西山飞鸟归林的时候，老伴一看来了客人，高兴得不得了。因为这里很少有人前来。所以她就弄了好多好吃的来招呼尚双印。田和拿出儿子给他捎来的秦川酒，二人你一杯我一杯地畅饮起来。不知不觉地话也越来越多，也越来越投机。最后尚双印说自己到老了的时候也要隐居到这样清净的地方来。

田和一听立马拉下脸来："我行你不行，你有能力，不管啥时候都要为咱们杨河和石门人多办实事，老天爷叫你生在石门，就是专为石门人办事的，你若不办，就对不起老天……"

这时尚双印才感到自己喝得有点多了。

办实事，办实事……到底什么才是实事，什么是大事，什么是小事？他从十六岁开始，现在都四五十岁的人了，还没见过大事在哪儿。

田和见他低头不语，竖起摇摇晃晃的手指说："你是能干事的人，能

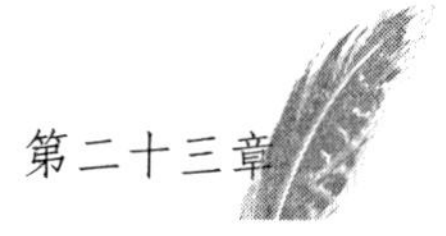

干大事的人。”

“好叔哩。人人都说我能干大事，可我现在都快奔五十的人了，还没见干的大事在哪里？”

“你干的每一件事都是大事，你算算，从吃不上饭的时候算起，在火龙关烧木炭，你给村上挣回了那么多的补贴粮，才使得年底许多人没有饿死。在骡子峪修水库又给全村的人挣了那么多补贴粮，还给所有的劳力发了新衣服。办砖厂让杨河村的人过上了好日子，为了保住石门的土地在洪水中不顾生命安危，兴办学校，让多少娃有地方读书，这是积了天大的德……你的事情多得很，刚就这些事，你说哪一件是小事？我告诉你，天下没有小事，每一件要办的事都是大事。如果人人都像你这样，全国这样大，这些事加起来，你说那是多大的事。不说一个地方出你一个尚双印，就是一个县出一个尚双印，那么全国有这么多都和你一样办实事的人，你说咱们国家哪里还有过不去的坎儿？哪里还有吃不饱饭的百姓？你说……”

老田和一高兴就喝多了，说着说着就一头歪在了桌子上。

尚双印细细咀嚼田和的肺腑之言，哪一句不是大实话，哪一句不无道理。

干吧，继续干，干自己想干的事，干成千万件小事。尚双印想，也许老天就是让我来干这些小事的，一家一户，一人一口，这些都是生命，命大于天，干小事就是从关注每一个人开始……

尚双印想着想着也迷迷糊糊地睡着了。

一觉醒来，太阳已经照到对面的麦田里，柔和的光线在那里泛起淡淡的青绿，山上的鸟鸣一应一和。人世间还有这么美的地方！一想起自己在这里已经过活了一天一夜了，他突然有一种怪怪的感觉，好像自己离开吵闹的人世已经很远很久了，仿佛千百年似的。这样的片刻清闲，忽儿像梦，让他意识到自己现在不知身在何处。一向忙惯了的人，一天没干啥事情，心里反而感到有些发慌。

田和也看出尚双印有些烦乱，知道他是个闲不住的人。说不定此时他内心正在想着他的厂子，想着有待处理的问题，因此就直截了当地问他说：“你是个闲不住的人，大老远的到我这儿来，是不是有什么事情需要我帮忙？”

"倒是没有什么大事，一是想你，二是看你这些年都培育出了什么好种子。"尚双印长长地出一口气说。

"有是有，你现在哪里还有时间种地？"

"有好种子就种。"

"门前这块地里培育的种子就是最好的种子，今年我全部发展了它。"

"你觉得真正好吗？"

"估计在咱们这儿不是太好，出了山，在华阴、潼关、华县、渭南等地，肯定不错。"

"咋在咱们这儿就不行哩？"

"环境气候影响很大。说白了就是山高日照时间短，易生长叶和杆，但质地疏松，抗风雨能力差，易伏倒。出面率低，筋丝没有山外的好。"

"一亩地在山外能打多少？"

"八百到一千斤。"

"妈呀！有这等好事？"

"这只是按平均数字来说的。"

"这样吧，你今年的种子我全要了。"

"你要那么多干什么？这是种子，不是用来吃的粮食。"

"我给你销售，你外边的关系没有我的广。"

"那好，我今年就不为销售种子而发愁了。"

"到五黄六月收成完了，我来拉走，不用你再费心去保管了。"

"你想的真是周到。"

说完话，尚双印连早饭都没吃，就顺着面前的山梁，抄近路回家了。他一路穿山过岭，不一会儿就能看见自家门前的田地和道路，看见自己的老婆扛着锄头，拉着两头牛，向他家最远的一块地走去。这块地也是全组最远的一块地，在山沟沟里，当时分给私人的时候都嫌太远没人要，他老婆为了方便放牛和种地两不误，就要了下来，但收种还是极为不便利。

尚双印急忙从山上穿了下来，走到了老婆的身后，把专心走路的老婆吓了一大跳。心想这深山野凹的，哪里有闲人到此，回身一看是他，还奇怪，这个大忙人一大早怎么会在这儿？

"你几天都不见人影，死哪里去了？"

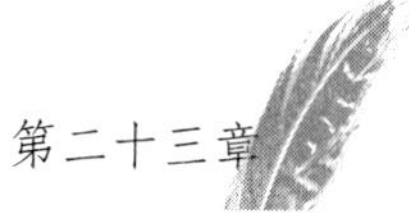

“咋哩，没啥事吧，没人到家中找我吧？”他一连问了好多，还是觉得没把自己心中想问的问题问出来。

“谁吃得多了，找你能干啥。”

“没人找就好。”他一听这话，心里顿时轻松多了。

尚双印看着整日辛苦的老婆，有一点心愧，一时不知说什么好，顿了顿说；“没事我就走了。”

多少年来，尚双印在老婆面前永远都是个大忙人，他连一句体贴的话都没说过，有时他也觉得心中愧疚不安。

尚双印转身就走，刚走了两步，老婆就喊住了他说：“我倒给忘了，前天五组的人捎口信说赵狗子不行了，说要见你最后一面，他病得连路都走不了啦。”

“他咋了？”

“我也不知道，你有空了到那里把人家看看，他一个外地人，怪可怜的。”

“好，我知道了。”

尚双印应完话就急匆匆地向五组走去。

第二十四章

赵狗子算是石门的名人。

赵狗子出名就是因为一个牛字。其实人都不知道他的真实姓名，只知道他姓赵，为了方便起见就给他叫赵狗子。

赵狗子是丹凤人，三十岁时在杨河五组的一户人家做了上门女婿，一辈子没儿没女，上边的老人也都不在了，他老婆常年多病，不到五十岁也走了，就剩下他一个人苦熬岁月。

赵狗子年轻时力大能干，力没少出，谁家要是有啥出力流汗的事情都来找他帮忙，他也很热心为人做事。他最大的一个缺点就是说话、为人、处世和做事太牛，牛到好像有意跟人过不去的程度。不管弄啥偏爱和人对着干，你说东，他偏要西。你说啥不行，他偏偏不服，那股牛劲儿上来了，谁都挡不住。

责任田到户的那一年，赵狗子的老婆死了，生产队看他可怜，就把上好的地和最方便耕种的地分给他，他硬是不要，反倒把分得的自留地和房前屋后的树木也交给了生产队，自己只占着两间快要倒塌的破房子居住着。为了生存，他在远远的山间开了两片荒地，种了点小麦和玉米，收种时他大部分时间都住在山上的地里，一个人饥一顿饱一顿的。

区社要给他照顾衣物，他一概不要。那年县上对贫困人员家庭的危房进行修理改造，他硬是不让，连骂带推地把前来摸底登记的干部给赶走了。他说他不要国家的任何救助，要救助就去救那些需要救助的人，他有手有脚，自己能养活自己。公社怕县上来检查时，他的实情影响了声誉，派分管领导亲自去监督改建他的房屋，还没等来人站稳，就被他给轰走了。气得领

导骂他是真真的牛怂。

有一年进入冬季，数九寒天，赵狗子抖抖索索地到村中的商店里拿了一斤盐，回来的路上碰到了尚双印，一看他还穿着夏天的衣服，鞋子都烂了，露出乌黑的脚后根。看到这情景，尚双印气就不打一处来，张口骂道："你还没冻死？给你照顾棉衣和棉鞋你不要，给你送到家里，你还把那些东西抱着扔到公社办公室的桌子上。你冻成那样，你哆嗦啥哩？何苦哩？这下你感觉到了吧？我看你离冻死不远了。"

"你看还不是没冻死吗？"他哆嗦着说。

"你迟早是冻死鬼一个。"

"你管那么多干啥？有烟了给一支。"

越到后来，这赵狗子谁也不理了，不管是天王老子还是社队干部，不管谁为他好说他都一概不理，见人也不答话。单单就有一点怕尚双印，只有他说话时，多少还听一点。其余的除了猫狗，没有人待见他。

尚双印一看这家伙怪可怜的，就放低了声音说："谁到底把你咋了，你咋这么仇视这些人，给了多少照顾你都不要，你说是谁把你惹了，你说道说道，是谁害了你？你说，我给你做主。"

"尚队长，说实话，谁也没有把我怎样，我就是不能白要人家的东西。你看我不是活得好好的嘛。没饿死没冻死就说明我活得很好。能出气能吃饭能干活，就说明我活得和别人一样。你说我哪点不好？"

"我说不过你，你看现在的政策多好，给你东西，你为啥不要？"

"不要就是不要，没有为啥。"

"你说我没得罪你吧？"

"看你把话说哪里去了，没有没有，你是好人。"

"那你给我一个面子，把衣服穿上行吗？"

"这……算了，我也不跟你说了，你说咋弄就咋弄，听你一次也瞎不到哪里去。"

"你能听我话，我也很感激你，一会儿给你把衣服送来，你一定要穿上。"

"能行，能行。"赵狗子满口应承着走了。

尚双印到公社民政把救济的衣服给要了一身拿了回来，一看没有了棉鞋，自家掏腰包给买了一双棉鞋，让五队队长给送去。队长怕那家伙胡来，又不肯领受，带了一个小伙子，一进院子就喊："赵狗子，尚队长答应给你的衣服送来了。"

队长没等里边答话，就把衣服放在台阶上，拉起小伙子走了。

第二年春，人们看到赵狗子还穿着那身黑棉衣在地里干活。

今日叫人捎信来，看来赵狗子人是真的不行了。

尚双印来到赵狗子家门口，屋里屋外都静悄悄的。他用手把门一推，只听得咣啷一声，两扇门就倒在了地上。

这时才听到微弱的声音："尚村长，是你吗？你来了吗？"

"你还没死吗？"

"还有一口气，但也活不长了。"

"好好的，咋就活不长了？"

尚双印一边说话，一边打量着破屋子的一切，目光所到之处，只能用不堪入目来形容了。锅台上还放着不知是哪年哪月的烂馒头，干得跟硬柴头子似的。

"到底咋啦？"

"你看。"

尚双印凑近一看，赵狗子脸肿得简直没眉眼看，一边的脸上还在流脓水。

"没事，一时半会儿还死不了。是个脓疮，一剜就好了。"

"你说要不了命？"

"要不了。"

"那你给我一剜就行了嘛。"

"我剜不了，还得要医生剜。"

"那就不剜了。"

"咋不剜了？"

"没钱。看来还是死了美。"

"死不了。你才六十出头，死不了。"

"没钱，连一包盐钱都没得。"

"钱的事就不用你管了，只要你听话就行了。"

“那我就听你的话。”

说完，尚双印叫来组长，弄了一辆三轮车，把赵狗子送到石门养老院，院长一看嫌恶心，再一看是尚双印送来的人，就给尚双印说把人弄到医院治好了再说。

来到医院，院长跟尚双印是朋友，就直接问：“这费用谁出？”尚双印说：“我出。”院长说：“我知道你是个料片子。”尚双印说：“没事，你只管给治就是了。”

不到一个月，赵狗子就成正常人了。

院长问尚双印要钱，尚双印问是多少钱。

“八十。”

“钱太多，一人一半。”

“我早就知道你是料片子。”

“你是国家，我是集体，你就应该多出些。”

“算了，不跟你磨嘴皮子了。都是为了给群众办事，我设法申请给报了就完事了。”

后来，尚双印设法把赵狗子弄进了养老院。

赵狗子在养老院也不安分，气得院里要他走人，但又因为尚双印的面子才继续留下。

几年后的一个冬天，尚双印从外面回来，看见五组人在山坡挖坑哩，一问才知道是赵狗子死了。

“咋死的？”

“好好的，也没啥事，就死了。”

“他是五保户，啥也没有，埋得好好的就行了。”

“衣服是组上给买的，都是新的。棺木也都不错。”

“有没有吹鼓手？”

“他后面啥人都没了，谁给他弄吹鼓手哩？”

“算了，我给三百块钱，叫上一帮响器，明天埋时给吹一吹。”

“这种人还值吹响器？”

“啥值不值的。人都死了说这话不对，再说了这人平生也没弄什么瞎事，年轻时也给队上的人出了不少的力。不要田，不要地，不要照顾款，还不要照顾粮，不愿意拖累集体和国家，再穷也不要国家的一点扶贫救助。他是个争气人，死了给风光一下，也就算把他一生给了结啦。”

“那成，我们五组想办法把这事办好就是了。”

第二天天还没亮，一阵唢呐声把尚双印惊醒。他知道此时正把一个谁都弄不懂的一个人给埋进了土里。他穿上衣服站在旁边的一个小山上，向那儿的坟地张望着。

过了不大一会儿，对面的唢呐声停了。

张二同来到尚双印面前，交给了他一张纸条。

“是谁的？”

“赵狗子的。”

“他能写字？”

“你看。”

“这字还写得不错。”

“知道他写字的人很少。”

尚双印看着纸条，上面写的是：老尚，我选择现在死，是因为死是人人都要走的一条路，就是说人都要死，人又都逃不过一死，早死迟死都要死。既然早死迟死都要死，那早死总比迟死好。我之所以要趁着现在死，是因为眼下农活比较闲，我不想太多地连累乡邻，是因为我觉得我活得不值得这样。同样我也知道你会恰如其分地让我进土，我一辈子就这生性，就怕麻烦别人，就怕连累人，就想啥都靠自己，但并没达到，所以现在死比啥时都好。

“还能写字。”尚双印忍了忍心中的难受，说了一句无边际的话。他把手中的纸条揉了揉，点着烧了，把纸灰埋在树下的一个石缝里。

第二十五章

这一年六月，天气大旱，秋庄稼严重歉收。

村里人说，三四月阳，五月旱，六月连阴吃饱饭。看来今年这吃饱饭成问题了。好在现在家家都有点存粮，人们也还不至于心慌。只是那些上了年纪的人是饿怕了，对粮食问题还是心有余悸。

眼看就要到秋播的时候了，尚双印手头积压的小麦种子还没有销售出去。以前他还时不时在外面推销过，但前来购买的人还是不多。他手上现在还有两千来斤。

一天，一个六十多岁的人上门来询问尚双印小麦种子的事。尚双印说：“我这种子，咱们这儿不适宜种，产量不稳。”

来人说：“我也听说在山外能行。不如到山外去种地。”

山外指的是秦岭以北的关中地区。

“山外哪里有那么多的地种？”

“我听说山外的 80 所那儿有一两千亩地，从那儿弄上些地来种也不错。”

“你听谁说的。”

“这我还得去给你细细地打听。”

“你家在哪儿？”

“在王桥村。”

“我咋能找到你？”

“我叫王振山，你一问就知道了。到时候弄好了，你把我也提携上。”

尚双印一看，六十来岁的人，精神劲头也好，一定是种田的好手。

“你打听好了再来找我，咱俩过去看看。”

等了两天，王振山上门来找尚双印，结果二人在石门街道正好遇见。王振山告诉尚双印说事情打听好了，靠谱。

恰好去潼关的班车到他俩眼前经过，尚双印拉住王振山就坐上车走了。

到了潼关县城，又包一辆三轮车直接就把他俩拉到了地方。

这 80 所原来是部队所在地，后来部队转到了别处，地方就空出来了。

他们来到了近处的一个小山梁上一看，好呀，里边平展展的，有一两千亩地，把二人惊喜得半天说不出话来。

“我的天呀，你看看人家这里的土地，这么好的土地，我一看，活着都不想死了。”

“真是没见过天，一点好地，你都不想死，要是别的该咋办哩？”

“妈呀，用水泥打的路面，以前真没见过。”

“走，进去看看。”

说着话，二人来到了一个小山口，旁边是两排水泥平房，这在当时的洛南山里是没有的，中间有一个很大的铁栅栏门关闭着，旁边有一个小门开着。他们二人走进去，看见有一间房子的门开着，就走了进去。

原来这是部队的一个服务部，由一名转业的军人当经理。他正在墙角烧水。看见他们进来也没在意，只是冷冷地问了一句：“弄啥的？找谁？”

“找你们这里的领导？”

“有啥事？我姓刘，我就是这里的经理。”

“你们这里的土地向外租种不？”

“你要几亩？”

“少说也得三百亩。”

“啥？”

那人赶紧站起来。

“真要租三百亩？”

“你以为是开玩笑哩？”

“行是行，你们得立合同。”

“立就立，我们是认真的。”

“那你们坐，我去叫别的领导都来。”

“当下就要吗？”

“能办的话，立马就办手续。”

那人出去了一会儿，接着领来了四五个人，其中有两个女的。进来先把桌子收拾好。然后坐下来，一看到他们俩这个样子，似乎没有多大的劲头。

一个人问：“你们有那么多的钱吗？”

“一亩地多少钱？”尚双印问，同时把二郎腿架得老高，一副土财主的样子。

那些人你看看我，我看看你，一时不知道说什么好。一个女的说：“不急，咱们好商量，进了一家门就是一家人，这事好商量。”

“我要最好的地。”

“都是好地，一亩得八十块钱。”

“哎呀，你吃人呀！”

“这你就不知道了，最好的地水利设施齐全，灌溉方便，机械样样都有。你们来一个领导人员就行了，收种一切管理不用你们操心，种子肥料自选。”

“这不行，人我有，只用你们的水利设施和机械，费用是我们的。这样你看一亩地要多少钱？”

“少说也得六十。”

“不说了，五十。就我一个大买主，照顾一下。”

“五十就五十，但有一个条件，签订合同时，你得先交一半的租金。剩下的明年小麦收成后全部结清。”

“这太麻烦，合同成立之后，你派人到我们洛南去拿。我一次给你们把全年的交清，或者三天后我给你也行。”

“一看你就是个痛快人，就这样定了。你们签订合同，我再向上级汇报一下。”

刘经理春风满面，其他领导也是喜笑颜开。一个女的到隔壁去打电话。

合同三下两下就写好了。

刘经理握了握尚双印的手说：“我姓刘，多谢合作。现在是一家人了，说实话吧，那么多的钱，就怕你一下子拿不出来。”

“这算个球。一会儿你派人跟我去洛南，立马就能拿上。”

“真的不会为难你？”

“没问题。马上走。”尚双印说着就站了起来。

“不急，好歹招呼你们吃了饭再走。”

“不用了，到了洛南，我请你们。”

“那好啊。”刘经理一笑。

这时外面来了一辆绿色的帆布篷小汽车。

“这车是干什么的？”

“送你们的。”

“妈呀，有这好事。”

尚双印出来上车，就坐在司机身边。

一路上，刘经理和尚双印说个不停，交流了好多情况。

尚双印这才知道，那一大片土地上住着一个单位，是部队下辖的一个劳动服务公司。由于改制后，公司里的人就没事干了，一年到头工资发不下来，连生活费也不能按时发给。所以每年这些人都集体上访闹事。平常靠这里的土地出租和机械租赁费来维持日常开支，后来不行了，就养活不住人了。

“今年你能租这么多的地，也是给我们解决了一些燃眉之急。”

“互相帮忙吧。”

说着话，车子就进入了石门街，人们一看来了一辆军用小汽车，都好奇地围上来观看。

尚双印从车上风风光光地走下来，引起一片哗然。有的人议论说这家伙神通广大，又和部队拉上关系了，不知下一步又有什么大动作了。

尚双印带领刘经理他们先来到信用社，把一万五千块钱交给了刘经理。刘经理立马从里边拿出一百块钱给尚双印。尚双印不要，二人拉拉扯扯地你推我让。

最后刘经理说这是上级说的，是对你的回报。

“不用了，这些钱给你们几个服务部的同志买点东西，全当是我的一片心意。”

“这太谢谢你了。”刘经理紧紧地握着尚双印的手，久久不放。

十天之后，尚双印又一次找到了王振山。让他在石门找上十个家庭拖累大，负担重，能吃苦耐劳的男女劳力到80所去种地。一年每人给三千斤

小麦，一千块钱，你看行不行？”

“妈呀，紧行了。叩头叫爷都有人愿意去。”

“这事就交给你，连你算上，一共十一个人。这些人全部由你管理，我不会亏待了你。”

“没事，谁敢不相信你！”

尚双印做事从不拖泥带水，把人员安排好后。他们就住进了80所，开始用机械深翻土地，整理田畦，疏通灌溉的渠道。服务公司的那些技术人员，机械操作人员都很积极地配合，他也给那些人按天发工资，所以那些人干活更是卖力。

转眼到了第二年的夏季，小麦丰收在望。看着长势特别好的小麦，喜得石门那些干活的人，晚上都不想睡在自己的房子里。这小麦就用的是田和的小麦种子，施的是杨河化工厂的磷酸二氢钾，小麦长得出神入化的齐整。

尚双印每做一件事，都有许多人在后面关注着，一旦有什么风吹草动，就会纷纷扬扬地传开。这次也不例外，外界把杨河化工厂的磷酸二氢钾和田和的小麦种子炒作成了天上没有地下缺的东西。

不到一个月，三百亩小麦收割完毕，山外的口头毒，不上一个星期，就全部晒干弄净。紧接着就是种大豆，夏季播种的农作物是争日赶晌的，一晌和一晌种出来的长势和收成都不一样。所以白天大干晚上加班，不几天，三百亩大豆齐刷刷地种好，开始发芽变绿。山外的日光好，气温高，大豆的产量要比山里高出成倍不止。这些大豆收成后，全部卖掉，足够种小麦所有的花费。

经过核算尚双印在这里种的小麦，亩产要一千斤左右。这三百亩土地，少说也有三十多万斤。妈呀，三十多万斤小麦在当时，放到哪里都能把人吓得半死。

如果要把这些粮食运回洛南，不知需要多少辆车，需要多长时间才能运回。

尚双印从石门粮站拉了一大车麻袋装小麦用。

部队团部听到这样的消息，为了提高服务部的知名度，决定派出三十辆军用汽车，无偿地把这些粮食送到洛南。

那一天，当载满粮食的军车停靠在石门街道边的大路上时，清一色的军车，明晃晃的发亮，三十多辆汽车宏大的场面成为一道风景线，惊动了整个石门街。

石门不亚于过一个盛大的节日，区公所和镇政府部门鸣放鞭炮以示庆祝，尚双印的亲朋好友也加入其中，一时间烟花爆竹声，此起彼伏，来观看的村民，人山人海。

王县长得到消息后也赶来祝贺。

王县长一看停放半里的军用汽车，上面一律的是颗粒饱满的小麦，此时也按捺不住心中的激动，他走过去拍着尚双印的肩膀说："你小子的鬼点子真多！真行！"

"哎呀，王县长，看到这么多的粮食，把我吓得心都要快跳出来了。"

"夸你两句，就激动得不知天高地厚了。"

"我是害怕。"

"你怕什么？"

"我怕这么多的粮食没处放，人家军车还要等着返回呢。"

"你真的想不出办法？"

"走前都没想？"

"只顾着高兴，只顾着朝回拉了。"

"路上都没想？"

"路上倒是想着哩，但截止到现在，我还没有想出好办法来。"

"我为啥要来呢？你以为只是来祝贺和看望慰问你吗？摆领导架子吗？更重要的是来帮你解决问题来了。"

"我知道，一见到你王县长，我心里就有了底了。"

"那我就替你想吧。"

"感谢王县长。"

"你看这样行不行？今年石门的公购粮就不用从下边收了，你来完成？"

"对呀。好呀。这是个好办法。到底是县长，办法就是多，水平就是高。不服不行，一级是一级水平哩。"

"粮站就是用来储备和存放粮食的地方。把粮食全部下到粮站里，比什么地方都好。"

“你去找粮站站长下车，我去安排司机们吃饭。这顿饭由县政府出钱安排。”

“档次太高了吧？”

“你给咱县政府争了面子，应该的。”

二人哈哈一笑，各忙各的事去了。

一个小时之后，卸掉粮食的军车从粮站里一溜缓缓地开出来，然后绕石门街一周后，慢慢地开走了。

路边的孩子们连蹦带跳地喊着：“尚双印，真能干。不怕雨，不怕旱。照样能让人吃饱饭。吃饱饭！吃饱饭！……”

孩子们嘻嘻哈哈地把吃饱饭三个字，重复了好多遍。这首顺口溜不知是谁编的，在石门有孩子的地方喊了好几年。山里的人没文化，启蒙孩子的时候，就让他们背这首顺口溜。

第二十六章

外出办事回来，走到黄龙铺，开车的小儿子对在车上打迷糊的尚双印说："车子可能有问题了。"尚双印清醒过来说："前面有灯光的地方就是陈涧乡政府所在地，到那儿再说。"

幸好是下坡路，没费多大的劲儿就到了地方。

尚双印的儿子打开车盖修车，尚双印到陈涧乡政府去转。

陈涧乡地处秦岭深处，罗华路从乡政府门前通过。

尚双印推开乡政府大门走进去，院落不是很大，但却非常整洁。里边灯光灰暗，眼前是一排十四五间的平房，中间有过道。后面还是一排十四五间的房子，是政府人员生活和办公的地方。

尚双印刚走到过道口，就听到里边有低低的哭声。他看不清哭泣的人在哪儿，但听起来让人感觉非常悲哀。他向着哭声传来的地方走去，那微弱的声音证明哭的时间已经很长了，此时已显得非常疲惫。他走到那儿一看是三个人，一个是三四十岁的妇女。身边有两个孩子，一男一女。他们看到有人来，女的哭声大了起来，好像有诉不尽的冤屈。尚双印最见不得人哭，一听见哭声自己内心先是一阵酸楚。

"黑灯瞎火的，你在这儿哭啥？"

那几个人一看，不认识来的人。那女的禁不住大声哭起来。

"来来来，有啥事先给我说。"说着他就拉着那个小男孩向有灯光的房间走去，到了门口他敲了敲门，里边没有动静。他用手把门一推，门就开了，这才看清是一间私人的房间。

他让妇女三人进来，一个个哭得个泪人儿似的。那个女孩子也有

十七八岁了。他问那个女孩子："你在哪儿上学？"

"西安交大。"

"这可是个好学校。现在正是上学的时间，没遇星期也没放假，你咋没去学校呢？"

"为我爸的事才回来的。"那女孩又哽咽起来。

"你爸啥事？你慢慢说。"

"他们说我爸贪污了生产队的钱，明天要拉到县城游街哩。"

"有这等事？贪污了多少？谁查出来的？"

"说是五千块钱，我爸是西沟村的队长。这都是十几年前的事了。"

尚双印一听，半天没开口。身边的哭声又大了起来。

"你爸人现在在哪儿？"

"在派出所里，都关了好几天了。"

"乡上的领导呢？"

"他们在楼上的办公室里。"

"我去看看。"

说着他就走出门外，向前面的二楼上一看，中间有一间房子里亮着灯，灯光不是很明亮。他向二楼走去，从窗口向里一看，里边有好多人。一个个都显得非常沉重，他没敲门就进去了。

坐对面的人见进来的是生人，也没搭理，低下头不语。背对着他的可能是乡长，回头看了一眼，见不是熟人就问："有啥事？"

"没啥事，听说你们处理西沟村队长的事，就来看看。"

"这有啥好看的？明天到县城游街。"

"你没看还有没有别的办法？"

"我看没有。只是让人感到不美气，丢人丢大了。"

"明知道丢人，就应该想些不让丢人的办法。"

"想不出来，你给帮忙想想，"

"你把事情从头到尾地给我说一遍。"

那人一听还真的是顺杆子上了，回头一看："哎呀，咋是你，老尚。你进来咋不早说呢？"

"你背对着我，我也看不清是你。"

“黑灯瞎火地，你跑这儿干什么来了？”

“车子坏了，想找个地方看一下。”

“你不知道，这几天，这怂大的一点事情把人弄得头多大！”

“有多大的事情吗？”

“我知道你是能人，一到你手上就成了小事了。早早能见到你，这事也弄不到今天这种地步。”

原来这陈乡长和尚双印在县上开会，见过几次面。他赶紧招呼大家给尚双印让座，递烟，倒水。一听是尚双印，在场的人都高兴起来。

尚双印说：“到底是啥事嘛？”

“哎，啥事嘛。陈涧村西沟队的队长，让群众告了，说是贪污了五千元，村上，乡上处理了好几次，人家都不服。后来又告到县上，县上迟迟没有处理。这不眼下没事了，又有人告到了地区。没办法经过协商让队长明儿到县城游街亮相。”

“事情开头到底是个啥？”

“西沟队的队长王二虎，把一面坡上的橡树当柴卖给了西安的黄河厂，这都是十几年前的事了。那时橡树不是烧木炭就是当柴烧了。这几年橡树值钱了，有些人心疼那面山上的好橡树，所以就对王队长不满，才没事找事来胡写乱告，弄得鸡犬不宁。”

“五千块钱是怎么一回事？”

“当时，那些树卖了两千元，一直都没用，钱在队长手上，去年队长的孩子上大学，再加上老人和老婆身体有问题，才把那两千块钱给用了。队上有几个人和队长不和，借机寻事情。说队长挪用公款十几年，连利带本得五千块钱才能了事。一是队长正在难处，拿不出来，二是平白无故地多了三千元，队长自然不服。所以弄来弄去才弄出明天的结局。”

“这不是啥大事，把挪用的两千块补上就是了嘛。”

“不是你说得那么轻松，王队长现在拿不出两千块钱，再是几个人不服，煽风点火看热闹。”

“这队长为人到底咋样？”

“老实人，也是好人。”

“既然是这样，依我说十几年了，钱一直在，不算是挪用。从去年开

始算是借用。队长也是人，也有难处，乡里乡党的，送个人情，让他把两千元还上了，乡上给担个保，把这事给了了。”

“这事不好弄，你这样一弄，那些吃了饭没事干的人，又开始写纸条，东告西告。你根本无法安生。”

派出所所长把王二虎带到会议室。尚双印一看是个四十多岁的人，但一脸沧桑的样子，知道家里的苦处不少，就问道：“你挪用的钱能不能还上？”

“两千块钱能还上，多一分钱不给。否则要怎么处置都行。”

“五千块钱是怎么回事？”

“部分是这十几年的利息。大部分是那些查账的人来来回回的车船费和生活费用。”

“谁去调查的？”

“队上那几个不服我的人自发组织的。他们到西安黄河厂去了好几次，什么也没有查到。事情都过去了十几年了，黄河厂的领导换了好几茬，原先的账务存根早不知去向了。只有我这儿还有原来的手续。但那些人硬是不信。一句话谁要打我的官司，谁去取证调查，如果是我的问题，别说是五千块钱，就是五万我都认了。无事生非，凭空想象，我一分钱不认。两千块钱一直在我手上，并非挪用，什么时候把这些事弄清楚了，我一分不欠地把钱交出来。”

“现在是想法别去到县上游街了。”

“这怕什么，游街对我有好处。让更多的人知道我是无辜的，让更多的领导关注我的事情。这不是丢人现眼，要丢人也是丢的地方领导的脸。我不怕。”

“算了，别说这些了。老婆孩子哭哭泣泣的，心酸不心酸？”

“我又没死，想哭就哭去。”王二虎说着抹了一把泪。

“陈乡长，你作主把这事给平了。”

“咋平呀？”

“到村上开个社员会，把这事情的利害关系讲明白。谁要是不服，来回调查的费用自个承担。与王队长无关，要是能拿出真凭实据，所有的问题都由队长负责。”

“原来也是这样的安排的，但一开会，没有一个人来参加。”

“这次你亲自去，带上派出所的人，就说是处理队长的事。”

“这倒不是啥大问题，问题是明天就要去游街，县上都决定了。”

“算了吧，你只要把下面弄好了，就别到县上丢人了。”

“下面的事好办。问题是明天就要去游街，人都让派出所带来了，怕晚上跑了。”

“县上这块儿有我哩，你只要把下面的事处理好了，保证不再发生第二次。这事就到这儿彻底地解决了。”

“保证不会出现第二次了。”

“我给县委王书记打电话。”

“你赶紧给打。”

尚双印接通了书记的电话。对方问是啥事。

尚双印说：“我是尚双印，有关明天黄龙游街的事就取消了。”

“你蝗虫吃过界了，黄龙的事你也管上了？”

“这不是路过嘛，碰上了。”

“你给处理好了？”

“事情不大，处理好了。”

“那就好，省得丢人。跑县上来游街，真真让人恶心。”

“给你处理好了，不给一盒烟。”

“烟先不给，此事以后不再出现了再说。”

“我办事你还能不相信吗？”

“这是另一回事。”

“算了，不要烟了。”

尚双印打电话时，那些人都静心倾听。放下电话，人们都松了口气。

“把人放了吧。回去把队上的事弄明白了，就再别干队上的事了，好好地供孩子上学。”

“听你的。”王二虎拉住尚双印的手，很是感激。

几个人出来帮忙把车子发动起来，尚双印和儿子走了。他对队长的两个孩子说：“你爸是好人，他没给你们丢脸。好好上学去。”

王二虎一家人看着尚双印的车子消失在山间的公路上，这时才慢慢地走回家去。月亮像水洗过一样从山后面露出来，这里很宁静，好像什么事也没有发生。

第二十七章

这一年尚双印再次当选为省人大代表。

尚双印连任省人大代表的消息在石门传开，有好多人纷纷前来找他，想托他为本地多干些实事。也有人提出资源开发的项目。还有人提出解决道路和交通问题。有人说目前石门最要紧的是先要修一座石门大桥，这座桥修成了，它就可以连接石门以西的所有交通要道，可谓是造福子孙后代的大事情。

尚双印一想说："这个我赞成，五八年的时候，人们就提过，当时由于贫困，条件差，技术各方面都比较落后，虽然几任领导都努力过，但最终还是没有修成。"

"这次可是千载难逢的机会，你是省人大代表，你一定要想方设法帮石门人圆这个梦。"

"要不，我明天就去省上看看。"

第二天一大早，尚双印就到洛南县城，坐上洛南开往西安的班车。

到西安找到省人大常委会副主任孙克华说了他想办的事情。

孙主任说："你咋不早点说，早点儿说，这桥都修成了。"

"早些时候，我不认识你嘛。"

"也是实话，我给你写个条子，你拿上条子找交通厅的领导，让他们给你安排一下。"

尚双印一看有门儿，赶紧拿着条子到交通厅。

当时的厅长是沙厅长，那人也是个爱办实事的大实干家，他同意给修桥。

紧接着就派了一个工作组来到了洛南，并驻扎在石门，专门负责技术指导，修桥任务完不成，通不了车，不准撤回。

洛南县委县政府领导一看尚双印争取到资金给石门修桥，这可是一件大好事。县委书记赵希儒亲自带上县交通局局长及相关部门的负责人来到石门，叫上区委书记梁振中一起到修桥现场实地察看，看望慰问省交通厅派来的工作人员。

赵书记决定来一个现场办公。

麻坪乡和石门镇一样，同属石门区管辖，但在当时，从石门到麻坪的近道尚不通车，只能步行。如果开车从石门到麻坪，需要沿着去县城的洛华路绕行五六十里地才能到达。

既然在尚双印的争取下，省交通厅投资钱把石门桥给修了，那县上就该把石门去麻坪的近道给修通。

赵书记打发他的司机沿公路和乡路把车开到麻坪乡政府所在地的麻坪街道等他，他们一行人踩着脚下泥泞不堪的小路，在崎岖的山路上一步一步艰难地进沟翻岭，走近道再到麻坪街双方会合，沿途初步规划好石门到麻坪的修乡土路的线路。

如果石门的这座桥修成了，路再修通了，从石门到麻坪只有十五里地，翻两道小山梁就到了，能为沿途的村落和人口出行提供很大的便利。

为了进一步了解那里的情况，赵书记和梁振中还有交通局一行人冒雨从石门向麻坪步行而去。

沿途的群众听说要给这里修路，而且县区领导亲自冒雨前来考察，都纷纷从家中出来夹道欢迎。所到之处，都有群众自发结伴陪同县领导前行。听说领导们所要经过的地方，也早有村干部和村民静静地等候在那儿。

赵书记为人儒雅，低调为官，从不训斥人，非常有水平，爱说实话办实事。他带领大家一路上查看路况和民情，向老百姓嘘寒问暖，认真听取当地干部民众的意见和建议。

经过实际考察，县领导蹲点，石门大桥顺顺利利地修建起来了。

事后尚双印回忆说：“那时的领导干部真好，他们一个个都知道为人民办实事办好事是自己的本分。无论大小官员，只要你一说事，他们从不推三阻四，都会想方设法办理好。”

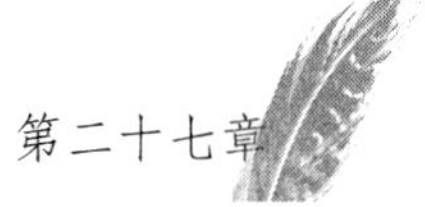

当时修石门大桥，是一件很大很大的事情。尚双印跑上跑下争取项目和资金没给别人发过一根烟,每件事都是在不到半根烟的工夫中就敲定了，领导们个个都清正廉洁，时刻想的都是人民的利益，上下一心，为人民办事的效率确实高，令他不服都不行。

在尚双印担任省人大代表期间，结识了不少省地县领导，而且领导们都非常喜欢他，信任他。由于他能顾大局，办事公道，爱办实事，得到了省、市、县各级领导的关心和支持。只要是他提出的为当地民众办事的大大小小的请求，都能在很短的时间内得到答复和解决。因此在石门地区广大群众的印象中，尚双印成了一个无所不能的大能人。

商洛地委书记杨永年是有名的工农干部，还是有名的实干家。他对区县干部提出三个一的要求：一月要坐三次班车，在车上听听农民的心声；一月要下三次基层，听听基层干部群众的心声；一月要三次到群众中去，实际地看看他们生活状况，了解他们的需求，扶助他们发展生产。

杨书记听说石门杨河的粮食生产和经济发展不错，来洛南考察时点名专门要到石门杨河村看一看，总结一下尚双印带领群众种粮抓经济的好经验。

二人一见面，杨书记就问尚双印说：“你给我说实话，你们杨河村的群众生活到底咋样？”

“不咋样。”

“不咋样是咋个样？”

“不咋样就是不咋个样。”

“别给我绕弯子，说具体点。”

“说具体点，那就是一般化。”

“人均一年有多少口粮？”

“三百多斤。”

“有那么多吗？”

“没问题。”

“好，我要到下边去看看。”

“好吧，要我陪你去看吗？”

“不要你陪，我随便去看，想看哪一家，就看哪一家。”

杨书记带着随行的人员进村，一连查看了五六户人家。他们一进门，先问问家中的生活情况，然后是开柜看看粮食的储存情况，再是揭瓮瓮，开罐罐，看瓶瓶，来查看米面油盐的储存情况。他们问了好几家，也看了好几家。然后又问："你们一年到底能平均多少口粮？"

"五六百斤没问题。"群众高兴地说。

"这就好。"杨书记满意地点了点头。

杨书记察看回来问尚双印说："你这干部当得不实在，我要批评你了。"

"我工作没做好，宁愿虚心接受首长的批评。"

"不是你没做好，而是做得很好，没有说好。"

"只怪我不会说话。"

"人均口粮都是五六百斤，你咋能说成是三百斤呢？这是不会说话吗？你太会说话了，差点把我都糊弄了。"

"你一去把群众吓得胡说哩。"

"没吓着他们，他们也没胡说。是我亲眼看到了他们储存的粮食，的确不少。"

"只要领导亲眼看到就好。"

"我很感激你为杨河的人民群众实实在在地办事。"

杨书记又视察了杨河砖厂，看得很高兴，当场拍板由尚双印担任商洛地区乡镇企业家协会会长。

后又被王双锡副省长提议担任省乡镇企业家协会副会长。

尚双印从此就和杨书记成为好朋友，因公因私交往就多了起来。

杨书记是农民出身，对发展乡镇企业特别重视。

杨书记召集各县乡镇企业的优秀代表在地区开会。在会上处理了山阳和黑龙口的几个犯了错误的企业带头人。会后他把尚双印和一个企业开发办的领导请到外面吃了一顿饭。不到三天，尚双印到地区开会，会后，杨书记又请他到外面吃饭，当然他心中明白书记请他吃饭的意图。

"双印，不到十天我就请你吃了两顿饭。"

"这是你要请我，不是我问你要吃哩。"

杨书记一笑说："你知道我为啥要请你哩？"

"不知道。"

“请你吃饭，就是要让你好好地办实事，千万不要出什么差错。要对得起我的两顿饭钱。”

“请杨书记放心，十顿饭钱我都对得起。”

一想起领导的关心，尚双印干起来就有劲，群众也欢迎。这样一来，上下一条心，就没有解决不了的问题。

第二十八章

这年春节还没过完，尚双印有事经过华阴，他突然想起 80 所，不知道那里的情况怎样。

尚双印叫了一辆三轮车把他送到 80 所的门口。刚一进门，他就看见院子里围了一大堆人。经理老刘像犯罪分子一样低头站在台阶上，台阶下面的人手指舞动着，你一言我一语地质问得他哑口无言。还有几个年轻人扑到台阶上，伸出手脚想对他动武，现场一片混乱。

尚双印来到人群中，想一看究竟。这时有几个人认出了他。一看有外人到来，人们更是愤愤不平。有的人用脏话粗话，从娘到老子地骂起了公司的领导和干部。有几个小伙子用木棒和石块砸起了窗子和门。

尚双印一看不是个事儿，就问："出了什么事了？"

"打死这帮王八蛋，吃余粮不管正事的东西。"下面的人狠狠地咒骂着。有几个人撞开了办公室的门，几个女同志吓得躲在了桌子的后面，刘经理被几个人挤到了一边。

尚双印看再不阻止，就会弄出意料不到的瞎瞎事情来。他站在台阶上大声说："有事大家慢慢说，想法解决，这样打打砸砸地解决不了啥问题。"

尚双印平日里说话的声音本来就很高，一激动声音就更高了，一下子把在场的人给震慑住了。

全场顿时一片寂静。

过了一会儿，有人终于耐不住了说："老尚，去年你在这儿租地种的时候，和我们大家都相处得不错，我们都很敬重你。但今天这事希望你不要插手，这事你也管不了，也不是你该管的事情。"

尚双印最不爱听的就是什么事干不好，什么事管不了，什么事解决不成……一听到这些话，他的牛劲儿就上来了，你说弄不成，我偏要问个究竟，非要解决不可。

尚双印说："世上就没有解决不了的问题，也没有干不成的事情，你们的事情，我看我能解决，只要你们听我的。"

"好，别把牛皮吹破了，解决不了问题，你就从这儿爬着出去。"一个小伙子不友好地说，并把手上的木棒子使劲地往地上一扔。

底下也有几个小伙子用难听的话说："哪里跑来个装夸鬼，不知死活的东西。"

尚双印一听这话，心底也有些发怵。人们都说刁潼关野华阴。看来这里的人真不好惹。去年那些人见了他不是称兄道弟就是喊叔叫伯的，没想到今年就成了这个样子，说翻脸就翻脸，心中后悔刚才把话说得太硬了。

为了让自己先镇定下来，尚双印从办公室里搬出一把椅子，慢慢地放在台阶上，慌得那些领导以为他要跟这些人打架。只见他把椅子放在台阶上，不慌不忙地把上面的灰尘细细地擦了一遍，再低下头把下面的细微的蜘蛛网轻轻地用手指划去。下边的人静静地看着他，一副不耐烦的样子。尚双印在想：一旦他一句话出口，不和大家的心愿，人们会像离弦之箭一样，一起射向他。他把椅子下面弄干净了，然后装着很仔细地摇动着椅子的每一条腿，看是否结实。让人们一看他不是来解决问题来了，而是来研究那把破椅子来了。

有一大部分人慢慢地开始失去了耐心。

尚双印认为他舞弄得差不多了，然后稳稳地坐在椅子上，二郎腿一挑，慢悠悠地点上一根烟，然后再慢悠悠地吐出去。接着开腔说道："兄弟们，我知道大家都不易，今天这事让我遇上了，本来不关我的事，但好歹我也和大家相处了一段时间，想为大家解决这个问题。如果大家相信我，就听我说，不相信我，我立马走人，你们弄到天上，弄到地下，全当我没看见。"

"那就听你先说吧。"

"既然大家相信我，我很感激你们。现在选一个人出来把事情的经过从头到尾地给我说一下。看谁来说？"

这个说我说，那个说他说，下边的人争成一片。

尚双印用手一指，让站在前面的那位气势汹汹的小伙子来说。

那小伙子一看让他来说，脸一下子红到了脖子根。

尚双印顺手把烟点上，那小伙子也点了一根烟，狠狠地吐出了一股烟雾。

“好吧，我说。从正月初三开始，我们这几十号人就找公司解决问题，他们一直向后推。无奈我们到团部找了好几次，都让人家给赶了回来。今天我们再次去找团部，没想到被公司的人拦住了，说什么不能去闹事。我们这些人连生活都成了问题，还怕什么……”

“对，你先不说了，刘经理你说。”

人们的目光都投向了刘经理。

刘经理叹了口气说：“这是没办法的事情，年年开年，总有一些人要到团部去闹事，但年年都没有解决。原来这80所有部队驻扎时，公司这些人都有事干，工资奖金年年有，生活水平比正式的国家干部的还高。后来部队撤走了，留下了这几千亩土地和设施。营房和工厂下放到公司的手里，由于公司没有经济收入，工人每年只能靠上级发给的一点生活补贴过活，田地出租养活不了这么多的人。所以年年向上级反映，但年年都没能妥善地解决，团部也为此事大伤脑筋。我昨天接到电话通知，今天坚决不能闹事，要不后果不堪设想。我也是实在没办法了才出来阻止大家，说到底，我也不想让大家有啥事。”刘经理很委屈地陈述道。

“我当是什么大不了的事，原来是这点小事。这好办。”尚双印很有把握地说。

下面的人一听说有好办法，都把脖子伸得老长，想听尚双印的好主意是啥。

尚双印从椅子上缓缓站起来对大家说：“你们这明明是拿着金饭碗出门讨饭吃哩。”

“你少说风凉话，光说咋办？”有人迫不及待地反击道。

“这么多的土地，这么好的设施。怎么就不会利用？这样吧，每人分上二十亩地一家一户连片，稍次一点的土地，多分上几亩。农耕时用集体的机械，天旱时有这么便利的水利条件，平时一家一户式的管理，收种时，大家互助互帮。一亩地一年产小麦一千来斤，产大豆五六百斤。一口人

二十亩地，一年收两万斤小麦，一万斤大豆。每斤小麦按四毛钱，大豆按六毛钱，算算一口人一年的收入是多少？再算算一家人一年的收入是多少？再加上上级的生活补贴，算算你们的收入是多少？只要吃苦耐劳，你们的生活将富得流油哩，比当个县长还美。何必年年去闹事？”

这时，全场的人一片寂静，有的人开始低头合算起来。不一会儿，算明白的人禁不住内心的激动，用力地鼓起掌来。紧接着别的人也开始跟着鼓起掌来。

“好是好，就是不知道上级的意见如何？同意不同意这种办法？”

刘经理一看这场面，激动得差点流下了泪水。他大手一挥说：“只要大家都赞成，接下来的事情由我来解决。我会向上级汇报，争取让上级同意，为大家请求到更好的福利和帮助。”

大家伙一听刘经理发话了，都觉得这事十有八九能成。人人兴高采烈自不必说。

“大家说好就好，从今天开始，就要落实到行动中。我这人喜欢说干就干，别有什么顾虑。”尚双印说。

下边的人不约而同地喊好。

刘经理说：“如果没有问题，大家先散了。我们几个再商量一下具体的实施方案，在三天之内，争取把土地分发到各户。”

聚在一起的人慢慢地散了。有的人还在议论着尚双印，一个山沟沟有这样的能人，真是让人想不到。

这么大的事，人家不到半小时就解决了。真是不服不行！

人群散尽，刘经理把尚双印请到办公室，问起他这次来的主要目的。

尚双印说：“还是想再包些地，再种一年的粮食。”

刘经理说：“这下可能包不成了。”

尚双印说：“不行就算了吧，你们也不易，我不能夺了你们的饭碗。”

三天之后，上边没有看到闹事的人群。团部的领导下来一看究竟。刘经理把前前后后的事情说了一遍。

团部来的领导说：“你的主意真好。”

“这不是我出的主意。”

“是谁的？”

“洛南老尚的主意。”

“老尚是干什么的？”

“就是前年在这儿承包土地的那个能人，咱们动用三十辆军车把粮食给他送到洛南的那个人。”

“这人了不起，我们马上到洛南见见这个人，并当面向人家致谢。”

中午，两辆军用小汽车停在了尚双印的家门口。不到一小时，县区镇三级领导的小汽车也缓缓地开到了他家门口。

人们在不断地议论，不知尚双印又有什么大动作了。

尚双印谋划成立杨河企业总公司，修建杨河企业总公司办公大楼，也就是后来建成的宏升大楼。

这一年九月，中华人民共和国国务院授予尚双印全国劳动模范的光荣称号。

石门区给他披红戴花，组织干部群众和中小学生敲锣打鼓上街游行以示庆贺。洛南县政府安排专车送到地区，地区又送到省上，省上安排他和其他劳模和先进工作者一起坐飞机上北京领奖。

在人民大会堂领奖时，尚双印受到党和国家领导人的亲切接见，还在金水桥畔观看了一回焰火表演。

用尚双印的话说，这是他人生最风光的一段时光，回来后他的信心更足，干劲更大了。

尚双印风趣地对关心他的人说，除了联合国和生产队没有给他发证书以外，在中国，上到国务院，下到杨河村，各级政府部门的各类证书，他都拿全了。

尚双印是个轻易不服人的人，但也有不服不行的时候。后来当有人夸唱他拿的荣誉之高时，尚双印说：“我这算个球，比咱更优秀的人多的是哩。不服不行哩。”

第二十九章

时隔一年之后，尚双印为新成立的杨河企业总公司谋划修建的办公大楼——宏升大楼正式建成投入使用，并有配套的宾馆和大会议室。

杨河企业发展总公司下管机砖厂、机瓦厂、杨河化工厂、杨河加油站、杨河黄板纸厂、杨河锅炉厂等杨河村开办的十几家乡镇企业。

其中杨河化工厂又分磷酸二氢钾厂和防水油膏厂两个分厂。

杨河企业总公司的规范化运行，意味着尚双印以滚雪球式的发展和壮大的乡镇企业迈上了一个新的台阶，标志他一步一步创建的乡镇企业开始走上了系统化的管理轨道，为杨河村的村民进一步提供了就业门路，所取得的经济成果为该村的社会公益事业和群众福利提供了物质基础和资金支持，为推动石门地区的经济社会发展奠定了一定基础。

这一年，连续当了十几年村长的尚双印在县区镇领导的动员下入了党。

至于他迟迟没有入党的原因，不是因为他有什么苦衷，而是他觉得自己不够格。

尚双印成为共产党员后，同年在村级两委会换届选举中，他以全票当选为杨河村党支部书记，继续兼任杨河企业总公司经理。

这一年，让中国人民欢欣鼓舞的十一届亚运会在北京举行。传递亚运圣火是开幕式之前的一项重大政治活动。

因为圣火传递的是奥林匹克精神，传递的是爱，传递的是友谊，传递的是和平，同时传递并见证我国改革开放的伟大成果。

亚运会在北京举办，这是新中国成立后第一次举办的国际性体育盛事，也是中国人民第一次亲身体验“火炬传递”这一现代体育仪式。这束“亚运之光”从喜马拉雅山采集之后，由江泽民总书记分为四把，分别从中国的最南、最北、最东、最西开始传递，最后汇聚于北京。其中在经过各省的时候又分成无数的火炬，在一个月内，亚运圣火将传遍我国的所有的市县区。

圣火传递进入洛南时，迎接圣火的火炬手经过层层选拔，最后确定三人，一位是县级领导王有德县长，第二位是对洛南经济社会发展做出显著贡献并且影响力广泛的优秀乡镇企业家尚双印，第三位是为人类和平发展做出过重要贡献的老前辈，在解放战争中立过战功的退伍老红军。

由于亚运会在当时的中国是一件空前浩大的体育盛事，举国上下一片欢腾。无论是热闹的城市还是静静的乡野，无论是大人还是小孩，无论是知识分子的阶层还是目不识丁的平民百姓，都沉浸在一片欢乐自豪之中。

得知亚运圣火第二天早上六点从丹凤县向洛南传递，来看热闹的干部群众先一天就从四面八方涌入洛南县城，县级政府部门张灯结彩，各个单位彩旗飘扬，整个夜晚灯火通明，各个商场店铺彻夜开放。到了当天，洛南县城被看热闹的民众围堵得水泄不通，县城的人流量达到了历史最高峰。真可谓是举手为云，挥汗为雨，大街小巷无处不是人，欢呼声、吵闹声响彻云间。

人们都沉浸在高度的精神兴奋之中，到处是说笑声和歌唱声。彻夜未眠的人们都拭目以待地等候圣火的到来，等候观看这史无前例的巨大盛典。

火炬传递得非常缓慢。远离县城的乡下人也是一夜未眠，他们都聚集在火炬要经过的沿途路边。因而火炬从丹凤地界进入洛南后，沿途的油泉、景村、杨圪崂和八里人群也拥挤不堪，由交警指挥疏通道路。

时间在难熬的等待中一分一秒地过去了，到了约定的时间，还不见圣火传进城的迹象。人们依然耐着心烦在等待着。这时有消息说圣火进入洛南的时间可能要推迟，具体的时间还无法确定。

到了中午十二点钟，还是一点消息都没有。

看热闹的人们这才开始感到有些疲累和饥渴。

人们不约而同地向各个饭店和小吃点涌去，一时间沿街的饭店和各摊点的饮食都宣布告罄。

人们又开始涌向大大小小的商店，把能吃的和能喝的购买一空。前后

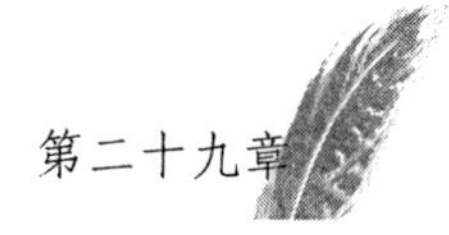

不到两小时，洛南城内能吃的能喝的商品一点不剩。

这一特别现象引起了有关领导的关注，为了保证前来看热闹的群众不饿肚子和生命安全，县政府决定成立临时服务小组，把县城周围的商店的饮料食品运到城中，但还是杯水车薪，无济于事。没办法，只好下令让永丰、景村和石门三个大镇的国营商店把所有的副食产品快速地运往洛南县城，从而缓解了人们的吃喝需求。

过了中午两点多钟，还没有圣火传递的消息。

直到下午六点多钟，人们一片哗然："圣火进入洛南了。"

欢呼声此起彼伏，人们像风吹水浪一样向县城以东的洛南中学的方向涌去。

圣火交接的地点设在洛南中学下面的县河大桥上。三个火炬手在公安人员的护送下向大桥走去。

当丹凤的传递手一露面，人们禁不住前呼后拥。尚双印顾不了许多，奋力冲开人群，终于双手接过火炬。有记者抓拍下这一特定的镜头。

尚双印双手捧着火炬，在人们的欢呼声中徐缓而又庄严地向洛南县城走去。这时他才注意到王县长和另一位火炬手不知被人群挤到什么地方去了。由于一路观看的人群把他围得水泄不通，在事先安排的几个传递点都被人们冲散了，只好由尚双印一直双手捧着火炬来到县城最北的一个传递点上。直到尚双印把火炬传递到另外的一队人手上后，随行的看热闹的人员才慢慢变少了，沿途观看的人才开始变得有序起来。

第二天，尚双印找到了摄影的记者，请求他把昨天拍摄的镜头改一下。记者问他原因。他说："这个镜头应该是王县长的，我一时性急抢先接了，这是抢了领导的风头，怕以后影响不好。"记者说："这镜头改不了啦，当时情景能拍下来就不错了，谁还顾得领导不领导的事，这没法改。这是要载入洛南史册里边的，改不成了。"

尚双印说："我以后咋见王县长哩？"记者说："那是你的事情，我的目的是抓拍圣火交接的镜头。"

尚双印对自己无意之中抢了领导风头的事一直耿耿于怀，怕人说他不懂规矩，没见过世面，不好意思再在领导面前露面了，尽量回避和王县长打照面。

王县长知道了尚双印的小九九之后，在一次县人代会上见了，王县长说：“亚运圣火传递已过去十几天了，看来你对圣火传递的意义还不是很明白。其实圣火不仅传递的是亚运精神，更重要的是传递爱与和平，传递开放和发展，传递团结和凝聚，传递兴旺和富强，传递信心和活力，传递包容与博大。它不仅仅是一种形式，我的面子值几个钱，太低估我这县长了。好好抓你的企业，抓你的村级支部建设。我没有这点肚量，连这点小事都在意，还当啥县长。”

尚双印释然了，也更加敬佩王县长的品行了，把全部心思又投入杨河的企业发展和村民的脱贫致富奔小康工作上。

洛南那一年年鉴封面，采用的是尚双印双手捧起亚运火炬的照片，周围是欢呼的人群。

历史永远记录下这一令人激动又难忘的时刻。

第三十章

1993年4月16日，中央候补委员、中央政治处书记温家宝到陕西省洛南县石门区石门镇杨河村和杨河企业总公司考察。

这是继中共中央原总书记胡耀邦1985年视察洛南之后，从首都下来视察洛南的第二位中央领导。

这对洛南来说，是一件重大的事情。

消息一传开，自然引起了社会各界的普遍关注。

温家宝视察之前的4月9日下午，时任石门区委书记何宪生被县委赵希儒电话叫到县委召开紧急会议。赵书记讲地委书记杨永年昨天下午紧急召集商县、洛南、丹凤三个县的县委一把手开会，安排温家宝近期到商洛视察接待有关事宜。温书记下来主要视察党中央国务院年初召开的全国关于加强农业工作会议的贯彻落实情况，重点考察农民负担减轻的问题，还有春耕生产情况。温书记在商洛视察三个县，先到商县，再到丹凤，最后再到洛南，视察洛南结束后直接返回西安。

按照首长的行程安排，预计15日到洛南，沿路看一个乡村，访问两个农户，晚上听洛南汇报。16日上午继续在洛南看一个乡村，下午返回西安。

县委意见初步决定16日的考察点是石门杨河村和杨河企业总公司。县委赵书记要求所有被选定视察的乡村和企业都要搞一个简单的汇报材料，内容包括基本情况，主要特色，近几年主要变化，对农村政策有什么建议和要求。所到乡村及企业要把卫生打扫干净。所到乡村的乡村干部要注意开好几个会议，宣传党中央国务院关于减轻农民负担的政策等，方法采取区乡干部到村组去。乡书记要包抓到村。所到乡村组织群众把路修好。简介材料要于 13 号前交农办把关。

有一个特殊情况是在 4 月 6 日，洛南县委常委会人事议题研究后形成决定，调石门区委书记何宪生到林业局任局长，文件尚未出来，但消息已经在社会上传开了。县委赵书记特别强调何宪生务必在接待完温书记之后，再与石门新任书记李志华交接手续，再到林业局去上任。这是绝对不能推辞更不能有一点马虎的政治任务。

何宪生回到石门后当即召集石门镇书记郭有福和杨河村尚双印开会，一个步骤接一个步骤安排接待温家宝来访的接待任务。

尚双印领受任务后，做具体安排，到杨河后参观砖厂，走访两个农户，然后座谈。尚双印决定把召开座谈会的地方就安排在杨河企业总公司的会议室里。杨河企业总公司的大会议室的档次仅次于洛南县委县政府的会议室，高于全县各区镇和县级各部门的会议室。

至于尚双印如何汇报的问题，按照县区镇有关领导的意见，让他准备一个书面汇报，让县农办给润色把关。尚双印说他是戳牛股子出身，只会说不会写，到时中央首长问到哪里，他说到哪里。只要照实说，保证没问题。领导们都相信尚双印，当时的全洛南县只有尚双印在人民大会堂接受过党和国家领导人的接见，见过的世面最大，从不怯场，啥人都敢见，啥话都敢说。尚双印为杨河的发展做了这么多的事，啥情况都在他的脑子里装着，想说啥有啥，怎样回答，不用人教，他张口就来，而且他一定能回答得完美而得体。

4 月 13 日，县委召集石门区和县级有关部门会议，专题安排接待温家宝到石门杨河视察一事。

县委赵书记讲："一是关于考察路线和考察点的问题。16 日上午看石门杨河砖厂，在杨河企业总公司二楼会议室召开汇报座谈会。二是关于汇报材料问题。石门镇、杨河村、杨河砖厂都要搞简介材料，材料统一格式是基本情况、经济发展状况（一律用 92 年底数字）、今后打算特别是今年打算（贯彻中央农业工作指示精神要说几句）。汇报一律由区乡村主要负责同志汇报，要求汇报者要把情况弄清，融会贯通。汇报座谈会地方把茶水准备好，放几盒烟，四十个茶杯，茶具要洗得干干净净。

三是安全问题由公安局负责。各考察点，公安局要安排人先到，道路

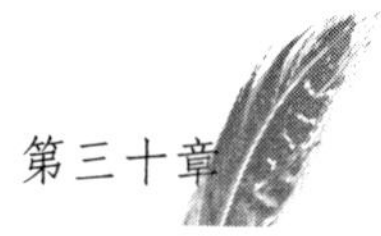

要分段派人负责。四是交通安全问题由交警大队负责。五是信访问题由信访局负责。六是接送问题。七是生活问题。八是几个具体问题。如录像、题词、卫生、厕所等。所有参观点，区乡村主要领导都要提前在点上等候；继续派干部做好宣传工作，公布农民负担空额一定要在 15 日前，字迹必须整齐。凡是送到农办给把关的材料 14 日两点前从农办取回。”

温家宝先一天到洛南，晚上住在洛南招待所。

16 日当天的早餐是在县政府招待所用的，招待所还专门从街道小摊上给叫了洛南的特色小吃馍糊酸菜。馍糊是洛南的特色小吃，学名叫搅团，洛南人叫馍糊，玉米面做的。在洛南县城已经卖出了名气，省地下来检查的领导都喜欢吃，吃过后都夸洛南的馍糊酸菜是很地道的地方美味。

用过早餐后，温书记一行从县城出发，直奔石门杨河而去。

温家宝坚决反对警车开道和沿路民警执勤维护交通秩序。

听说温家宝要来杨河村视察，沿途的大路两边都有群众等着看热闹，石门街道更是挤成了疙瘩，目的都是想目睹温家宝的风采。在交警的疏导和工作人员安排下，人们自觉地站在公路两旁耐心等待国家领导人车辆经过。

十几辆小车缓缓地驶进杨河企业总公司的院内。温家宝走下车，挥手向大家致意。

温家宝来杨河视察之际，正是省人代会正式召开之时。尚双印因为要接待温家宝来他们村上视察而去汇报，去报到后又通过地县两级领导沟通后向大会请了假。

省委书记张勃兴和省长白清才都在人代会上，陪同温家宝下来考察的省级领导只有分管农业的副省长王双锡。

商洛地委书记杨永年、行署专员宁长珊也在省上参加人代会，由副书记程涛陪同。

洛南县人民政府县长王军亮也去西安报到参加省人代会，县委书记赵希儒和分管农业的副县长孙正义陪同温书记视察。

温家宝一行到石门后，先参观杨河砖厂，再走访农户，接着召开座谈会。

会议由何宪生主持。

先与参加汇报座谈会的同志介绍认识。

众所周知，温书记特别亲民，对在基层辛苦工作并担任领导的同志更是特别看重，温书记拿起赵书记提供给他的参加座谈的人员名单逐个点名认识，而且都叫名字不带姓，并让他们围着他坐，显得十分亲切，甚至亲近。

整个座谈会是聊天式的，在轻松、愉快、活跃的气氛中进行的。

事实上大领导到一起是非常随和风趣的。有一年，国家一位女首长到商洛考察计划生育，陪同的是副省长潘连生，接待的是地委书记陈再生。女首长开玩笑说：“按理来说，分管省长叫连生，地委书记叫再生，这计划生育是没法搞好的，不是接连着生，就是生了再要生，结果却反其道而行之，计划生育搞得这么好，成为全国学习的先进典型，真是难得。”

座谈会首先听取了尚双印对以砖厂为龙头老大的杨河企业总公司壮大集体经济，带领群众脱贫致富的全面汇报。汇报了二十分钟，温书记听后既感动又满意，动情地竖起大拇指连夸好几个了不起。

参会的县区乡都发表了各自的意见和建议，温书记没有表态。

会后道别时，在宏升大楼门口，温家宝握着尚双印的手说：“在基层不容易，在那样艰苦的条件下能干出这么多利国利民的实事来，真是让人感动。你是全国的劳动模范，是村民的带头人，你所干出来的成绩，人民会感谢你的。”

尚双印表示自己一定要好好干，多为当地群众干实事。这一镜头被摄影师康铁成记录了下来，后来登上洛南县志。

那一年，尚双印五十五岁。

温书记又说：“你是个有实干能力的同志。今天你不要夸大也不要缩小地说一下当前农民群众的实际问题。”

“报告温书记，目前杨河村人民生活美好，安居乐业，贫穷状况越来越少。在各级政府部门的帮助和扶持下，学校、医疗等方面的设施都很到位，经济建设在不断的摸索中正在稳步发展。省、市、县各级领导都很关注农村的发展。基层干部正在信心百倍地为地方的发展做出自己的贡献。请温书记放心。”

尚双印的汇报完全没有按事先弄好的话语来说，都是临时发挥出来的。但在场的人都觉得他说话说得简洁得体。

通过一个多小时的交谈，人们感觉到温家宝是一个平易近人的好书记。

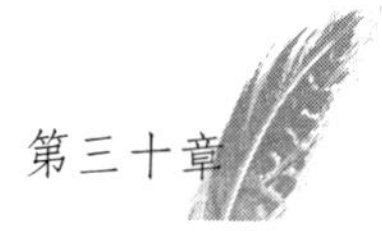

临走时，他握着尚双印的手说：“你是一个实干家，要多为地方人干大事。”

尚双印说：“请温书记放心，一定不辜负温书记的厚望。”

温家宝在石门杨河视察了一个多小时，他说他对杨河人艰苦创业的精神印象很深。对企业的发展寄予厚望。对尚双印个人的实干精神很是赞赏。并多次要求他多为地方干更多的实事。

考察结束后，尚双印乘坐王双锡的车去西安参加人代会。

温书记视察杨河企业总公司后，尚双印在地方电视台和各种报纸刊物上频频亮相。

第三十一章

最近杨河化工厂出了一点小事情，虽说是小事，但却让尚双印头痛不已。

在科学技术是第一生产力的号召与指导下，杨河村民的科技意识不断增强，科技水平逐步提高，科技用于农业生产的范围越来越广，子种和化肥在不断地更新，以便更加适应农作物的快速生长。

为了使农作物有一个革命性的改变，尚双印一直在肥料上下工夫。有一种肥料叫磷肥，在当时的人们真正不知道磷肥长的是什么样子，更不用说对它的性能和对农作物的作用了解。他准备在杨河化工厂里再开一个磷肥生产车间。为此，他走访了有关方面的专家以及农业科研方面的人才，最后他决定生产这种肥料。

磷肥很快生产出来了。

让尚双印没有想到的是人们并不认这个账，从而导致生产出来的磷肥根本无法销售出去。

为了证明施用磷肥的效果好，尚双印专门在某些地方进行了试验。由于磷肥不像别的肥料，施肥只要逢一场透雨，它对农作物的效益立马就能显现出来。它是一种肥性释放缓慢的肥料，人们一时无法看得到，再加上这种肥料在土里不易溶解。所以人们认为那只是个石粉面子，没任何用处，所以百分之七八十的人都不愿意用它。

这是尚双印一生办企业中第一次走麦城。也不能说是失败，不是产品本身质量有问题，而是一时得不到消费者的认可。但说到底还是一种失败，为此他非常烦恼不安。好在投资的成本比较小，损失也不是很大。

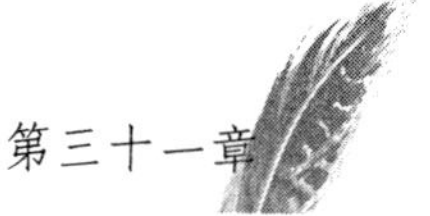

搞企业，生产出的产品是要面向市场的，如果没有市场，就得立马停止生产。

尚双印是一个心思缜密的人，平时看他的表面样子大大咧咧的，其实遇到每件事，他都要独自思考很长时间，特别是失败了的事更是让他耿耿于怀。一到天黑人静，他就独自一人坐在河边大柳树下的一块青石上，一个劲儿地吸烟。直到事情想开了他才起身慢慢地离开。

不过这一次，尚双印在河边青石上蹲了好几个晚上了。

一天傍晚，大风忽然刮起，接着天空布满了浓云，眼看就要下大雨了。尚双印还坐在那块青石上抽闷烟。不一会儿，一道刺眼的闪电过后，他的周围的景物被弄得更黑，随之而起的是滚滚雷声。凭经验他知道这样的雷声下不了雨。一阵风过后，又是一道刺眼的闪电，闪电一过，他突然听到身后一声吓人的怪叫，这叫声离他不远。急切中他什么也看不见。本能中他感到他头发全部竖了起来，心在不住地跳动，冷汗浸湿了后背。

不容多想，他不顾一切地扑上河堤，站在小路上。他一生不相信鬼神，但这一次他真的感到了可怕。正当他惊疑不定，忽然身后传来一阵哈哈大笑。

“谁？吓我这么一大跳。”

“我在这儿看你看了半天了，以为你要自杀哩。”

“你糟蹋我也不是这么个糟蹋法。我是如此自信之人，饿死人的年代，我都熬过来了。现在日子好过多了，我活得不亏不欠，我为啥要去寻短见。不过你倒是把我差一点吓死了。”

“就那么一点怂胆量？”

“有啥事？”

“肯定有事。”

“有事走，到砖厂的办公室去说，离这最近。”

从说话声中，尚双印才看清对方是花园村的陈支书，他们是在区公所一起开会的时候认识的，见面时爱开一些粗野的玩笑，引得人们大笑不止。

二人来到了砖厂办公室坐定后，尚双印问道：“你黑灯瞎火地来找我到底有啥事？”

“你明知故问，我给你说过的，还不是那四个儿子不养老太太的事情，这事让我在全区丢尽了脸。老太太这几天又不停地寻我，我说没办法。她就到区公所上访，杨区长把我和乡长叫到区上狠狠地训斥了一通，我说当着你们区长、乡长二位领导的面，你们马上把我免了，我不干了，我也处理不了这事。杨区长说让我来找你，说你的鬼点子多，或许你有办法。我就来找你了。”“我当是啥要紧的事，原来是这么屁大一点事。”

“别吹牛，对你来说也许就是放个屁而已，但对我而言就是天大的事情。这事都折磨我三年多了，没人能拿下。”

“你都是你村里的高人哩，不信你连屁大个事情都处理不了？”

“先别说大话，我看你说不定也是屁事不顶。”

陈支书知道尚双印最不爱见人激，一激他就不服气，好逞能了。但他还知道，人家尚双印确实能，正能歪能的才能都具备，别人处理不了的事情，他就能处理下来。

“好办，那就不是事儿。”

“啥时去？”

“我去不成，这事情与我扯不上关系，就不是该我处理的事情。咱不光不是一个村，还不是一个乡，你花园村属花园乡管，我杨河村属石门镇管，错码子大了，我咋能蝗虫吃过界呢？”

“好了，我的尚支书、尚厂长，权当我求你了，咱都干的是村上的事情，虽说你干的事大，我干的事小，但麻雀虽小，五脏俱全，受的都是一样的罪，作的是一样的难，权当你帮我哩。你不知道，你杨河村地势好，交通便利，有钱花，你干得洋火，装人哩，人争着当干部哩。而我花园村地处穷山恶水，自然条件差，环境不好，我村上啥大小事情都成了我一个人的事情，推都推不出去，让乡上把我免了，还不给免，我早都不想干，活受罪哩。没人愿意当干部。”

“你说我能去成？”

“肯定能，杨区长也说你能，不然，我咋能来找你哩。这个忙，你一定要帮，人情落在我头上。”

“可我这几天还真的没时间。”

“怕了吧，还是有意拿腾人哩。”

“这样吧，你回去先把老人安排好，然后给她的儿子们放话说我过两

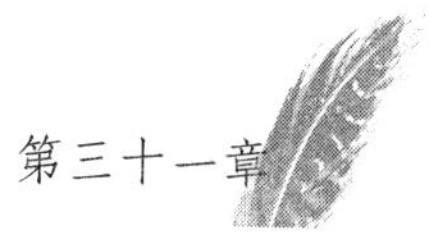

天就来。”

“管屁用，有人也说过找你，你猜人家的儿子怎么说。”

“怎么说？”

“说他尚双印顶屁用，不过给人做了几件好事，有上级领导撑腰。他要是有能耐，就让他把我老人养活了。”

“这是你的话吧，怕我不去有意激我是不是？”

“还是你厉害，一眼就看穿了。”

“不过这种事情，我一听就来气，要是发生在我村上，我真让他有好看的。真是一个老人能养大十个儿，十个儿养活不了一个老人。量他不孝敬老人的人不敢这么嚣张，真要这么嚣张的话，看我明天咋收拾他们！”

“你明天能来？”

“明天去不了。三天之后的晚上，我一准到，你提前把人通知到场。”

“那就说定了，我雇辆三轮车到区公所大门口接你。”

第三天下午，尚双印提前下班赶回到家里，天刚擦黑。他一看家中一片黑暗，也顾不上开灯，就在炕头角找到自己的衣服。那是老婆为他洗好的衣服，不知道几天了，他没顾上换衣服。他感觉到身上的衣服又脏又臭，不是汗味就是烟味。他换上洗过的衣服，顿时感到一阵清爽。

不管三七二十一，推门就往出走，正好碰上进门的老婆。

尚双印把老婆吓了一跳。

“谁呀？”

“是我，还能是谁？”

“我还以为是贼娃子哩，原来是你。咋连灯都不开？”

“我这不是忙着哩吗。”

“你忙着弄啥呀？”

“到花园岭上给说事情去。”

“你真是蝗虫吃过界了，连自己门口的事都解决不好，还到外村去？”

“门口有了啥事了？”

“前沟的兄弟二人打得人命交加，你咋不去管哩？”

“为啥事哩？”

“房庄基的事，听说把他嫂子都打得住院了。”

“这还了得，我去看看。”

说着，尚双印就一阵风似的消失在夜色中。

尚双印一走进那户人家的院子，就看见里边围了一大堆人，打骂声不止，也有人在劝架。

他刚一站稳，就听有人说：“老尚来了，这事就好办了。”

人们向后面躲了躲，给他让出一条路来。

打架的兄弟还在拉扯，并没有注意到尚双印来了。

“啥事情值得你们这样打打闹闹的？”

尚双印的声音本来就大，一生气就成了粗喉咙破嗓子，把正打架的兄弟俩给吓住了。

“把台阶上的灯拉亮，叫我看这是弄啥哩？”

说着话，台阶上的灯就亮了。村民们一看是尚双印来了，都围在了一边。兄弟二人也都气呼呼地站在一边喘大气。

“为啥事哩？说！”

没人吭气。

“你们是兄弟，让弟弟先说。”

弟弟气呼呼地站在那儿，一听让他先说，就开腔道：“我哥把我的房基子搬了。”

“为啥？”

“说我占了他的地方。”

“你的房基子是谁规划的？”

“是我。”

“凭什么？”

“依照我叔给量的。”

“长是多少？宽是多少？”

“长十二米，宽七米。”

“对，叫组长拿尺子量，量准！”

经过丈量，长和宽各多了半尺。

“把多出来的全部搬了。”

“这不行啊，支书。这一搬就全乱了。”旁边的村民和组干部说。

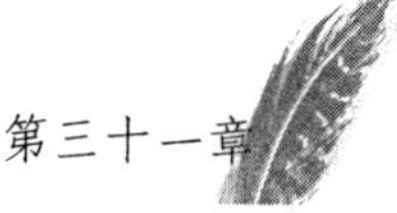

“我看你们是白活了，村上的瞎事情都是让你们给惯坏的。不行，搬！不搬罚钱。”

“罚多少？”

“五百。”

“妈呀，那么多！”村民惊讶地说。

“要钱没得。”

“搬房基子。”尚双印说。

“少罚点儿。”组长求情了。

“不行，他们不是能打架吗？”

“你要搬我房基子，那我哥占了我的路你咋不管？”

“占了多少？”

“一尺。”

“量。”

是多了一尺。

“拆。”

“这不行，这是祖上就留下的路，不能拆。拆了让我们从哪儿走？”老大委屈地说。

“不行，还得拆。”

这时邻居有人看不过去了，就有人出面说：“尚支书，你这解决方法不妥，你要实事求是。这路一拆，大家都不好走了。”

“不行，反正都得拆。”

“如果不拆呢？”

“罚钱。”

“罚多少？”老大问。

“五百。”

“你只知道罚人五百块钱，修一座房才用多少钱？你就罚这么多。”

“那就拆。你们不拆，我明天派村上的人来给你们拆。工钱饭钱都给你们二人算上。”

一看尚双印谁的面子都不给，围观的人只好站在一边，一句话不说，静静地看他怎样收场。

那兄弟二人也拗在一边一句话不说。

“没话说我就走了，明天叫上十来个人给你们把活干了。”说着尚双印站起来，准备走。

“除了这就没有别的办法了吗？”老二问。

“有，就是怕你们不服。”

“只要有理，我们就服。”

“好，我说你们俩好歹也是亲兄弟，一个奶头上吊大的。人常说有今世的兄弟，没有来世的兄弟。一点小事弄得狼烟四起，你们不嫌羞先人。我的意见是：你哥占你一尺路，你不要再追究。你占你哥半尺的庄基，他也不要再追究。不管谁吃亏占便宜，就到此为止。你修你的房，他修他的路。不要再为此事闹纠纷。要不，你们谁都别想再在这里动一下了。”

“行，保证以后再不闹事了。”

“老大你看行不行？”

老大不吭声。

“如果这没有异议我再说下边。”

“没有。”

“老二，你起手打人不对，先罚你一百元钱。”

“太多了，我正修房，手头没钱呢。”

“罚五十。另外你嫂子的住院费你全认了。”

“不行，是她先骂我。”

“所以只让你交医疗费，误工费就没让你交。”

“那行，只是现在没有。”

“明天交上。看在你们是兄弟的情分上，这五十元的罚款是看你们以后的表现，如果好了一年后还给你。再就是你明天一定要交上一百元医疗费。多退少补，直到你嫂子出院为止。你有意见没有？”

二人都不好意思再说什么。

尚双印见二人无话可说就起身走了。

这时旁观的人纷纷议论起来，都说尚双印这事处理得合情合理，既把事情解决了，也给那两兄弟留了个人情的路子。只看他们俩怎么走。

第二天，没等他弟弟把钱交完，他嫂子就出院了。

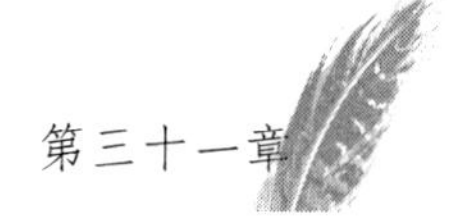

事情就这样三下两下解决了。

尚双印心中有点得意。在农村当干部不易，大部分时间要体察民情，体谅人心。农村无大事，都是些鸡毛蒜皮的小事，一旦处理不好，就变成了大事。所以要合情合理，才能让人信服。

第三十二章

尚双印大步流星地赶到区公所门口时，已经过了八点，他在大门口没见一个人，在心中暗自骂道："花园村这帮人把我哄了。"

已经等急了的陈支书从墙角走出来，埋怨说："死哪里去了？这个时候才来？还以为你说话不算数哩。"

"少废话，赶紧走。"

"上车。"

一辆三轮车开到尚双印面前。

两个人坐在三轮车上，开车的是花园村民小组组长。

车子在平地方开得飞快，到了要上花园岭的时候就慢下来了。

陈支书问："是不是临时又遇上啥事情了？"

"刚来的时候，碰到我们前沟组兄弟二人为房基子的事，打得人命交加的。"

"解决了吗？"

"你想。"

"牛，总不会是半小时就解决了吧？"

"不，二十分钟就解决了。"

"没胡说吧？"

"是真的，你没看我把衣服都换了。"

"村上这号事情太多了，动不动就得上访打官司，把人弄得晕头转向。"

"反正我把它给解决了。"

"说说，也让我们见识见识。"

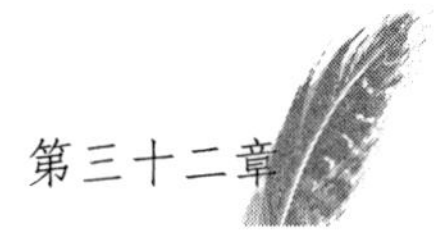

尚双印顿了一会儿，就从头到尾地把刚才处理过的事情简要地说了一遍。陈支书竖起拇指说佩服。

从石门街道到花园村至少也有三十里地，车子慢慢地在坑坑洼洼的山路上颠簸着。

月亮从东山上开始爬上来。

今天是十九还是二十？尚双印在心中想了想，他能不能把这事解决好？他以前也听说过花园村上的这件事，在区上影响极为不好，弄得区委李书记和杨区长几次大会上没少发火。

原来花园村花园组有一个老妇人，丈夫早早过世，留有四个儿子，老妇人含辛茹苦地把几个儿子抚养成人，给各自都成了家，另立门户。当她把最小的一个儿子的事情办完之后，自己也老了。几年之后她手头无粮无钱，这下生活就成了问题，四个儿子没有一个人愿意养活老妇人。没办法老妇人就找村干部，村干部没法解决。其后果是那四个儿子还嫌老母丢了他们的脸面，心里憋着劲说你能告你就继续告吧，只要能告倒就让村上把你养活了更好。从此便更加不管不顾，任由老妇人想怎么样就怎么样。

老妇人没办法就拉上棍到区上找领导，人老了一天走不了几里路，一路上连讨饭带声张地来到区公所，区公所起初以为是常见的事，就好言相劝，连哄带骗地了事了。没过多久，老人要吃要喝，再找村上，村上一看你都找过区上了，我们的责任也就小了，于是老人又继续来找区上，同时在村民间的风声四面传开了。区上还是没有好办法。有好事的村民给老人出主意，让去县政府找领导，老妇人到人生地不熟的地方，只有靠要饭过日子。但城里不比乡下那么好要。有一天一个人告诉老妇人，下午县上有重要的大会，省上领导要下来视察，让老妇人在县政府门口等候。这才引起了县领导的重视。县委书记劈头盖脸地把石门区的领导骂了个鬼吹火。虽然领导们也采取了许多措施，但最终问题还是没有彻底解决。这几天老妇人病了，村卫生员看不过眼，给治了几回病。但药费硬是没人给。卫生员一气之下上告到县上，这时区上又慌了，把这事又压到了村上。死命令，解决不了村干部全部撤下来。

花园村的人一听说大能人尚双印前来解决陈学成家的事，大家都在村边的大路上等候，人们三个一堆，五个一簇地在一边说闲话，一边等候。

陈学成是老人的大儿子，下面还有三个弟兄。尚双印分析这家人的情况，农村大部分人不是人们想象中的那样，坏到不赡养老人，有时彼此间闹别扭了就都成了一根筋，一点小事情，想不开点不化，他就永远没完没了地纠缠，以至于小事弄成了大事。说开了点化了，倒是没有什么大不了的事。最主要的是如何能抓住这根死筋。

为了更好地解决农村的实际问题，尚双印在这方面下了不少的功夫。他苦心学习和钻研各种法律知识，甚至于某些适用于农村的法律条款他都倒背如流。他先是学习法律，然后是弄懂法律，再就是把一些法律知识充分地灵活地运用在实际的解决问题当中，这一点就需要智慧和才干。

尚双印常说法律好比地图，它给你提供了大的方向，解决具体问题就好比沿着这个方向一步一步地向前走。在行走的过程中，要灵活才能不走弯路。不管什么事，先要合情，再合理，再合法。合情了能解决事，合理了也能解决事。更好的是合情合理，事情才能处理得长远。合情合理了自然也能合法。

所以尚双印处理每件事，先从人情开始，再讲道理，再求助法律。他认为办事合情了，人心服；合理了，道德服；合法了，你不服不行。在他一生所解决的大小不计其数的事情中，他都是灵活地运用了这方面的知识和经验。因此一般的事情他都解决得很好，受到了远近人的一致好评。

三轮车一进村就看见陈家的老人站在路边。

“这就是那个老妇人。”陈支书指给尚双印看。

“算了。咱们下车吧。”尚双印说着从车上跳了下来。

老妇人哆嗦着向尚双印走去。借着灯光一看，这老婆子也不像那种蛮不讲理的麻缠老人。

“大半夜的，让你为我这快死可死不了的人操心了。”

“没事，看我给你收拾那些不孝顺的东西。走，先到你大儿子的家里去。”

“我刚才都想好了，这事不办了。”

“不办了？”陈支书问。

“我想弄上一包老鼠药一喝，啥事都解决了，省得一家人闹得不和睦，叫人笑话。”

“没事，有人能给你解决好，你就放心吧。”

“可是不要吓唬他们，也不许打他们。还有，千万不要法办他们，他

们都有儿女。"

"你这会儿发善心哩，你跑到县上和区上把我们告了几回，差点让区镇把我们法办了。"

"你这娃胡说哩，我亲眼看见区长给你发纸烟哩，哪有法办你的意思哩？"

尚双印他们来到老大陈学成的院子里。他让把院子里的灯拉开，这院落还比较宽敞，上房是四间砖瓦房，北边是三间小厢房，南边有两间小平房，一看就知道是农村里的殷实人家。

陈学成两口子出来，见院子里来了村干部，忙着给屋里请。尚双印说就在院子里。陈学成的老婆忙着倒水递烟，尚双印一看这陈学成就是个本分的老实人，他老婆一看就是场面上的人。

"你们不要忙活了，去把老二、老三、老四全家人都请来，除了还在吃奶的孩子，其余的全都叫来。"

"这……你还不快去。"陈学成老婆吆喝着陈学成赶紧去，然后她给尚双印搬来了一把椅子。

尚双印背对着灯光坐在椅子上。不一会儿，全部的人都到齐了。各人来时手上都拿着个小凳子。大大小小一大堆的人，他们都面对着尚双印坐下来，一个个都低头不语。

"人来齐了，把大门关上。"尚双印冷冷地说。

外边看热闹的人一看把门关上了，忙就近找了石块之类的东西放在脚下，都齐刷刷地趴在院墙上向里观看。

尚双印背对着灯光坐在椅子上一言不发。他看清楚陈家大小一共十五个人，老四看样子有二十四五岁，他媳妇儿正在给怀中的孩子喂奶。老三一儿一女正上小学。老二有一个儿子，像是上高中的样子。老大有一儿一女，儿子还小，女儿一看就是成年人了。他默默地把在座的人齐齐看了一遍，然后从衣服口袋里掏出一根烟，慢慢地吸了起来。谁都无法看清此时他脸上的颜色。他不说话，场面一片寂静，加上夜深人静，这场面就更加静悄悄地，除了偶尔有小孩子偷偷地看他一眼外，其余的人都低头想自己的心事。外边的人也和里边的人一样，都在静静地等候着。尚双印更是不说话，让这样的场面继续着，寂静的背后充满着某种烦躁和不安。时间过得太慢了。人们都在等待着，仿佛来自一种生与死的判决。每个人的心里都有一种寂静下的煎熬。

终于听到尚双印“噼儿”的一声，把烟屁股从口中吐出，再大老远落了地。他整了整衣服，把身子坐端了，开口说道：“我想了大半天，还是把老人送到养老院去……”

尚双印的话还没说完，就听到院墙子上的人叽叽喳喳地议论了起来，性急的人骂起了陈家的人。

要知道当时在农村，养老院刚刚兴起，但十有八九里边都是空的。因为没有人愿意把老人送到那里去，即使是没儿没女的人，他们所在的村组上也不愿意这样做。这样做了传了出去，会对这个村组的声誉有所污损，邻村的人会笑话，说那么大的一个村连个老人都养活不起，可见这个村的人多可怜，这个村的人的素质有多低下，甚至多不是东西。

那时村民都很顾及面子，小伙子说媳妇，姑娘嫁人往往很在乎所在的村组的整体声誉。因此要是有人把老人送进了养老院，那简直就是一件羞先人的事，儿子娶不到媳妇，女子嫁不出去，祖祖辈辈都在人面前抬不起头，说不起话。那时候的人可把这一事情看得很重，谁也不愿意做这种忘恩负义昧良心的事。

墙头上趴着的人在纷纷地议论着。尚双印故意不说话，让那些人在那儿责骂着。再看陈家的人把头低得更低了，恨不得钻到地底下去。

看看时辰差不多了，尚双印又开口说道：“当然了，养老院不是说谁想进都能进去的，特别是你们花园村花园组的陈家。有四个儿子，四个儿媳妇，孙子孙女一大片，更是不能进去，但话说回来，一定非要让老人进去也不是没有可能。为什么呢？事是死的，人是活的，活人就能把死事说活。这一点你们放心，我尚双印有的是关系，省上有，县上也有。我也会欺上瞒下，大不了报个无儿无女，无后代，就是绝户了。从明天起这人我带走了，在养老院总比住在破砖窑里要好一点儿。你们看行不行？”

这时陈家的人个个低头不语。

“都不说话表明是通过了，没意见了。没意见了好。但还有一个条件是：养老院规定，凡是住在院里面的人，他们的费用由所在的村民小组交纳。我大概算了一下，花园组现有一百八十多号人，每人每月交纳半斤粮和一毛钱，这是老人的口粮和医药费。这些钱粮由谁来收？我看村民小组的组长没有脸来收，支书、村长把村民管得长了大本事，更是说不起话，所以最好的办法就是由陈家的人来收。虽然你们不赡养老人了，但你们的血脉关系还在，而且你们陈家四个儿子，可谓子孙满堂。养活不起一个老人，但从村民那里收点钱粮，这点事我想你们能办到，不像别人还要顾及脸面，你们已经无所谓了。再说了你们人多，谁家不给你们就打就骂，或者打官司，或者上告，你们怕谁？你们看行不行？”

话音刚落，墙头上的村民已经按捺不住激愤的情绪了，有的人开始破口大骂，有的把墙踢得通通响。

尚双印等了一会儿，见陈家的人还是低着头，没有一个吭气的。这一下倒是他自己急了，汗水悄悄从后背往外渗。陈支书坐得离他近，用手在他屁股上拧了一下，想看他笑话儿。心想你老尚也有不行的时候，今天本人要看你出洋相了，你把人在花园村丢定了。一想到这儿，陈支书心中暗自得意起来，以后外面的人不骂陈家的人了，都把注意力集中到尚双印的身上来了，看这个能人怎么了结这件事。

“你们陈家的人都不说话，连一个屁都不放，那意思是我说的你们都同意了？同意了好，接下来咱们就不说这事了。现在我给花园组安排一点事。从明天开始，在老人住的砖窑边再修上三个大小一样的砖瓦窑。”

尚双印话还没说完，花园组组长急了：“你让我们修这东西弄啥哩？”

“有用，有大用处。”

“砖和工钱谁出？”

“砖到我们杨河砖厂来拉，工钱我出。反正是为你们花园组办事哩。”

“要修，修到别的地方去算了，我们这里用不着。”

“只有你们这里能用上，别的地方人都用不着。”

“你说这到底是弄啥哩？”

“你不明白？”

“不明白。”

“那你细听我给你说。你们组上的陈家有四个儿子，四个儿媳，孙子孙女七八个，连个老人都不孝敬，他们的后辈也好不到哪里去。”

尚双印的话刚说到这儿，只见陈老大的女儿兀地站立起来。

尚双印装没看见，继续说：“你们想想嘛，这陈家不养活老人的臭名一旦远扬，村民肯定不再理他们了，他们又厚着脸皮挨家挨户地去收钱粮给自己的老人。这臭名就让本组的社员给传出去了。他们的孩子在学校也站不住脚了，你想谁还愿意和一个不孝敬老人的后代在一起。孩子一旦在学校抬不起头，学习成绩肯定好不到哪里去。学习搞不好肯定考不上学，考不上学就得回家，回家小伙子说不上媳妇，姑娘没人娶。想想也是，谁愿意和一个不养老敬老的人结亲？这四个砖窑就是给陈家的后代准备的，将来肯定没人管，非得住破窑不可。因为他们都让老人住了。你们说我这是不是为你们花园组着想哩？”

“不行，我们花园村不要这种猪狗不如的人，让他们一家从这儿滚出去……”外面的人又七嘴八舌地骂起来了。

这时陈老大的女儿走到尚双印的面前说：“我奶奶我管。”

“不行，我管。”陈老二的儿子也站起来了。

“不行我管。”

“你不行，你好不容易考上了大学，你好好上学，奶奶我管。”

“你好好上学，男生考不上学说不下媳妇。”

“不行，女生没力气养活不了奶奶，姐还是你上学去。”

说着陈老大的女儿和陈老二的儿子争执起来。旁边的几个一看他们姐姐和哥哥都争起来了，也站起来抱在一起哭起来。

最后陈老大的女儿说：“算了，咱们一起养活奶奶。咱们从家里拿米和面,还有需要的生活用品,咱们今晚就不回家住了,咱们和奶奶住破砖窑。”

老妇人一看孙子们哭成一片，也张开嘴号啕起来，婆孙几个哭成一片，把看的人都弄得眼睛湿湿的。

“我们讨饭都要让奶奶生活好一点儿。”

“对，我们和奶奶在一起。”

“走。”尚双印悄悄地拉了身边正发呆的陈支书。他们几个走出去，里边的场面还是很动人。

“我要回去了，明天还有事。”尚双印说。

“我算是服了。”

“走吧，我要走了。”

组长开着三轮车，陈支书陪着，原路又把尚双印送回去。

一路上月光很亮。

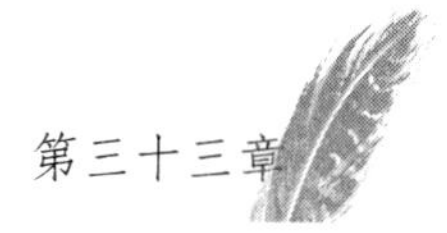

第三十三章

眼下进入秋季，连绵的秋雨淅淅沥沥下了十几天。

尚双印是个闲不住的人。他一方面要忙于企业管理，一方面还要处理村上的一些事务。在他眼里，工作没有一把手和二把手之分，没有正副之别。只要是事情，只要有任务，他都亲自参加和带头行动。

尚双印眼下迫切要解决的一个问题是他当了村长之后，村会计的位置空了下来，他要和支书雷军堂商量看由谁来接手当会计。

尚双印的意见是让三组的章勇接替他担任村会计。理由是那小伙子人精明，账头清，在人面前能说会道，是个可塑的好苗苗。

雷支书说："那小伙子行是行，就是看起来毛眼有些不正。"

尚双印说："不正不正吧，村上也没有什么大不了的事，有咱俩在前面撑着，啥事情弄不瞎就行。"

雷支书说："你说行就行，就让章勇当吧。"

这样就让三组的章勇当了村会计。

刚开始的时候，大家都感觉章勇这小伙子还可以，后来就不行了，章勇慢慢地开始膨胀了，村民也就有意见了。由于杨河村经济发展在全县是数一数二的，县上给杨河村奖励了一台手扶拖拉机。这东西在那个年代可是个神奇的玩意儿，耕地不但跑得快，而且比牛拽犁耕得更深。特别是拉起东西来，能顶几十个小伙子。这在当时的农村可是人人见了都眼红的神物。可是要驾驶它没有技术是不行的。这章勇一看机会来了，他写了申请，自己给自己盖了章子报了名参加技术培训。他在县农机站学习了十来天，回来后把这个怪物弄得服服帖帖，成了当地独一无二的驾驶能手。

掌握了这门手艺后，章勇的尾巴一下子翘上了天，根本不把村长和支书放在眼里。

章勇说："我一个人，一边当会计，一边还要开拖拉机，一个人干两个人的事，村上应该给我加一份补贴。"

尚双印说："怎么加？"

章勇说："一天加一块钱。"

"妈呀！一块钱。这一年下来顶几十户人的收入哩，这不行。"

"不行，不行拉倒。你看谁能干，就让谁去干算了。"

尚双印和雷支书一看没办法，暂时只好答应了。

这样一来，章勇会计一下子成了当地的红人。他整天开着拖拉机到处炫耀，有时靠拉点私活，捞点外快，混吃混喝。那时社会风气都很正，他算是在当地第一个把风气弄坏了的人。

村里有风言风语传说杨河村支书和村长让会计给拿捉住了。

群众不满，尚双印和雷支书看在眼里，但是一时还没有想出更好的办法之前，就只好先凑合着搞搭一阵子。

尚双印心里有谱，也相信物极必反的道理，只不过是等待时机罢了。上帝不是说过，欲让其灭亡，必先让其疯狂！说不定章勇他自己就会把自己疯滚的。

那年冬天，章勇会计硬要借村上三十斤木炭。尚双印明明知道，以章勇的个性，这是野狐子借鸡，只借不还。但人家打了个条子，硬生生地把东西拿走了。到年底，杨河村上的账务被章勇折腾得一塌糊涂，受到区镇领导的批评。而章勇能说会道，把责任全往支书、村长身上推，弄得书记和镇长都怕他三分，只好把压力压在了支书和尚双印头上。

看着那些混乱的账务，尚双印一怒之下说："把他换了！"

"怕不好换。"雷支书说。

"有啥不好换的。"

"换了选谁？"

"让二组的组长杨天仓上，你看咋样？"

"这小伙子行。咋换得过来哩？"

"想办法换么。唉，当初用章勇这事情怪我，选人不慎。"

“都过去了，说这干啥，还不都是为了村上的事情，大家的事情。再说当时也没合适的人选，咱只看他人精明会来事，谁知他精明过了头，变成那个样子。”

尚双印和雷支书共事时间长了，明白雷军堂这位长辈本事不大，但人品好，最大的好处就是关键时候不推卸责任，再就是能把事情想明白。你尚双印在前头干事，我任何时候都支持你，你干下成绩都有我的份，摊下乱子了咱共同承担，因为我是支书，你是村长。我干不了大事，但我绝不能坏事，让干事的人寒了心。

“这人活着，最最重要的是德性，德性不行，本事再大也不能用。我看过一句名言，说忠诚是人们心目中最神圣的美德。在咱农村，不说忠诚了，只要忠实就行，特别是当会计。杨天仓这人忠实。”

“我和你看法一致。”

“印他拿着，很难换哩。”

“试试看。”

“咋样换，你心眼子多，你给咱想办法。我保证明里暗中都支持。”

“那就听我的，先把话放出去。”

要换会计的消息传到章勇的耳朵里之后，他整天把村上的大印装在自己腰包里。村上没有了大印，一些事情还真的不好办。小伙子一看，自己的利益将要受到损害，他就把副村长和别的几个干部拉拢在一起。

一时想换章勇换不了，还真的让尚双印伤脑筋了。

办事雷厉风行的尚双印，现在也犹豫不决起来。这让他很是苦恼。这天中午，他找雷支书商量这件事，毕竟他还年轻，雷支书考虑事情周到。他一到雷支书的家，雷支书就陷入思考之中。雷支书考虑起问题来，什么也惊动不了他。他老婆让他把晾晒的玉米面抬回去，说了好几声，他都没听见。老婆子不住地唠叨。他一气之下，一脚把玉米面踢翻了，气得老婆子哭了鼻子。

无奈之下，雷支书叫上尚双印，二人来到大路上，边走边商量。刚来到大路上时，突然看见章勇、副支书和副村长三个人在一起叽咕什么事情。

尚双印对雷支书说：“一会儿看我眼色行事，目的就是把印拿回来就行了。”

雷支书办事也不含糊。

他们在路上等着那三个人的到来。

尚双印说："咱们到村上，把咱们的那些事商量一下。"

那三个人也知道商量什么事，彼此使了眼色，心照不宣地进了办公室。

五个人都在办公室里坐下。尚双印挑起话题说："还是商量会计的事情，今天一定要落到实处。"

章勇一听尚双印说是商量换他会计的事情，马上意识到这是针对他开会哩，他毫不客气地从上到下，从头到尾地骂了一个遍。没人理他。但是他不歇气撒野式地骂下去，硬是把天给骂黑了。

雷支书把墙上的灯拉着。几个人在着三不着四地讨论些没用的事。尚双印一看不行，就趴在桌子上装睡着了，过了一会儿还打起了呼噜。雷支书蹲在那儿只顾抽他的烟。尚双印看看差不多了，忽然起来问："讨论得怎么样了？"

"还能怎么样？还是老样子。"

"不行这样吧，先把印交出来。会计的事以后再说。"

章勇把印掏出来，在手上把玩着说："这印谁来保管？"

章勇他估计没人敢要。

"印先让支书管上。"尚双印话音刚落，雷支书忽地站起来，把印从章勇的手中夺过来说："我管就我管。"

章勇一看坏了，气急败坏地说："谁要拿印，账务方面出了问题，由谁来承担？"

"这不用你管，有我哩。"雷支书不容置疑地说。

事后，章勇拖了好长时间才意识到不交不行了，不交就会带出事情来，才乖乖地把他经手的账全部交给了新任会计杨天仓。

尚双印想了想，这虽然是小事，但经过不亚于一场争权夺利。

第三十四章

章勇的胡搅蛮缠让六十多岁的雷军堂支书伤透了脑筋，对村上的事情有些泄气，也把世事看凉看淡了，不想再当村干部了。他对尚双印说：“你看我年龄大了，也不想再干支书了，干了一辈子的村干部，也应该让我歇一歇了。你得朝前走了。”

“那不行。咱俩配合得这么好，你在前面掌舵，我在后面干事，心里踏实。”

“我坚决不干了。”

“你不想干了，让谁来干？”

“我心里还没谱儿。你把支书一当，再给你瞅一个合适人当村长。”

“你不知道我不是党员啊？”

“我忘了。这么多年，让你写申请入党，你就是不写，总说条件不够，现在就是给你入也来不及。你到底是啥意思？”

“没啥意思。我就是觉得我条件不够。再者说，我只想干啥，当不当啥无所谓。”

“就凭你这句话，说明你这认识有问题。”

“那你老人家先干上。”

“我不想干了，坚决不想再操这份心了。”

“再干一年，我申请入党。”

“我一天都不干了。你知道你叔我这人，干啥就要一心一意本本分分地干，一旦不想干，就不会去操那份心了。这样下去，会耽误大家的事情哩。”

“我看七队的梅劳实还行。”

“他哪一点能行？”

“我看小伙子有干劲，说话和响炸雷一样，钢口利火。我到下边办事的时候，他经常跟着我。”

“我看不行，你没听人说：宁挨官家一刀，不和七队人结交。总之七队人难打交道。”

“不行了下来再商量。”

“这事情先搁下不说。你入党条件早够了，咱给你来个突击入党，你下来就写申请，给你先把党入了。”

“雷叔，你要真不想干了，我看还是让梅劳实当支书，我继续当我的村长。”

“你为啥不想当支书？”

“不为啥。我就觉得我是个实在人，只能当个干实事的村长，当不了支书。”

一个月过去了，对于梅劳实是不是能当支书，上下讨论了好长时间。镇上的意见是让试一试，言下之意是通过了。而村上大部分干部也觉得梅劳实还行，只有雷支书坚决反对。

一直到了冬季，雷支书实在不想干了，要求上会研究，但结果还是想让梅劳实上。雷支书还是不同意，他一看尚双印一心情愿，就对他说：“我要退了，你物色的人选，以后要和你打交道谋事，你非要当一回农夫，我也没办法，以后不管出了什么事，你不要埋怨我就行了，反正我把我的心尽到了。”

“没问题，都是人嘛，人心都是肉长的。我想他不会坏到连章勇都不如了。”

“你执意要这样，我也没办法，只是以后不要后悔。”

“没事的。”

“好，那我就退了。”

“你退吧。”

梅劳实上任不到一年，说变就变了。他一下子把尚双印给压住了。如果有事商量，一遇到意见不合，就与尚双印立眉竖眼闹活起来，常常弄得尚双印下不来台，把一些工作方面的事情弄得一再拖延。如果这是私人的

事情那还罢了，主要是牵扯到村上的事务和所有杨河企业方面的问题，一旦弄不好，杨河村再没有发展可言。

梅劳实对企业的发展，一窍不通。杨河所有的企业中，他只对效益特别好的砖厂感兴趣。别的企业他一概不感兴趣，不闻不问。他是村支书，是一把手，他想指东道西，谁也拿他没办法。为了在人面前显示他的办事能力，他提出砖厂由他来负责管理。

砖厂的工人听说厂长要换人了，一下子就乱了起来。梅劳实为了争一口气，他把村上的事务都甩手给了别人，一心扑在砖厂上。但是三个月过去了，他一下子把原本红红火火了十几年的砖厂弄得一塌糊涂，混乱不堪。再这样下去，砖厂眼看就要停产倒闭了。

看着自己辛辛苦苦打造起来的龙头企业就要倒塌了，尚双印心中非常难过，但论玩弄权术这一套，他不是弄不过人家梅劳实，而是他根本就不会，也不屑于弄那一套。

眼看到了这一年年底，杨河砖厂彻底停产了。好在是冬天，砖的用量不是太大，砖厂面临的危机还能小一点儿。

这一天，尚双印上县城，在班车上和一个老者坐在一起。

老者说："你是尚双印吧？"

"你咋认识我？"

"电视上见过你，你和以前不一样了。"

"哪儿不一样了？"

"没劲儿了。"

"你这话中有话。"

"你们村上的支书是谁？"老者转了话题。

"是梅劳实。"

"你让他管砖厂，不行啊，会把砖厂弄垮的。"

"你说这话我不赞成，现在社会发展了，竞争对手多了。原因不在某些人身上。"

"所以我说你没劲了。"

"哪有啥办法？"

"杨河砖厂可是杨河人的命根子，风风光光了十几二十年。最初人靠他活命，现在人靠他扬名。你没看，在全国哪个地方不知道洛南石门有个杨河砖厂。你好歹也是全国劳模，省人大代表。杨河连年被评为国家级先进乡镇企业，你也被评为先进乡镇企业家，这些荣誉不敢弄倒了。”

“你说的不对，社会在发展，新旧替代是挡不住的，是正常现象。”

“我说不过你，只能为你们村感到惋惜。”

尚双印嘿嘿一笑。杨河砖厂弄成这个样子，早就惊动了县政府的领导。分管乡镇企业的是白副县长，他也多次来到石门镇杨河村，就杨河砖厂的问题调解了好几次，每次都是因为一些鸡毛蒜皮的小事而调解不出好的结果来。

事实上，一个好端端的砖厂，让梅劳实一上手，一下子弄成这样，尚双印自然背了不少黑锅。当地群众指责谩骂，让他心中也不好受。

当时社会的发展有些变化，依据上级的政策，乡镇企业可以转卖，可以合股，可以私人经营。因此梅劳实也想借此机会，合伙了六七个人准备承包砖厂。当地群众一听炸锅了。杨河砖厂是村办的集体企业，为啥一下子就要成了某些人的私有财产?

梅劳实提出的股份制一出，也引起了许多人的应和。因为砖厂毕竟是赚钱的，它的老名声还在那儿，所以这一好事肯定让人眼红。

那天，梅劳实突然通知大家，下午在镇政府大院子召开杨河砖厂拍卖招标大会。

梅劳实串通好的几个股东都早早地来了，区镇政府和县级有关部门的领导也在场。

尚双印最后来到会场，他问梅劳实道：“这是谁出的主意？”

梅劳实说：“是杨河全体村民的主意。”

“一共是几股？”

“七股。”

“能不能给我算一股？”

“能啊，这是公开招标，又不是干偷偷摸摸的勾当。”

招标会按时召开，台上坐着区镇和县级部门的有关领导和梅劳实合伙的几个股东。

梅劳实主持招标会。坐在下边的是来自各地的看热闹的群众，用人山

人海来形容这次招标会场，毫不为过。

招标开始，首先由八位股东选出的代表陈述他们的治厂办法和理念。可是等了大半天，没有一个人站出来说话。在座的领导着急了。

一个领导说："我提个建议，看行不行？杨河砖厂是由尚双印一手办起来的集体企业，他是这个砖厂的功臣，让他先上台来说一说，大家看有意见没有？"

尚双印说："我不说，如果让我说，我肯定比他们几个都说得好。要是我先说了，他们几个就没机会说话了。"

"那你说，先让谁来发言？"梅劳实说。

"这个好办，抓阄。"

"对，这是个好办法，谁抓到了第一，谁就第一个说。"

很快，工作人员写了八个纸条，标上序号，再揉成八个纸蛋，让他们八个人来抓。那些人都争着去抢，尚双印一看，你们抓剩下的就是我的了。他拿了最后一个。

那些人迫不及待地打开自己手中的纸阄，交了上去。尚双印一看自己的是最后一个，是个八号。他暗自一笑，庆幸自己今天的运气还不错。

前面的几个人上台了，他们开始讲述他们的治厂办法。没想到的是这些平日里在人面前风风光光，耀武扬威的人，一到了这个场合，就不知道说什么好了。哼哼了大半天，还不知道说的是啥东西。后面的几个人干脆来个不上台，知道自己就是上去也说不出什么来。

轮到八号尚双印了。他给台上一站，先不说话，静静地看着台下，这时突然人群里爆发出一阵热烈的掌声，掌声一浪高过一浪，突然又有人高喊："尚双印。"接着全场人都喊："尚双印，尚双印……"

这样的喊声持续了好大一会儿。

最后主持人宣布："杨河机砖厂由尚双印同志承包。现在由尚双印同志给大家说几句。"

尚双印说："杨河砖厂是杨河人民的，它还是大家的，我不私人承包。但砖厂的领导是我的，有我来继续管理砖厂，任何人无权干涉。"

尚双印的话还没有说完，下边又是一阵热烈的掌声。

最疯狂的是那些工人，他们从此又看到了希望。

轰轰烈烈的招标会结束了。尚双印来到了村办公室，梅劳实气得没处发泄。他也来到办公室，站在门口，一条腿挡在了门槛上，黑虎爷似的对尚双印说："你管理砖厂，村上的事由谁来管？"

"这我还没想好，等把砖厂理顺了再说。"

"没想好，现在就想，想不好就别从这里走出去。"

尚双印一听火了，突然站起来冲了出去，站在院中说："你充啥哩，这事我回家和我老婆商量，还轮不到和你说话。"

尚双印骂完怒气冲冲地走了。

第二天一大早，尚双印来到砖厂，那些工人早就在砖厂里议论这议论那。他一进门，工人们就围了过来。

尚双印说："我们设法恢复砖厂的生产，要像当年一样再次走红。从现在起，制度不变。我们开始打扫厂里的卫生，检修机械。我通知山东的技术人员，三天后开工。"

一听说要开工，大家的劲头高涨起来，不亚于当年兴建砖厂时的干劲。

砖厂终于开工了，一切都比较顺当。这件事情过后，梅劳实还是有些不服气。在一些重要的事务中，他还不解气地搅搅和和，导致了好多事还是不能顺利进行。

县委赵书记知道了石门杨河村的内幕后，决定要化解矛盾，绝不能让村办企业毁了。他对石门区的梁书记交代说："不把梅劳实弄走，石门杨河的形象非倒不可。把梅劳实转干放到你们石门区的哪个乡，去当个行政干部，我看梅劳实这人嘴爱哇哇，最适合当个行政干部了。工资的问题，我再给财政上打招呼说。

梁书记开了几次会议，一提到梅劳实的事，没有一个单位敢要。面对县上的压力，弄得梁书记实在没办法了。他找到尚双印，问他这事咋办。

尚双印说："这事好办，现在不是实行小乡制吗？让他到哪个乡当个副乡长不是解决了吗？"

"说得轻巧，这事我能办了？"

"办不了，就去找赵书记。"

"我不敢去，怕挨训。"

"你不去，我去。"尚双印说。

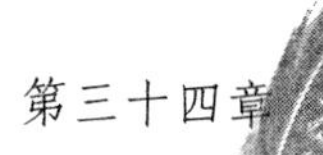

尚双印来到赵书记的办公室，说明了来意。赵书记没吭声，他就走了。过了七八天，县组织部来了几个人，其中有一个副部长，副部长叮嘱尚双印把梅劳实担任村支书工作以来的情况整理成一份个人材料，送到组织部干部股来。

尚双印照办了，而且找人给写，把梅劳实差不多写成一个完人。

随后，县委常委会研究，决定让梅劳实到一个小乡去当副乡长。

临走时，尚双印带着自己的儿子，开着面包车，把梅劳实从家里接走，送到那个乡去上任。

在路上，尚双印对梅劳实说："你这小伙子脾气太爆了。我看你是个人才，才把你弄上来。没想到你一上来心眼就不正了，处处和我作对。都是为了集体的事，你说要不是这些事情，平日里我和你有什么冤仇？男人不管弄啥事，要有气度，要担当。你这次到乡上担任副乡长不比在农村当干部。到那儿后，先要少说话，带上两条烟，一条烟不过两块钱，饭后没事，见人就发。见活就干，没事了起得早一点，打扫打扫卫生，清理清理院中的杂草。等对那儿的工作情况熟悉了之后，再说话，再办事。把你这臭脾气改一改。"

梅劳实一想，尚双印说得对，而且对自己不计前嫌，他也就欣然答应了下来。令尚双印感到欣慰的是梅劳实那家伙确实是块干行政的料，到那儿后出息得劲大，几年工夫就升到区当人大主席了。

第三十五章

有一天，尚双印在去办公室的路上，大老远就看到梅劳实和他老婆说说笑笑地迎面走来。

尚双印主动打招呼说："不好好在单位上班，跑回来干什么？"

"回来找你来了。"

"找我能弄啥？"

"说来话长，我女儿卫校毕业了，正愁没处去。后来打听到陈耳金矿上的效益好，想让她到陈耳金矿卫生室里边去工作。我托了多少人都弄不成，这才找你来了。"

"你没找矿产局的董局长？"

"找了，半年了还没给话，肯定不行。这次来找你，想让你给咱娃把这事办了。"

"能行，我先试试看。"

梅劳实夫妇转过身就走了。

过了几天，尚双印来到县上找赵书记给解决梅劳实女儿的工作问题。

尚双印坐下喝水，还没有说明来意。赵书记反倒先说道："老尚，我本来这几天要给你打电话，想给你解决一点实际问题，没想到你倒先找上门来了，说明咱们是心有灵犀，想到一块去了。说句本情话，你全国劳模，省人大代表，带动了一方经济发展，对洛南的经济社会发展所做的贡献不少，想给你安排个正式单位的工作，你的年龄大了，你肯定也不愿意干。这样吧，给你解决一个孩子的工作问题，安排到石门农机站工作，先弄个正式的职位，等以后看能力，再向上提拔。"

“谢谢赵书记，只是我们祖祖辈辈都是吃农民饭的。至于孩子们的事，由他们自己去闯。再说了，他们都是男孩子，也适合在社会上闯一闯，不用我管他们。”

“那你今天找上门来，为啥事情？”

“我爱读书看报，特别是报刊选粹，有一回读了一篇短文，里边说钱学森从国外回来后接受毛主席的召见，阔谈新中国建设，钱学森就大胆说出了他心中的祖国蓝图。毛主席问道，除了工程控制论以外，你最大的特长是什么？钱学森回答说：主席，作为一名科技工作者，活着的目的就是为人民服务。如果人民最后对我一生所做的各项工作满意的话，那才是最高的奖赏。钱学森是为全国人民甚至全人类服务的。我是为我杨河村的全体村民服务的，杨河村不管谁家遇到事情，我都要给超前扑哩。”

“道理是这么个道理。你说，我听，啥事情？”

尚双印就说了梅劳实找他想办法安排她女儿工作的事情。

“你说是梅劳实的娃？”

“是呀。”

“当初不是共不成事情么，还不是我给你把矛盾解决了的。”

“是的，赵书记，我一辈子都记您的好。赵书记，您经多识广。这人就这么奇怪，一进官场就变瞎，一出来就又变好了。”

“还是一个人的品质和素养问题。”

“现在我和梅劳实离得远了，关系又回到从前了，他提出的事情也是个实际事情，我不给说话，心里还真过意不去。”

“别人娃的事，我不管，也没那个闲工夫管。你娃的事情能成，你看安排哪一个？”

“赵书记，我答应人家梅劳实了，来寻您给人家娃安排工作的事情哩，人家托我办的事情没办成，反倒给我娃把事办了。这让人怎么看我？我脸红得咋给人家回话？我以后还怎么在村里立足？”

“我管不了这么多，要进陈耳金矿，你自己找王东去，别再在我这儿磨牙了。”

一听没门儿，尚双印就走了。

赵书记又叫住尚双印说：“给你安排娃工作的事情，过了这个村就没有这个店了，以后想起来可别怪我不给你办事。”

“不怪。赵书记，有您这句话，我就感激不尽了。”

出来之后，尚双印想了想自己和王东只是一起开过人代会而已，以前见面只是相互打个招呼就过去了，虽然彼此敬重对方的品行，惺惺相惜，但并没有什么交情。他忽然想到王东的几个上司和他有交情，就请来几个老同志，让他们把王东请来。在吃饭间，尚双印说：“有点难处，想请王矿长帮一下忙。”

其实王东早就知道这事，他说：“吃饭，不说别的。”

吃完饭，尚双印给每人拿了一箱红牛饮料。王东说 :“老尚是个实在人，也是洛南的名人，你从来没在我面前说过啥事情，我也从来没给你办过什么事。这点面子一定要给，这个问题我给你解决了。”

梅劳实托付给尚双印的事情，就这样让他办成了。

没过多长时间，赵希儒书记高升商洛地委任副书记去了。

县长王军亮接替赵希儒当了书记。

第三十六章

尚双印遇上一件难事。

为了减轻农民负担，杨河村办小学的两名民办教师得辞掉一名。

两名民办教师，一个是雷军堂支书的女儿，一个是尚双印的儿媳。

论教学效果，尚双印的儿媳文化程度高，学生反映要好一些。

而老支书有特殊情况，他当初当大队民兵连长时，有一次去县上参加武装部组织的军事化训练，正好逢上老婆生娃，娃生下来得了怪病，给他打电话让回来，训练抓得特别紧，除非死了人才准请假。不信怪处的他不想伤脸去请假，也明知请不下假，就倔头巴脑地在电话中说娃得了病请大夫看，我回去顶个屁用。结果娃死了，老婆再也怀不上，就抱了人家一个女娃。

老支书得知情况后就找上门和尚双印商量，其实是想给尚双印求情，让他想办法把两个娃都留下。尚双印一想老支书以前是他的老上级，而且就一个女子，还是抱养人家的，就主动替老支书分忧说：

“让我儿媳妇回家就是了。”

“你想办法把两个娃都留下不行吗？”

“这个不行。”

“那咋办哩？”

“就按照我说的，让我儿媳妇回家就是了。”

“那怕遭孽哩吧？”

“遭啥孽哩？”

“叫你儿媳回家，把我女子留下，真造孽哩。”

“啥孽都遭不了，就这么办。”

“娃子的话好说，儿媳的话难说。你咋给儿媳说哩？娃要是在你面前说两句难听话，你咋受哩？”

“我儿子媳妇心里再不美气，也不敢和我斗气，更不敢在我面前说难听话。这是我一贯的家教。但你说的事情也是个事情，道理也是个道理，搁谁心里都不好受。”

“所以你得给娃另想办法。”

“这你不管，下来再等机会。有机会了她再出去，没机会了，她就该老老实实地当农民。我信命，啥人啥命，人到世上该是干啥的就是干啥的，都有一席之地。该当农民的命，那就本本分分地当一辈子农民，也没啥不好的。”

“你门道大，你得给娃想办法，不然我的心真的会不安一辈子哩。”

“雷叔，有你这句话就行了。”

石门职中搞幼儿教师培训，尚双印重视教育，给职中帮过不少忙，特别是当着分管教育的副县长李凤琴和教育局局长米中科的面解决石门职中的出路问题，更是让校长高玉川感激不尽，也给李县长和米局长留下良好印象。尚双印还是米局长亲自指定的石门职中的名誉校长，校长高玉川就给了尚双印一个名额。

尚双印的儿媳就去参加培训，而且经过培训后，成绩非常好。高玉川想让她毕业后留在石门职中教书，于情于理都说得过去。石门职中上报给教育局，教育局报到人事劳动局，却迟迟没有批下来。

高玉川对尚双印说：“我把心尽到了，力也用尽了，下来要用你的关系。”

“自己家里的事情，给人就张不开口么？”

“你要去找。”

“找谁？”“从教育局往上找，看在哪里卡着，就给哪里说话。”

尚双印去找米局长，米局长说他已经报给人劳局，要他去人劳局找孙局长。

孙局长说：“事情我记着，一直都在盘算着咋弄哩，暂时没法弄，所以也没给你话。”

“谁绊着哩？我找谁去。”

“谁都没绊？”

“那就弄么。”

“弄不成？”

“咋有你弄不成的事情？你给弄个文件就行，教育局和职中就认哩。”

“不是以前了，没法弄，也不敢弄了。”

“真的弄不成？”“也不是完全弄不成？”

“你就直说，不能叫你太作难？”

“咱自己的事情，作难我不怕。问题是形势紧了，光我作难弄不成事情。”

“咋样能弄成事情？”

“得有人说话。”

“要啥人说话”

“大人物。”

“多大的人物。”

“洛南最大的人物，或者能管住洛南最大的人物的人物。”

“那我够不着吧？”

“都能够着，问题是看找谁哩？”

“你有经验，你说找谁，我给咱找去。”

“赵书记升到地委，接程涛当常务副书记了，洛南现在最大的人物是王县长，又是县委副书记，主持县委工作。”

“那就找王县长，王县长人实在，人也好，我能说上话。”

“找不成。王县长的书记还没任命，关键时候，别为难人家，答话不是时候，不答话对不起你。找不成。”

“马常务呢？这人办事爽快。”

“等着上县长哩，不是爽快答话的时候。”

“要不等这二位领导的事情定了再说。”

“这是个茬口，过了这个村就没这个店了。”

“哪咋办？”

“到地区找赵书记去。最合适了。”

“行。你给我派车。”

“没问题。”

尚双印来到商洛地区。

商洛地委和行署在一个大院里办公。尚双印碰巧在大院里遇上副专员梁喜元，问他：“来干啥？”他说：“找赵书记。”梁喜元说：“开会着哩。”尚双印说：“你给我叫一下。”梁喜元说：“你这麻糊蛋，给你说开会着哩，你听不明白咋地？你先到我办公室喝水，等一会。”尚双印撒谎说：“我要赶到南阳去，就两句话一说就走了。你给我叫一下人。”

梁喜元就去叫出赵希儒。

赵希儒热情地握着尚双印的手说：“老尚，你咋过来了？”

“过来专门找你。”

“你来有啥事？”

“一点私事，几句话。”

“那就不请你到我办公室去了，就在这说。我还主持着会哩，让他们休息十分钟。”

尚双印简要地说了事情。

“你个老尚，我在洛南，主动给你安排儿子的工作，你不让。我离开洛南了，你却撵到地区，来让我为你儿媳的事情搭话，我不管洛南的事情了，你说我该答不答？”

“要是儿子的事情，我绝不来给你添麻烦，但儿媳就不一样了，已经有基础和意向了。”

“倒是不违反大原则的事情。”“所以我才来找你，这个话你一定得给说。”

“给谁说哩？”

“我也不知道。”

“反正孙局长给我说这事情得有一个大人物说话，不然他不敢批，而这个大人物我又能够着，我一想就是您了，所以我就赶紧找过来了。”

“这样吧，你就说你给我说了，我知道了。让他们按程序走，到哪儿卡住了，需要我说话，我再说话。”

“我听您的。”

尚双印回来后把赵书记的原话说给孙局长。

孙局长就给把事情办成了。

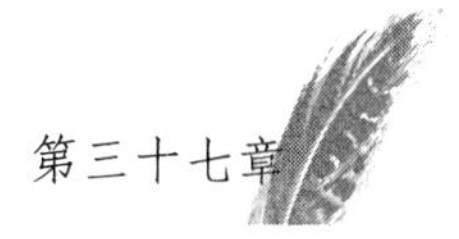

第三十七章

这天早上，尚双印接到副省长王双锡电话，说他人昨天来商洛，开完会，今天要到渭南去，顺路到他的厂子看看他。

尚双印说："看我不能空着手吧？"

王双锡说："能空着手看你就不错了，难道还要我给你带上礼物？"

尚双印说："那再好不过了。"

王双锡说："你这个老尚呀，不愧是做生意的，想得真美。"

尚双印问："安排饭不？"

王双锡说："饭不管，到渭南吃，不准给县委政府领导说。"

尚双印说："好。"

王双锡同志 1936 年 4 月 10 日出生于陕西省大荔县伯士乡高城村，1955 年 9 月参加革命，1958 年 2 月加入中国共产党。他从小学教员干起，到临潼县报社记者、编辑，再到临潼县委办公室主任、革委会生产组组长，再到蒲城县委副书记、书记，再到渭南行署专员、地委书记。1988 年至 1996 年任陕西省副省长。

王双锡同志长期分管农业和农村工作，思想解放，处事果断，作风大胆，富于创新，为陕西"三农"工作和经济社会发展倾注了大量心血，发挥了重要作用。担任省扶贫基金会会长期间，积极开展万名贫困地区学龄儿童助学工程、百村万户科技扶贫工程，有力促进了贫困地区的扶贫开发工作。

王双锡性格开朗豁达，业余爱好广泛。他钟爱秦腔，写得一笔飘逸俊秀的毛笔字，他用这样一首小诗自我概括："投身革命五十秋，道路崎岖坎坷多。人生历来皆如此，是非功过后人说。"

由于王双锡是分管农业的副省长，其中就包含有乡镇企业，尚双印干乡镇企业干出了名堂,自然受到王双锡的赏识。省上成立了乡镇企业家协会，王双锡任会长，他点名让担任商洛地区乡镇企业家协会会长的尚双印兼任省乡镇企业家协会副会长。每次省乡镇企业家协会召开会议，王双锡都要点名让尚双印先发言，他干工作能实活，意识超前，思路新颖，切合实际，每次发表的意见和建议都受到与会人员的认可和赞赏，交往的时间长了，自然和王双锡成了无话不谈的好朋友。

有一次尚双印在止园饭店开会，要去见王副省长，为买两盒烟闹过一个笑话。尚双印到饭店的小商店里买烟，让服务员给他取两盒最好的烟。服务员给他取了两盒软中华。他说："软盒是农村人抽的烟，你为啥不拿硬盒？"服务员说："你真老土，中华烟软盒比硬盒档次高。"他原话讲给王双锡，王双锡说："你还嫌人家服务员笑话你老土，你真老土。"

这次王副省长要来的事，尚双印思来想去觉得不跟县上领导说一声不合适，他还是给新任县委书记王军亮打了电话。

王书记前天还来杨河企业总公司给他们的企业解决实际问题来着，不说的话对不起这位说话办事都非常实在的好领导。

起因是杨河企业总公司所属的杨河化工厂经过改装后的黄板纸又开始生产了，接下来排污的问题还得向县上有关部门申报。当时全国的纸业生产比较发达的地区是江苏和山东等几个省份，虽然因为污染问题叫停了好几个厂家，但污染问题还没有引起足够的重视。

洛南纸厂把污水排在了洛河里，使得昔日清亮亮的河变得臭气熏天。当时人们都没有环保意识，所以民不究，官也就不管。杨河的黄板纸厂比较小，就直接把污水排到了石门河里。

从江苏请来的技术员赵工给尚双印建议说，要想长久地发展纸业，污水处理是一个非常重要的环节，国家要抓环境保护是迟早的事，不能有侥幸心理，对周围的环境造成污染，给人民群众造成伤害，这项工作必须及早谋划。

尚双印采纳了赵工的建议，决定先走一步。他和赵工一起设计好污水处理方案，并做了实际规划。这事需要上报环保部门审批。如果一级一级地向上报批，怕耽误时间太长，他直接把电话打给县委书记王军亮。电话

通后，他称呼王县长，一想叫错了，忙道歉说：“对不起，你都当书记了，我一时还改不过口，平时叫惯了，还叫你县长，真是大不敬哩。”王军亮说：“叫啥都是叫我哩。”

王军亮才由县长升任书记。王军亮实在本分，平易近人，从不摆官架子，不说空话假话，一个萝卜一个坑，落实工作到认死理的地步，一就是一，二就是二。他对基层反映的情况很当一回事，对直接反映给他的问题，他一般情况下都会现场办公，当面解决。

不到一个小时，王军亮书记坐车亲自来到黄板纸厂。

尚双印感到意外，上前握着王军亮的手说：“我的王书记呀，你真来了。”王书记说：“我早上起来接到你的电话，泡了一碗馍一吃，叫上司机就来了。”尚双印说：“王书记，你以前当县长时，我为村上和企业的事情没少麻烦你，现在你刚当上书记，我又不得不找你。”王书记说：“该找就找么。”

尚双印和赵工就把有关这方面的情况一一向王书记做了汇报。王书记对尚双印有较强的环保意识给予肯定，并当场表态他一定会大力支持。

由于赵工有急事，当下需要赶回江苏，从石门坐班车到渭南才能坐上火车，而洛南去渭南的班车早已过去，想走只能等到明天了。赵工急得不行。

尚双印就对王书记说：“借用一下你的车，送赵工到渭南搭火车。”

“我下午一点多钟还要主持一个会议呢。”

“一点钟还早哩，你到路边搭三轮车回去。”

“那也行，你们一路要小心安全。”王书记说完就匆忙地向大路边走去。

司机开着王书记的车拉着尚双印和赵工向渭南方向而去。

到半路上司机越开越慢了。

“开快点，还要赶火车哩。”尚双印说。

“我说老尚啊，我咋觉得你是个二球货哩。”司机说。

“我咋了？”

“书记下午还要开会哩，他的车，你也敢用？”

“他说给就给，开会算个屁。”

“我说你真是个二球货，你还不服。借车倒不是什么大事。可是人家公务在身，再说了，坐三轮车要是有个三长两短，这责任，咱俩谁能承担得起哩？”

“妈呀，你这一说倒把我吓住了，我今天真的是要了二球了。”

“你们的书记真是好人，这样吧，我下去在路边等车，你们赶快回去吧。”

“走，下车，让师傅走，我和你一块等车。”

“不了，老尚。多谢你是个重情义的人。”

“这有点不太合适。”

“没事，老尚，赶紧让师傅把车开回去。”

司机赶忙调过车头，拉着尚双印急急地向回赶。

说着车就回到了石门，司机让他赶紧下车，尚双印对司机说：“你回去后，看到王书记安全回到县委了，你赶紧给我回个电话。”

司机开上车快速向县城方向赶去，力争能赶上王书记乘坐的三轮车。

尚双印回到办公室坐立不安，总觉得今天的事情做得欠妥当。

电话响了。他拿起电话，是司机打来的。告诉他让他放心，王书记回到办公室了。

尚双印的心这才慢慢地放松下来，并给王书记回了电话，道了歉。王书记说，没关系，坐一回三轮车也挺好的。还埋怨他不该让车返回，应该把人家外地的专家送到火车站。

这次王双锡来后稍坐一会就要走，尚双印挡都挡不住。

王双锡问他：“是不是给书记县长说了我要来看你的事情。”尚双印说：“绝对没有。”王双锡说：“没说就好。”

王书记赶来时，王双锡刚走，虽说为没能见上人感到惋惜，但一点都没有埋怨尚双印没能把首长留住的意思。

在县委书记王军亮的提议下，当着石门区委书记的面，把杨河小学确定为全县德育文明教育基地。

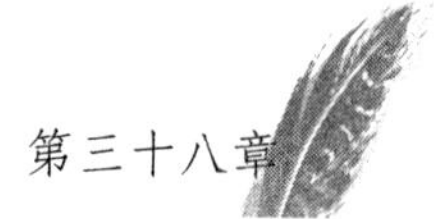

第三十八章

电视机在洛南城乡开辟出了一个新奇的世界。

随着电视机在洛南城乡的逐渐普及，电视受众面也随之越来越大。

宣传部门除继续利用以前报纸上有名，广播里有声的宣传方式宣传以外，同时在顺应时代潮流，改革宣传方式，拓宽宣传渠道，利用电视里有影的真切化感受进行更为形象化的宣传。

这年七月，省电视台来记者采访尚双印，要给他做电视专题采访，标题确定为《砖头厂长尚双印》。

录制组在石门拍摄了好几天，吸引不少干部群众前来观看。

“尚双印要上电视了。”首先成了石门人见面谈论的热门话题，继而又在洛南县传开。

尚双印上电视后，洛南县石门镇杨河村这个不为人知的地方，一下子在全省都有了名声，陕南陕北以及关中地区的人们一下子都知道本省有个洛南县，洛南县有个石门镇，石门镇有个杨河村，杨河村有个了不起的人物叫尚双印。

这对尚双印来说确实是件再风光不过的事情了。

当洛南人外出打工时，遇到陕西各地的乡党，问起是什么地方的人时，都很有面子地说是洛南人，和尚双印离得不远。

在省电视台对尚双印的专题报道播出之后的第二年开春，商洛地区电视台又对尚双印进行跟踪报道。

商洛地区电视台年轻的杨记者来到尚双印家。

当时尚双印正在地里干活，杨记者问啥，尚双印都能对答如流。这令杨记者深感意外。特别令杨记者万万没有想到的是，眼前这位其貌不扬的农民大老粗，对国家的大政方针和各项政策知道得如此全面，理解得如此透彻，对农村各种事务的了解是如此到位，对农村的发展和发展的远景的评估是如此精到和准确。对具体事务的设想、改进和发展都有独到的思考。总之一句话，尚双印极具新闻价值的一言一行深深地吸引了杨记者。

杨记者在石门杨河村实地采访后，万分激动地回到地区电视台，把她的所见所闻所感如实地汇报给了电视台的董台长。

董台长也按捺不住激动的心情，随即带领电视台的几位工作人员住进了石门镇杨河村，对尚双印进行深度采访。

这天，正好下了一场春雨，村民们正忙于整理土地，播种玉米。杨记者来到正在地里耕作的尚双印面前，告诉他他们电视台的董台长亲自来了，要见他。

一听说地区电视台的领导要见他，尚双印放下手中的活，来不及也不想回家换上一身干净的衣服，就穿着满是泥点子的衣服去见董台长。

为了节省时间，尚双印让杨记者先走一步，自己随后就到。他估计杨记者快到了，自己挽起裤子，从河里蹚过去，一上河堤就站在了董台长的面前。杨记者向董台长简单地介绍了泥乎乎的尚双印。

其实董台长早就看到蹚河过来的尚双印，在心中已猜出了七八分，而且他的心凉了一大半，心里疑虑就这个老土的样子怎么能上电视。

短短的几分钟冷场，尚双印明白了董台长的顾虑。他为了打破尴尬，主动握起董台长的手问好。

“你就是尚双印？”董台长失望地问道。

“没错，就是。这是我的防伪标志。”尚双印摊开那双结满老茧的手让董台长看。

“你们这儿有没有住的地方？”董台长并没有看他那双手。

“有有有，住处多的是。”

尚双印到街上的宾馆里给安排了几间房子，把一间带电视的房间给了董台长。

“这样吧，你有事你先回去。等我把材料写好了你再来吧。”

“那啥时候能写好？”

“就明天吧。”

“好，我明天还有点事，天擦黑就来。”

“嗯。”董台长有些不耐烦，打发他赶紧走。

第二天，尚双印按照约定的时间来到董台长的房间问材料写好了没有。

“写好了。”

“让我看看。”尚双印说着就伸出没洗干净的手。

董台长一看说：“还是我念给你听吧。”董台长说完就念了起来。

尚双印点了一根烟仔细地听着。

不大一会儿，董台长说：“念完了。”

尚双印没吭气儿。

“你没看怎么样？”

“听实话还是听假话？”

“肯定要听实话哩。”

“那我问你，写的是谁呀？”

“自然是你么。”

“哎呀，你写得八竿子都不沾边么。”

“不得了啦，就八竿子不着边！”董台长觉得眼前这个老土有点儿好笑。

“这样吧，我说你改。”

尚双印并不看董台长写的稿子，哇哇哇地就说了下去，最后哇哇完了问道：“你没看我这样改得行？”

董台长听得有些入迷，经尚双印一问，他才回过神，说：“这样好，这样有血有肉，简洁有力。就按你说的来，我再稍稍地改动一下。”

尚双印又说：“我这人爱说实话，办实事。你办了实事，说了实话，观众才说你说得好，说得实在，才爱看爱听。”

“对对，你说得对。”董台长对眼前这个老土一下子就有了好感和敬佩之心。接着他又说：“今明两天我是这样安排的，你先停下你手中的活。等一会儿我把稿子改定了，你拿回去背过。明天对着记者的镜头，你可不敢给咱弄忘了，那可是丢人的事。千万记住不能慌张。”

“这个没问题。”

等了好大一会儿，董台长把改好的稿子交给尚双印。尚双印低头一看，嘴里说行，心中并不完全认可。

“一定要把这稿子念熟背过，就按这个稿子说。别一见镜头就慌了神，把什么都忘了。”

董台长千叮咛万嘱咐，唯恐尚双印面对镜头出差错。

当把一切外围工作都布置好后，镜头开拍。记者从上面向下走，尚双印从下边向上走，走到二人一会面。记者拿着话筒对着尚双印，先说出事先准备好的台词。记者问话一完，话筒再一次面向他，他不慌不忙，振振有词：“现在城市修房是钢筋大梁，农村修房是红砖砌墙机瓦上房。红砖铺地，水泥勾缝，防潮透水好打扫。红砖红墙红房顶，农民的日子是红红火火，欢欢喜喜一片红……”

尚双印面对镜头，自由轻松，旁若无人，语气平静，云起风生的谈论，董台长看得惊呆了。

十几分钟的录制结束后，董台长紧紧握住尚双印的手说：“你这人真行，说得好，比我写的还好。”

“我是一张嘴，就胡说哩。”

“说得好，句句是实话，简洁朴实有力度。”

“我只是实话实说而已。”

“你这人很少见。我们录制了多少名人，他们有的人一站在镜头面前，就慌了神，走了样儿。不是忘记了台词，就是手脚无处放，要么是一副非常做作的样子。没有你这么自然平实。”

“球！这慌啥哩，让你说实话哩，又不是偷人说假话，怕个球哩！”

从此以后，董台长和尚双印成了朋友。尚双印每次到地区开会，他都要到电视台转上一圈，看看董台长和采访过他的记者们。工作人员都很热情地接待他。

当地区电视台再一次播放了尚双印的事迹后，虽然没有上次的轰动大，但引起的反响还是比较强烈的。

第三十九章

杨河村经济势头正在步入良性发展轨道，而解决村办小学基础设施落后的问题迫在眉睫。

洛南县东部与河南接壤的王岭乡兰草村在全县率先修建起一所水泥平房小学，这在当时的洛南县是一流的。

尚双印在谋划着从省教育厅要钱重修村小学的事情。

读报看新闻已经成为一种持久习惯的尚双印早就注意到全省乃至全国都在不失时机地改变学校面貌。就山区而言，大部分学校不是设在破庙里，就是设在生产队的仓库里，大多数是东倒西歪的土墙，白纸和报纸糊窗户那样的房子里。

不改变确实也是不行。洛南到处都能看到有关兴修学校的醒目标语：发展教育，利在千秋，功在当代；兴建学校，利国利民；再穷不能穷教育，再穷不能穷孩子等等。

在各大报纸上，也有在艰苦条件下兴修学校的先进事迹和先进人物的报道，其中有名人赞助修学校的，也有富商投资建学校的。

与此同时，石门镇教干王学民也在谋划着改变村办小学校舍面貌普遍落后，跟不上形势发展的需要的实际。经过分析和实际调查，王学民认为全石门镇就数杨河村的经济状况最好，加之尚双印还能找关系要到钱，也只有他能把这事情办成。

有一天，王学民看到电视中在播放尚双印的事迹，一下子坚定了他要找尚双印的信心。

为了能说通尚双印帮助重修学校，王学民带着和尚双印是邻居的一个老师来到尚双印的办公室，叔长叔短地叫个不停，并把兴办学校，再穷也不能穷教育，再穷也不能穷孩子的道理，给尚双印讲了好几遍。最后王学民说：“杨河的学校还得你修不可，因为别的人没有这个能耐，你是一心为群众办实事的村支书，又是远近闻名的企业家，最重要的一点还在于你一直以来特别重视教育，所以就算我们为杨河村所有的孩子来求你了。”

尚双印的思路和王学民的想法不谋而合，但他不能急于表现出来，他得吊一吊他们的胃口。

“你们给钱，我来修。”

“我们没钱。”

“没钱拿啥修？不等于没说么。”

“我们知道您有办法。”

“我有屁办法。”

“我们求您了。”

“你们回吧。”

“那这事情就算说定了。”

尚双印沉默不语，一旦把重修学校的事情当真后，他内心里就有了压力。

尚双印当初还是个小会计的时候，一个有文化的老人对他说，咱们这儿就缺少一所学校，我牵头，你行动，咱们给当地办一所学校，好让孩子们有地方读书。那时的尚双印就一口应承了下来。几天后就在西山上的一座破庙里，为杨河村开办起了第一所小学校，为全村的孩子们解决了上学难的问题。但时间一长，小问题就不断地暴露出来，由于小学校位于山梁之上，孩子们上学极为不便，已经发生过几起事故，加之孩子们的数量在急剧增长，原有的教室也容纳不下，有的家长渐渐地就有了怨言和不满，不断地跟尚双印反映。正好是砖厂兴旺之时，有人又提出，孩子多，破庙里住不了那么多的学生，再加上那儿路远，孩子们上学不方便，希望能在离村庄近一点的地方修一所大一点的学校。

尚双印咬咬牙，修就修。不到三个月时间，就把一个小荒山整平，在上面修了一座土木结构的学校。前四五年，学生又在逐渐增多，学校里又住不下了，尚双印又在原地把学校扩建了一次，这一次改成砖木结构，红

砖墙，红机瓦，玻璃窗，水泥地板。这在当时洛南县的村办小学里可是一所好的学校了。没想到的是才过了四五年，又要重修，不修不行，不修就不能与时俱进。

王学民再三劝说，尚双印拿着谱，表现出犹豫不决的样子说："这样吧，让我考虑成熟了再说。这学校我一定要修。"

尚双印说话一向是君子之诺，王学民这才放心地走了。

从此，尚双印就把主要心事用在了修建学校上。他通过实地考察，发现三组的地理位置处于全村的中心位置，地势平坦，路途通畅，修学校最好。

尚双印经过反复思考，认为要建一所好学校，一定要有超前的意识。他走访了洛南城里好几个规模比较大的学校，综合了它们的优缺点，然后在自己的心中有了一幅蓝图。

修建一所上规模超前的学校需要占相当大的土地面积，这可能是一个大难题。三组那个地方土地平整，是全杨河村的中心点，而且也靠近通往石门的大路，旁边有一条小溪潺潺流过。学校占地面积不是什么大不了的事，让他最为担心的是，操场占地太多，怕三组的群众有意见。而如果一个学校没有了操场，那就不是一个完整的学校。周边有好几所学校因为没有操场，学生在外面的公路上上操，既不安全，也不好看。

尚双印开群众代表会商量，果然在会上遭到了三组群众的反对。

尚双印是一个不服输的人，他认为没有解决不了的事，只是没有想出一个很好的办法而已。他在苦苦地思考着，实在想不出办法了，他就到群众中去，走访一些有见识的人。回来后把那些群众的意见综合了一下，大部分人从内心讲，认为修学校是好事，但浪费土地让人感到心疼，毕竟七八亩地哩，在农村不心疼的人少。

这一天，尚双印终于有了自己的想法。免除杨河三组三年的农业税，他让会计算了一下，三年下来三组的农业税共计不到四千块钱，人均不到五块钱。只有免除他们的农业税是一个最好的办法。当他把这一想法拿到村组干部会上讨论时，大家都觉得是个好办法，可行，但有一个疑虑，农业税是国家的事情，不是你尚双印说免就免的。为了打消这一疑虑，他让会计把三组应征的农业税按人头造成花名册交给他。另一份交到群众手中，每份上都有他的签名和盖章。

这样一来群众才放心了，心里也满意了，自然也就没有意见了。

土地总算是弄到手了，接下来就要解决这个学校怎样修，修成什么样子，占用多少资金等等一系列问题。

尚双印来到县城建局设计室，请他们给杨河村设计一栋三层高的教学楼。设计人员一听说要给村办小学设计三层高的教学楼，都感到有些吃惊。

当时全县各乡镇最好的学校是八里乡的一个乡办中学，它的设施远远超过了兰草河村的学校而成为全县最好的乡办学校。那样的学校也不过是钢筋水泥平房，校园外是红砖围墙，内部是水泥地面的道路和体育场。让他们没想到的是有人要修三层高的小学教学楼，这真是一个奇思妙想。

设计室主任说："全套设计费是六千块钱。"

尚双印一听，六千块钱，能修一个最好的学校大楼门，这些钱让这些画个条条框框的人就拿走了。尚双印听得心里不美，但没有说出口。

尚双印说："对不起，我今天没拿钱，你们先给我设计，我下次来取图纸时把钱带上。"

主任说："行。"

尚双印回到村上后，找到王教干一起初步估算了一下，要把学校建成他所规划的蓝图，大体需要三十多万。

"妈呀！三十万。这可不是个小数目。这么多钱从哪里来呀？"王教干惊得半天不敢言语。

"摊，只能摊到每个农民的身上。"

"这么多的钱，他们能拿出来吗？"

"你算一下，摊到每个人身上是多少钱？"

"我算好了，每人是一百四十元。"

"一百四十元。"尚双印沉吟良久，坚定地说，"不管咋样，这学校非修不可，钱也非交不可，这学校是为子孙后代造福的大事，咱们心疼一阵子，我们的后代就会享福一辈子。不管咋说，长痛不如短痛。下午召开各组干部会议，把这一会议精神传达下去，并且在三天之内，把所有的摊派款交上来，有钱的交，没钱的借和贷，借贷不下的卖粮食都要交齐。"

各组长领了任务后回去又召开村民会做思想动员工作。村民一听都认为修学校是好事情，但要交的钱数目太大，都感到前所未有的压力，有的

人直接给吓住了。每口人一百四十元，但算到每户人就是上千元的负担。

这不能不说是一个大难题，大煎熬。

尚双印也在家中睡不着觉，翻来覆去地想这个问题，他估计有百分之四五十的人根本拿不出这些钱。那么这些钱该从何处而来呀？单个人去贷款，可能难度比较大，实在不行就由村上出面，为交不起摊派款的人家集体贷款。

第一天过去了，没有看到什么动静。

尚双印虽然很忙，企业和村上的其他事情都摆顺势了，修学校的事情成了头等大事，无论忙着别的什么事情，无论在什么地方，他心中想的都是这档子事，他感到了前所未有过的不安。

第二天一大早，尚双印看到通往石门的各条小路上，人们开始陆陆续续地拉着架子车，上面都是粮食，匆匆忙忙地向石门而去。下午和第三天，到处都是卖粮食的人。有用肩扛的，也有用担子挑的，有的用架子车拉，男的在前面拉，女的在后面推，上面还拉着不大会走路的小孩。尚双印看到这情景，眼中湿湿的，他感到了心酸，同时也感受到农民的质朴、厚实和了不起。

到了这天晚上，共收到二十八万七千多块钱。他万万没有想到，为了修建学校，村民的积极性和自觉性竟然是如此之高。他也知道这些钱是村民们的血汗钱，不能浪费这来之不易的每一分钱。

尚双印一大早又来到了县城建局设计室找到主任，问他的图纸画好了没有。

“这是设计图纸哩，不是画画儿哩，哪有那么快？”

“不过是些条条框框，有啥难画的？”

尚双印生气地走了。刚走到门口，就听到办公室里边的人说：“你听那人说的是啥话。”

尚双印一听，在心中骂说再不和设计室的这些人打交道了，我的学校还照样要修。

尚双印来到第四建筑公司，找到副经理丁书贵。丁书贵是他二儿子的同学。一看同学的父亲来找他，丁书贵问明了原因，说：“好叔哩，这不是咱私人修房哩，咱想咋修就咋修，没人管你。修学校是给单位修房，大小都是工程，都必须通过设计室设计，有他们设计的图纸，我们才敢给你施工。”

“不管他，我这辈子都不和城建局的人打交道，房子还得你给我修。”

“修房子不成问题，什么样式的房子我都能给你修，你想不出来的样子我都能给你修出来。但少了城建局这一关，我们不敢给你修，谁也不敢给你修，这是程序问题。”

“这事我不管，我只要你给我修房子，我给你钱。要有什么过不去的，有我给你顶着。”

“你不知道，这是大型建筑，它牵扯的事情多了去了。施工这一项要城建局管，还要有监管部门。”

“这些我不管，我只要你给我把房子修好，修气魄，修大方，修坚固就行了。”

“叔，这，我不敢。”

“有啥不敢的，任他天王老子找事儿，都有我在前面顶着，你怕啥？”说着，尚双印有些火了。

丁书贵一想同学的父亲也是自己的长辈，同时他也知道尚双印向来说一不二，随即给尚双印点上烟，嘻嘻哈哈地答应了。

尚双印吸了一口烟说：“书贵，你小子一定给伯把这事办好了，要不到我家连一口凉水都喝不上。”

“没事，有我姨给开水喝。”

尚双印一听，忍不住笑了说：“就算伯求你了，你一定不敢把伯的面子丢到地下去。”

“没事，有您老在前面支持，我啥都不怕。设计上的事情，你交给侄娃子就对了，你不用管了。”

第二天，丁书贵私下请了设计室的几个朋友吃了一顿饭，到现场做了规划，并放了线，第三天工人就到工地，不出十天，地基就完成了。由于购买了水泥和钢筋等建筑材料，房子还没见影子就把村民的血汗钱用去了一大半。

钱又成了问题，再也不能向村民摊派了，再摊派在村民面前咋样都张不开嘴，咋样也都说不过去了，再摊派就有可能会出事情。眼看房子一天

一天在增高，而钱的下落还不知在什么地方。村民们一看这么大的场面，知道资金出现了问题，心慌再来个二次摊派，人们的确承受不起。

其实尚双印心中也明白这一点，他说啥都不能再增加农民的负担了。

“不行，得想别的办法。”这是他遇到难题时常说的一句话，而且就是这句话还常常真能帮他解决问题。

既然是省人大代表，就要发挥并起到代表的作用。农民修学校没钱是个大事，他决定到省里去要钱。他和一个县级领导商量后，原打算要上十万就行了，领导说既然开口了，不如要上十五万，人家能给多少算多少。尚双印让王教干拟好申请报告，他拿到县市教育部门盖好章子，立马动身到省教育厅找杨厅长要钱。

杨厅长是石门人，为尚双印的精神所感动，一看报告，二话没说就给批了。

第四十章

这一个时期，是洛南县县长换得最频繁的时期。频繁到什么程度呢？三年就换了四任县长。

先来了一位齐县长，又换成了孟县长，再换成岳县长，再换成高县长，高县长当了县委书记后，又来了一位刘代县长。

刘代县长到洛南上任县长时，适逢县十四届人代会选举，尚双印还是代表。

人代会后，刘代县长当选并被县人大正式任命为洛南县人民政府县长。

人代会结束不久，杨河村的一户贫困户的破房子着了火。

尚双印到区公所和镇政府申请到一点救济款出来后，在石门街道上溜达，实际上是区镇给的那点钱对这家贫困户来说是杯水车薪，解决不了实质问题。

尚双印在想还有没有别的啥办法，他想着要不要去找刘县长。

又一想，这事情寻刘县长太小，可不寻，怎么给这可怜的贫困户能多申请一点救济款哩？

事情常常朝一块遇哩，瞎事遇哩，好事也遇哩。

这时，一辆小车在尚双印面前停下，是刘县长的车。

尚双印不管三七二十一，拉开车门就坐了上去。

刘县长说："你真不客气，也没问让不让你坐，你就直接上来了。"

尚双印说："你给人民当县长，我是人民，县长你敢给人民停车，我这人民有啥不敢上的。"

"你真会说。转悠啥哩？"

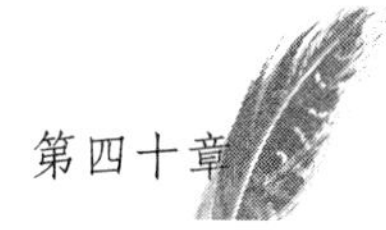

“我这人真有福气，想谁，谁就会来到我面前。”

“想别人我不管，想我一准没好事。”

“给群众办事，样样都是好事。你这是要去哪里？”

“我下来有事哩，碰上你了，给你打个招呼。”

“走，到我村上走。”

“到你村上干啥？”

“给我村上办件事情。”

“村上的事情用得着我来办吗，你把我这县长当你的镇长使唤哩。也不问问我下来干啥？要往哪走？”

“我管你往哪走，见不到你，你过去了，算我没运气。今天这日子好，让我有幸遇上你了，你就不能白白走了，往我村上走。”

“我看你真是个缠破头，不当村干部了，当上访户去。”

“你还别说，我要当上访户，还是个好上访户哩。说不定过几天就去县政府上访去哩。”

“你尽管来，我不怕。”

“你发话，让车走，停到这当街道算咋回事哩？”

“你真是个缠破头，也不问我有时间没有？”

“有没有都由你安排，你说有就有，你说没有就没有。反正县长下来就是给人民办实事解决问题来了，在哪解决不是解决。走，让车往杨河村上开。”

“让我看啥？”

“看我那家贫困户着了火的破房子。”

“啥情况？”

尚双印给刘县长一五一十地汇报说：“唉，咋说哩？我们杨河村有一家贫困户，房子都快要塌了。想修修不起，没想到还给着火了，烧得啥都没有了。我想请你去看一下。”

“我不看。你说想让我给你解决啥问题哩？”

“我从民政救济申请了几百块钱，不顶多大事情，那家贫困户太可怜了，你给解决一点钱。我从村上组织劳力把房子给修起。”

“家里几口人？”

本来只有三口人，尚双印说：“六口人。”

“一人给一千块，总共给六千块。行不行？”

“太行了，谢谢刘县长。”

刘县长给随行的张秘书叮咛说回去后到财政局让他们立马拨付。

“到底是县长。”

“还不下车走人？莫非要跟着我上黄龙钼矿去？”

尚双印拉开车门下了车。

刘县长临走时撂下一句话，说：“石门的天气可真热呀。”

尚双印回敬道：“再热也热不过你们商县哩。”

从教育厅要的钱还没有到账。

尚双印给刘厅长打电话，刘厅长说：“早都拨下去了。”

尚双印心里有些发慌，但他天不怕地不怕，他不要官，也不要私利，就图给村民办实事。

尚双印大摇大摆地走进刘县长的办公室，直接往沙发上一坐。正在看材料的刘县长给他扔过来一支烟，他点着抽上。刘县长平日里少言寡语，态度严肃，但是一个热心为人办事的好领导。他最见不得那些不办实事，华而不实的人。尚双印和他打的交道虽然不多，但深知他的个性和为人，是典型的冷脸热心肠。

刘县长抬头看了尚双印一眼，接着又低头看他手中的材料。每次刘县长看见来人都是这个样子，既不打招呼也不让坐。

尚双印不管三七二十一，一屁股坐在刘县长对面的椅子上。等了半天，人家还没抬头。

尚双印耐不住了说：“刘县长，问你话哩。”

“说，你弄啥来了？”刘县长还是没有抬起头。

“要我的钱来了。”

“怪了，你的啥钱，还跑到县财政上来了？”

“我从省里要了十五万。”

“你要钱做啥？”

“修学校。”

尚双印等了一会儿，看人家还是没抬头，就憋了气说：“你这县长当

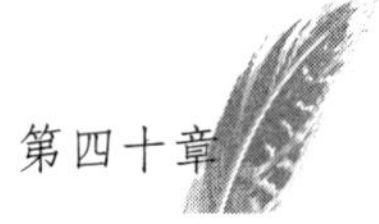

得好，我走了。”

“你的事情不是还没办么，你急着走啥哩？”

“你忙着哩，我不走咋办？”

“我忙还有错了？我忙不对吗？”

“谁敢说县长不对，那是活得不耐烦了。”

“说正事，你来找我总是有啥事情哩。”

“没事情我寻你弄啥哩。”

“事情没说咋就要走哩？”

“你不是正忙着哩么。”

“我忙着并不影响你说事情。”

“你心能二用？”

“我心不能二用，我这县长咋当哩？我忙得过来吗？”

“不管咋说，你不尊重人么。”

“咋样尊重你？一心一意，热情接待，好言好语把你打发了，啥问题都不给你解决，就是尊重你了？”

“你就是再忙，你眼前坐着一个大活人，你看不见吗？”

“还埋怨上我了？我说你个老尚呀，你也算是走南闯北有见识的大人物哩，不知道啥叫已者不俗吗？”刘县长仍然冷着脸问道，“说你的事情，干啥来了？”

“看我要的钱来了。”

“你的啥钱？说，我这下把材料看完了，专门说你的事情。”

“修学校的钱，省教育厅拨了十五万。”

刘县长给财政局局长打了电话，让把尚双印从财政厅要的十五万修学校的钱给拨下去。

尚双印感激不尽。

三天后，十五万元就转到杨河村的账上。

由于资金到位了，学校主体工程——教学大楼很快就建成了。

凝聚着尚双印的心血，同时也是尚双印心目中理想的校园——宽敞明亮，建筑质量高度合格，水电设施齐备，内部装修精美，具有独特艺术风格的杨河村办小学成为杨河新矗立起来的一道靓丽的景观。

还缺少一点资金来把体育场和学校门前的大路全部硬化。

尚双印想这几万元他得到县上找刘县长要。

尚双印来到刘县长的办公室，此时还不到上班的时间，门半开着，他推门进去，看见刘县长靠在沙发上看报纸。

刘县长抬头看了他一眼，仍旧看他的报纸，一声招呼也没打。

尚双印直截了当地说："刘县长，学校修成了，就是还差一点钱，你给解决一点儿，农民修学校不容易。"

"困难，没钱。"

"多少给一点儿。"

"给一元钱。"

"给一元也行。"

尚双印一看不是要钱的时机，二话没说就起身告辞，带上门走了，路上想他这回非得当一回缠破头不可，直到问刘县长把钱要下。

过了三天，尚双印又来到县政府找刘县长，一进门就说："刘县长，我回去后对村民们说了，他们说你这县长当得不好。"

尚双印有意顿了顿，看刘县长对他的话没有一点反应，更没有接茬，他接着又说："农村人说了给一元钱不吉利，给个双数才吉利。"

"那给你两块钱。"

"行吗，比上一回多给了一块钱。再给加点。"

"行了，我还要开会，你回去，给你三万元。"

尚双印一听，很激动，赶紧站起来千恩万谢的赶紧走人。

三天后钱到账了。

一座教学设施齐全的杨河小学在阳光的照射下，熠熠生辉。

尚双印觉得不管从哪个角度看都顺心舒眼。"再从这儿走不出去十几个大学生，我这学校就白修了。来到这里的老师，不好好教，学生不好好学，真真的就不是人。"他心中一高兴，就自言自语起来。

教干王学民带了几个老师前来观看。他一见尚双印就说："我的眼光真是不错，就知道叔是个大能人，只有你才能把学校修成这个样子，换了别人，连想也不敢想。"

"不但你没看错，别人也看不错。"

“不过，这么大气的新学校，课桌太陈旧了，不合适，有失体面。而您是一位有脸面的大人物。”

“把我忙糊涂了，这事我咋给忘记了。你说还得多少钱？”

“没有五万拿不下来。”

尚双印一听，屁股像针扎了一下。

“这点钱该你想办法了。”

“我想不来办法，还是你来想。”

王学民哈哈一笑，到校园观光去了。尚双印一听脸又拉下来了。

尚双印再也没兴致陪他们参观学校了。

天一黑，尚双印就坐在电话机旁，粗声野气地给财政局局长张海山打电话：“我杨河村的农民集资修学校哩，都花了四五十万了，现在还没有桌子和凳子，学生没处坐，你给想点办法吧。”

“得多少钱。”

“五万。”

“没钱，财政困难。”

“你是全县的财神爷，我不信这点钱拿不出来。你这局长是咋当的？”

“不管你咋激我，反正是没钱。”

“没钱，我明天就睡在财政局的大门口。”

“你这人咋这么麻糊呢？一点理都不讲。”

“明天学生开学了，还没处坐，我不麻糊不行哩。”

“行行行，给你。”

“我说嘛，就你这财神爷当得好。”

对方电话挂断。

没出三天，五万元就到位了。

看到新的课桌源源不断地运回来，尚双印开心地笑了。这天下还是好人多！他连张局长的面都没见过，这么大的事人家就给解决了。

在开学的典礼上，县区镇三级教育部门的领导都来祝贺，附近的村民也赶来看热闹。

事后，镇教办、村委会和杨河小学提出要给尚双印立碑，记载他修建学校的功绩，被尚双印断然拒绝。

第四十一章

李明的名字是和石门被列为全县第一个经济开发区联系在一起的。

李明是改革开放以来石门地区继尚双印之后第二个办企业的人，他也是杨河人，他开办的是一家性质属于私营的铁矿厂。

农村文化在不断地更新和发展，人们对外的交流也在不断地扩大。一些新鲜的事物源源不断地流了进来，这给石门的经济社会发展带来好多可能性。

一些投资商也住进了石门，使这个清静的小地方一下子变得热闹起来。

李明效仿外地经验，在石门开办了第一家歌舞厅。这家歌舞厅豪华舒适，红极一时，正好迎合了年轻人的心理，因而也就成了年轻人经常光顾之地。

李明又在里面设立了吃喝玩全套服务，为各个层次的人提供了便利。

由于石门是洛南的重点开发区，如何有效地发展经济，正处于摸着石头过河的试验阶段。尽管大部分贫困惯了的上年纪的人对此看不惯，但这是社会的发展，是从发达的地方引进来的，看不惯也没办法。省市有关部门下来检查工作的，县级对应的部门就领到石门李明的歌舞厅来招待。石门区是地委书记的工作联系点。他派了几个年轻有为的小伙子住到石门，以便于对石门的发展进行指导，并直接向他汇报。

没想到那些年轻人一下来就住进了石门夜总会。那时歌舞厅太俗气，就改成了夜总会。没过多久，觉得有点不对套路，就又改成了石门文化中心。这些小伙子感觉在这儿真是舒适，再加上李明是有眼光的人，他把那些小伙子巴结得团团转。

短短的时间，石门区日新月异地发展，速度超过了尚双印几十年的努力。他渐渐地感觉到自己老了，力不从心，也跟不上时代发展的脚步。虽然他感到时下有些做法不大对劲儿，但他不知道从何处下手改变和改革，所以心里感觉非常茫然。只不过他心中有一根底线，那就是不管做任何事，要恪守本分和诚实，要有良心，要合情合理。

有点看不惯也看不清眼前五花八门的现状的尚双印有时间坐下来，抽着烟回想着自己走过的路。让他感到没有细细算过账的他惊讶的是，他在村上已经干了三十八年的村干部，现在应该歇一歇了。

可是下一步该让谁来干呢？这本不是他操心的事，可是杨河发展到现在不容易，得要有个可靠的人来领头才行，他才能彻底放下心来。

因为自梅劳实走后，区镇两级党委口头指示，让他必须入党，他就申请入了党，镇党委经过研究，就直接任命他当了杨河村支书，村长又找不到合适的人当，所以杨河村支书和村长都是他一肩挑。现在他想这样下去恐怕不行，自己年龄大了，得让年轻人上了。

尚双印想了想，觉得李明敢想敢干敢创新，敢顺应形势而为。而且当副职多年了，跟着他也磨砺成熟了，可以让李明当村长。那么支书该由谁来当？突然他又想起了梅劳实，不管咋说，他总相信梅劳实还是个人才，经过这么多年的锻炼和磨砺，也应该是个出色的人物了。

尚双印在心里把事情想好之后，来到区上找区委书记汇报他的想法。

这时的区委书记是周云岳。他把这些汇报给周书记之后，周书记说：“你有这种精神叫人感动，你老人家能举贤荐能，是为着全杨河村的群众着想，也是为了石门的组织工作着想，我支持你。不过你举荐的人必须要可靠，不能把杨河搞砸了。”

“没问题。”他只简单地说了三个字就走了。他来到李明的办公室，把他的想法说了出来。李明自然很高兴，因为那时杨河村的干部可是让人眼红的职位。

尚双印说：“我都干了快四十个年头了，应该让你们这些年轻有为的人上。”

“那支书让谁干？”

“你觉得梅劳实咋样？”

“我看行，就是不知道人家愿不愿意干？”

“这有我哩。从明天开始，你以副村长的身份来管全村的工业，我管全盘。等梅劳实回来之后当支书，咱们就是一个圆合班子。等一切都顺当了，我就退了。剩下的事就是你们二人的了。你们还年轻，时势又这么好，好好发挥你们的才干，为咱杨河的群众多多办些实事好事，口号就叫把好事办实，把实事办好。其实仔细想一想，人家这话是有道理的，只是落实不到位，所以就成了空洞的口号。人嘛，来到世上就要干一番事业。”

几句话一下子说得李明雄心勃勃，决心要为杨河村干一番事业。

过了几天，尚双印在石门街上碰到了梅劳实，就对他说：“劳实，你给咱回来干支书，行不行？”

梅劳实一听高兴地说：“行啊，咋不行。”

“行就好，我就喜欢爽快的人。”

可是一个月都过去了，还是没见梅劳实的影子。尚双印急了，又来到区上找周云岳。周书记说：“梅劳实是巡检区的人大主席，哪能说走就走。这样的调动要经过好多道手续，才能调人，哪是你想说叫回来就回来。”

“这事咋这么麻烦？”

“要不，你到县委找领导去。”

尚双印来到县上，找到了县委副书记余金山，说明了来意。

余金山说：“这事我管不了，你找大领导去。”

“大领导我不认识。”

“就在楼下，和我端对上下。”

“我不认识，你让秘书带我去吧。”

“这个行。”

秘书把尚双印带到了县委高书记的办公室。

一进门，高书记就让座，倒水。

尚双印自我介绍说：“我是石门杨河的，我是尚双印。”

“哦，你就是尚双印。我来到洛南时间不长，事情多，还没来得及去石门看看。你是杨河的领头人，是个能干事的人，你的名声很大。你今天来，有啥事？”

“还是为村上的事情。”

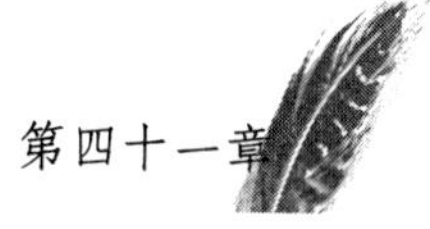

“你说，啥事情？你对杨河的发展还有啥设想？你的要求我一定支持。”

“我也没啥大的设想了，我年龄大了，快六十岁了，对杨河该干的事情干到头了，大事情也干不动了，我来找你，只是想让梅劳实回我们杨河接着当支书，给村班子领个航向。”

“这没问题。”高书记爽快地答应了。

没想到他这一爽快就出错了，让许多人对他不满。不过最后梅劳实是回去了，也没有人再提出什么意见。

不到十天，梅劳实就回来了。他一回来就和李明打得火热，这多少让尚双印觉得心中不快。也许是自己年岁大了，心思多了。他决定开个干部会议。在会上，梅劳实提出，村支书由他接任，村长由李明担任，尚双印任顾问。等一年后换届时再作新的安排。他还问了一次对这样的分工，有没有人有意见。显然这话是说给尚双印听的。尚双印想了想没吭气。

新的村委会班子成立了。尚双印成了顾问，闲在家里没事。但他依然担心村上的事。那时，村上也没有什么大事。农村修建成了普遍的问题，经常为一些地基的问题闹纠纷，动不动就有人上诉打官司，一下子把杨河弄得乌烟瘴气。尚双印坐不住了，他到下边一打听才知道，新任干部办事不公平，欺软怕硬，才把下面搞得意见纷纷，怨声载道。有的村民找到尚双印诉说不公，更有的人看到上级下来视察的机会，在经过的路上到处张贴大字报，发泄心中的怨和恨。为这事，他找了好几次梅劳实和李明，但还是没起到作用，反而让两个人对他更加不耐烦了。

有一天，地区那几个在石门驻队的小伙子来找尚双印谈话，内容无非是让他少插手村中的一些事务，应该把手中的权利完全下放到新任的干部手中。

尚双印感觉到有些问题，但又一想自己已经退居二线了，不好再说什么。

三天之后是植树节。县上组织人在杨河村的一个指定的地方植树，午饭由杨河村安排。到了十一点多，只见那个地区的干事员来找尚双印，此时他正在地里干活。小伙子站地边问：“午饭在什么地方安排，全县领导有四十多人哩。”

“这事我不知道。”

“这么大的事你不知道，你平常的工作是怎样搞的？”小伙子一副盛气凌人的样子。

“你去问问新上任的干部吧。”

“是他们让我来找你的。”

“你不是让我把权利交出去吗，这点小事还来找我？”

“行了，这饭不吃了。”小伙子大声说。

“吃不吃，我管不着。”尚双印也生气了。

“不行就找你们县委书记去。”

“你不用去，我到家里打个电话，他准在半个小时到这里。你信不信？”

尚双印就想不明白，好好的一个人，咋一当干部就变孬了呢？有人问过他：“你明知会这样，你为啥还要推荐他们上哩呢？”其实是人把他想错了，他是将心比心哩，相信再孬的人经过事情后会变好的。

小伙子一看，二话没说就走了。后来尚双印知道这是梅劳实和李明的主意，就更是气不打一处来。他找到二人骂了一顿，从此那两个人见他就躲着走，村上有什么会议也不再通知他。

没想到杨河村成了眼下的这个样子，这让他很是伤心。

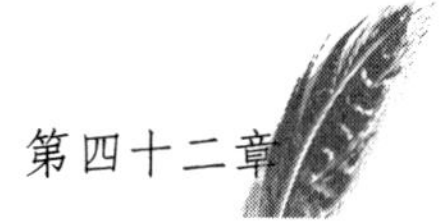

第四十二章

这年冬季的一天，尚双印来到石门区公所找司法所长咨询一项政策法规，刚到大门口，就听到区公所院内传来恶狠狠的咒骂声。

尚双印走进去一看，是一个七八十岁的低矮的老头站在院子里蹦着骂人。至于骂谁不知道，各办公室的门窗都关闭着。老头骂他的，没有人开门出来理会他。

老头发现有人进来了，便骂得更带劲了。

尚双印一看这老头虽然不是个善茬儿，但实在看不下去，不说两句不行，就开口责怪道："你这老家伙，大冷天的，家里待不下你，你跑到区公所院子高声野气地骂啥哩？"

老头一看有人敢接他的茬口，没好气地说："你是弄啥的，少皮干，哪儿凉快滚哪儿去，不是说吹的话，还没有人敢在我面前指手画脚哩。"

尚双印就再没理会。

老头接着又骂开了。

尚双印敲开司法所樊所长办公室的门，把政策咨询过后朝出走，樊所长送他出大门。

尚双印避过老头低声问道："那老头骂的啥哩？"

樊所长压低声音说："胡搅蛮缠哩。"

老头还在骂。

尚双印一出区公所大门，老头的骂声戛然而止。老头问送人回来的樊所长说："你刚才送的那个充夸鬼是谁？"

"你不是能打老虎么，连他都不认识？"

“到底是谁吗？”

“尚双印。”

“他就是尚双印？”

“咋了，你怕尚双印？”

“不是怕，听说尚双印是咱石门的能人，兴许我的事情，他能给解决了。”

“我看你是找对人了，你的事天王老子也管不了，只有尚双印能行。”

老头儿一听也不骂了，把手中的木棍狠狠地向地上一扔，匆匆忙忙地走了。

从那天之后，区公所大院再也没有看到那个骂人的老头了。

这一年春节，尚双印一家全都在宏升大楼里过年。正月初四这天中午，只见一个老头儿，个子矮矮的，手中提着一个小破布袋，慢腾腾地走进宏升大楼的院子里。

尚双印从窗户后面看到有人来，看了一会儿见不认识，心想过年哩，来的人可能是陈年的老亲戚或是多年不来往的朋友，他让孙子出去接一下。

孩子出去主动问好，并问他来有啥事。

没想到，那老头极不友好地说：“与你没关系，我找尚双印哩。”

尚双印在屋内听到来人找他，就说：“大过年的，找我就进来。”

老头一听，就加快步子走上二楼。一进门，不管三七二十一，就往沙发上一坐，也不管自己身上脏与净。

尚双印这才认出来人是那天在区公所院子里骂人的那个老头。

尚双印递过去一根烟问道：“你老人家贵姓？家住在哪个村？找我弄啥哩？”

老头也顾不上和他说话，把那根过滤嘴香烟接过来，翻过来倒过去地看了半天，不知道从哪头点火。

“你这老家伙，不是能得很么，连烟都不知道从哪头点哩。”

老头一笑说：“平常吃的都是不带把的烟，这烟我还真没见过，肯定是好烟吧。”老头说着还不停地把烟在手中摆弄。

尚双印给老头把烟拿顺，给他点上火。老头狠狠地吸了一口，然后慢慢地吐出烟圈来，再皱着眉头细细地品味着，等了半天才说：“我还以为

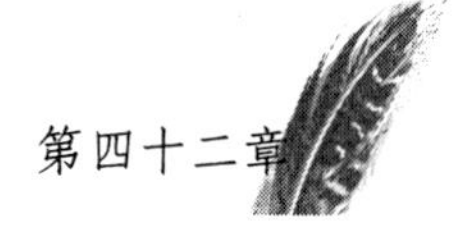

真是啥好烟哩，还不如咱那旱烟片子过瘾。”

“你懂个屁？一看你就是个老土。”

老头一乐，哼了一声说：“你别在我面前逞能，自以为你是石门的能人，名气大。想当年，我比你名气可要大好几百倍哩。”

“我咋没听说你还有啥名气？你叫啥吗？”

“连我你都不知道是谁？那你坐稳了。”

“放你七十二条心，我坐稳着哩，你吓不着我。”

“我叫陈荣旗，麻湾人。”

尚双印一听是陈荣旗，禁不住地哈哈大笑。

“咋？你不信吗？”

“信。你过去可是咱这一带的大名人，我小时候看过你唱戏，你常演丑角，胡唱哩，不按台词来。你一亮相就把台下人笑得直不起腰，一张口就把台下人笑得眼泪直流。有心脏病的人都不敢看你的戏，怕一口气返不上来，就没命了。你不到一米高。蛤蟆嘴，脖子粗，眼睛像指甲掐过的一样。你吼一声能把骡子吓倒，只要你一出场就给人省了一顿饭。人们看你唱戏，时间过得快，就把饥饿给忘了。所以在那个饥饿年代，你算是立了大功了。”

“这些你都记得？”

“记得，你长得一麻袋高，两麻袋粗。不是戏唱得好，谁家女子愿意嫁给你。”

陈荣旗一听这话不高兴了。“我今天来不是听你臭我的，关于我的事，我还想请你帮忙处理哩，反正县老爷都没办法。”

“你的事我早就知道了。”

“你知道啥？”

“你，陈荣旗。十年前，生产队把一棵核桃树分给了你侄子，你不高兴，从队上告到村上，从村上告到区上，再从区上告到县上，从县上告到地区，再从地区告到省上。你告了整整五年。年年一到腊月，政府正忙时，你就到政府部门去胡搅蛮缠，弄得人家都没法办公。闯会议室，坐在办公桌上，趁着省地领导到洛南视察之际，大闹了好几回，把洛南县领导的面子都丢尽了。省上领导批示让省司法厅给你处理。厅长王法荣一看是个小事，就批示地区法院处理，地区法院又批示让洛南县法院处理。你仗着手中有省上领导的条子，不把区县领导放在眼里，谁处理的结果你都不服。后来人家一看你是个死皮，就不理你了，你才开始不顾脸面地胡闹起来了。谁不知道你那档子事？”

“你咋知道得这么清哩？”

“谁都知道你不是个好人。”

“我咋不是好人，谁不想做好人？”

“人都说你不是好人，你就好不到哪里去。”

“人都是胡说哩，你别这样说，我不爱听。如今是共产党的天下，我相信啥事都能处理平和。你只说你解决得了不？”

“我拿脚踢着都能解决了。”

“那能行，这事就交给你了，不要到时候让我再骂你三天三夜。”

“保证叫你满意。”

“啥时处理？”

“过完年，到了正月十六，你来，我给你处理。”

“能行，我就走了。”

区委书记周云岳一听说陈荣旗让尚双印来解决他的问题，专门来找尚双印，叫他无论如何想办法把这事给解决了。为了一个陈荣旗，他在县上主要领导那里没少挨批评。陈荣旗每折腾一次，他就让领导训一次，弄得一些正事都无法进行。

尚双印说：“没事，我能治了他。”

整整一个正月过去了，尚双印也没见到陈荣旗的踪影儿。他心想这老家伙是不是死了？没死为啥还不见寻上门来？

尚双印正在想着陈荣旗时，忽然听到院子里响起他粗喉咙破嗓子的问话声：“尚双印在家不在？”

尚双印站在二楼上，把头伸出窗外说：“我以为你都死了，你还活着哩？”

“没死。官司没打完，我就死不了，也不能死，死了也不能瞑目。”

“那你停一下，我这就下来接你。”

“没事，我上来。你别看我年纪大了，我腿脚还利索得很，走路还特别欢实着哩。”

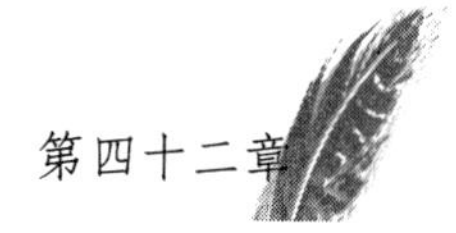

二人一见面先胡乱说了一阵子热闹。然后尚双印脸一沉说："你想咋解决你这问题？一棵烂核桃树，分给你侄娃子了，又不是给了别人，你无儿无女的，要那树干啥用？"

"分给谁我都没意见，到我这里都能过去，唯独分给他就不行，我就不顺气，哪怕断给生产队都行。"

"那都是陈年旧事了，都已经分给人家十几年了，谁敢断给生产队，再说了生产队的东西都分给私人了，生产队要那棵树有啥用？"

"那你说咋办？"

"咋办？你先给我买一包烟，我再给你办？"

"没钱。"

"你咋是个这人哩。"

"不是，真的没钱了。正月害了一场病，这不是刚一好，我紧接上就找你来了么。"

"连烟都不买，我给你办啥事哩？"

"真的没钱了，谁哄你谁都是龟儿子哩。"

"逗你耍哩，看你人咋样，到底啬不啬？以为我真让你买烟哩。你只要听老哥我说，这事我就给你办。"

"你才屁大一点娃，比我小二十多岁，还能叫我给你叫哥哩？"

"你不知道，是你来找我给你办事哩，我是村干部，还是人大代表。你不叫我哥叫啥哩？"

"这算啥事哩，给你叫哥又不少啥，叫叔都能行，只要你让我把肚子里憋了十几年的这口气出出来。"

"不就是一口气么。"

"你不能小看这一口气，人不就是活一口气么。"

"所以你就很看重这口气。"

"不看重不行呀，问题是他们要憋死我这口气。"

"你自己出出来就行了。"

"在心里憋着，出不出来哩。你得让我把这口气出了，我就是死了，也无遗憾。"

"保证叫你出出来。你管我叫啥哩？"

“没道理么。论年龄，你该管我叫个啥，至少得叫个叔吧。”

“按年龄，我该叫，可我叫不出。”

“为啥哩？”

“我叫了觉得丢人哩。”

“丢我的人哩，我让人欺负得要死不歇气，就凭这一口气在这憋着，我不怕。”

“我嫌叫了丢我人哩。”

“你啥意思？”

“孔圣人咋说的，人不敬我，是我无才；我不敬人，是我无德；人不容我，是我无能；我不容人，是我无量；人不助我，是我无为；我不助人，是我无善……凡事，不以他人之心待人，你会多一份付出，少一份计较；凡事不以他人之举对人，你会多一份雅量，少一份狭隘；凡事不以他人之过报人，你会多一份平和，少一份纠结，坚持内心的平和，不急不躁不骄，多一份雅量，一切随缘。听明白了吧。”

“不明白，你到底想给我说啥哩？”

“你不值得我叫哩，你比我多活了几十年，可你妄活了。”

“你不叫拉倒，给我把事情处理了，让我的气顺了。”

“你不给我叫个啥，我给你处理这事情，心里也憋屈哩。你得让我心理平衡一下，我才能处理你的事情。”

“我给你叫，只要你敢答应。”

“只要你叫，我就敢答应。”

“那好，老尚哥，不对，是双印哥。”

“这就对了，你听哥说……”

尚双印还没正式开始说话就让陈荣旗给挡住了。

“我说你这人没大小了，你还真的给我当起哥哥来了？”

“咋？你不服？”

“服服服，我求告到你门下了，我不服能行吗？”

“让我告诉你，你为啥要服哩。不但要让你服，而且要让你心服口服。你说你快八十的人了，活了快一辈子了，你为啥活得叫人见不得呢？为啥活得为老不尊呢？用咱洛南方言来说，你把好端端的一个人活成一个大烂

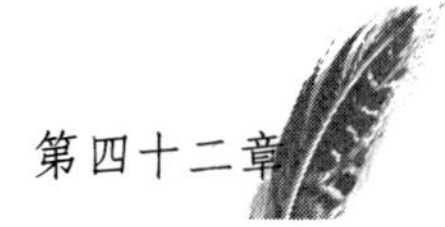

脏货！你今天不低头给我叫个啥，我真的不想管你的事，不是我不想管，是我无法从内心说服自己来管。而我不管你的事情，你的这口气就这么憋着，真的到死都不能瞑目。”

“好我哥哩，就凭你这几句入情入理的话，我真的心服口服了，我现在求你哩，你说吧。”

“你听哥说，你年龄大了，再不敢死皮赖脸地胡搅蛮缠了。现在的政府好，要是在旧社会，早就一枪把你给崩了。你不是都告了五六年了么？你能有个啥结果。你好好听哥说，这树就给你侄娃子算了，让他给你拿上一百五十块钱，你把气儿出了，也有钱花了，还有面子了。这是不是三全其美的事哩？”

“说到底，我心里还是有些不美气。”

“哪里不美气？”

“肯定是心里不美气。你没看，再给加五十块得行，一共是二百块钱，行不行？”

“你老真能拉下老脸。”

“反正瞎瞎名声已经落下了。”

“这能成。”

“你说话算数儿？”

“算数，但是有一点，从此以后，你再不准在镇政府和区公所院子内外胡骂了。”

“只要给钱，就没问题。”

“你放心，三天之后，我保证把钱交到你的手上。”

“行，我相信你。那我就走了。”

陈荣旗一走，尚双印就来到区上，找到了周云岳书记。周书记问：“这钱从哪里出？”

“到民政上出算了。”

“可是这是要申报哩。”

“你把民政干事叫来，先打个条子。”

“打条子也还是没现钱呀。”

“你两人一人先垫支一百，先把这事解决了算了。”

周书记和民政干事二人拿了二百块钱交给尚双印，再写了一个盖着大印的条子，把这些都交给了陈荣旗。

此后再也不见他闹事了。

过后，周书记问尚双印说：“陈荣旗的问题就这么简单处理了？”“就这么简单处理了。”“事情过去了？”“过去了。有些事情处理起来并不难，只是以为难得不得了，不敢朝手上拿，怕拿到手上把自己粘住了。”

一年过去了，忽然有一天，陈荣旗手中提个布袋摇摇摆摆地来见尚双印。

尚双印说：“我以为你都死了呢。”

“我还没谢你哩，咋能死了呢。”

“咋谢我哩。”

“你看。”

尚双印接过布袋一看，里边是八根麻花，说：“你真真是个小气，咋不拿十根，才拿八根。”

“这你就不知道了。拿十根是敬神哩，拿八根是敬人哩。你是人又不是神，我只能给你拿八根。”

“你到底会算计。”

“瓜子落花生，瞎好是人心。再好了，我也拿不出来，你也不缺少，但我的心意一定要表达。”

“知道说人话做人事了。”

“快入土的人了，不守人的本分，还想咋的？”

“这就对头了。”

二人一坐下，陈荣旗又说：“我说话，你可甭怪罪我，我还是觉得不美气。”

“咋不美气？”

“还是把那核桃树断给生产队好，全当是我给队上留点念想。”

“去去去，没儿没女的，谁想你做球哩。给了你侄娃子，好歹你死了，逢年过节时，还有人给你坟头上烧几张纸。”

“你要这么说，那我也就算了。”

“早早算了的好。”

“还是你说话实在，让你这么一说，我心里的气彻底消了。我回去了。”

“把你的麻花带上。”

“这是给你拿的谢礼。”

“我不要。”

“那不是打我脸哩，东西都拿来了，还能再拿回去？”

“全当是我给你的，等你死了我就不去了，你回去吃了，就当提前给你烧了两张纸。”

“听你的，让我早早就看到你给我把纸烧了。”

第四十三章

这一年，尚双印连任三届省人大代表。石门区给尚双印召开庆贺会，举办了一个不大不小的宴会，邀请了县上有关领导参加。席间，县区领导聊起杨河村支书梅劳实处处给尚双印使绊子，掣肘得尚双印给群众干不成实事，把一个好端端的杨河村给弄乱了，大家都为尚双印感到愤愤不平。

尚双印劝解大家，大事搅和得干不成，咱就弄小事，不管咋说，当干部不能不给村民办事情，让群众白养活你，你良心上咋过得去?

这一天，尚双印来到杨河村最偏远的十二组。

全杨河的十三个村民小组都是啥情况，哪个组穷，哪个组富，哪个组的变化大，哪个组还是原来的老样子，尚双印都了如指掌。他也走访了原来最贫困的几户人家，现在已经都大变样了，不是盖起平房大院，就是孩子们有出息考上大学了，或者成了在外有工作的国家人的家属。

尚双印所到之处，老一茬的人都把他当成亲人，年轻人不是给他叫爷爷就是叫叔叔伯伯。

尚双印知道，现在全村十三个组中，就数十二组最落后。他站在十二组自然村村前的小路上向村里看着。如今只有十二组的人最穷了，房子还是破破烂烂的，新修的房子太少了，只有一两户人家的房子还能让人看得过眼，剩下的还是比较寒酸。

主要的问题是十二组所处的地理位置有些偏僻，二三十户人家住在一条小山沟里，山沟比较狭窄。山沟前面是一条狭长的土梁，它正好遮住了这个村的太阳，使得这个自然村庄在秋冬两季非常阴冷，春夏两季只能看到半天的太阳。村庄前不到五十米是一条小河，常年水量很小，土梁的南

边还是一条狭长的小山沟，里边乱摊着几片零零碎碎的土地。

多年前，尚双印就想把这条狭长的小土梁弄掉，把南北两条沟拉通，这样不但能造出差不多二百亩土地，而且也能把十二组的人从阴冷中解放出来，可是当时的条件尚不成熟，光靠人力是万万不行的。现在条件成熟了，尚双印又动起了这个心思，而且这回不光动心思，还要把心思切切实实地付诸实施。

这时，十二组有名的倔老头出现在尚双印面前，看着尚双印就高兴地说："啥风把你这大忙人给吹来了？"

"闲风把我给吹来了。"

"在我看来，你就没有闲过。"

"干不成事情，白白消磨时间，就是闲人一个。"

"你不说，我知道是咋回事情。"

"你知道？"

"知道。就是有些不信。"

"我后来很少在各组吱哇过。"

"怪你搬起石头砸自己的脚哩。"

"唉，人说人是会变的，我信，而且都是朝好处变。谁能想到有的人咋能变得越来越瞎呢？"

"放心，他们都是枉费心机哩，到头来是竹篮打水一场空，你要相信，不管到啥时候，老百姓的眼睛都是雪亮的。那些在其位不谋其政，不干本分事情，只想着整人给自己捞好处的村干部一旦超越了底线，都不会有好下场。"

"都怪我认不清人哩，雷支书当初一再劝我说这人不能用，我不信么。不信一回倒罢了，竟然还不信了一个二回，只想有人领着村民发展，没想会是这个结果。"

"怪你啥哩。怪只怪他人不知道感恩，不知足，没良心。不说你干部之间的事。走，到我家里坐坐。"

说着话，二人来到了老者的家中，一看全组最好的房子就是这一家。

"你这房子是咱组上最好的，靠啥修成的？"

"两个儿子考上了大学，现在都工作了。"

“你老儿有福。”

“有啥福哩？”

二人话说得投机，老者说话就直接起来。

“你这村干部当得不好。”

“好不好不是你一个人说了算。”

“在我十二组人的心目中，你是个偏心子。专门为条件好的组办事，很少把我们十二组人放在心上。在你当村干部的前几年，人们都没啥吃，你想了很多办法，这的确是你的功劳。你让全村十三个组在饥饿的时候，没有受太多的罪。那时你的心是平的。可是情况慢慢地好了以后，你的心就不平了。给别的地方修桥修路修水渠，修涵洞整理土地，但对我十二组还是关心的少，这好十几年了，你只是在有一年发大水的时候，把我十二组门前的河堤修了不到一百米，还免了一个组长。这就是你给十二组人干的实事。我没说错吧？”

“没有没有。这不是嘛，我一进村就看到十二组没啥变化，心中正在难受哩。”

“这也不全怪你，只能怪我们的老先人选的地方不对套路儿。条件就是这样子，换了谁也是一样的。”

“不过我也在这儿动过心思，只是没有那种条件。”

“还有啥条件能让这儿有太阳？”

“有，只要把那道土梁弄走，太阳就出来了。”

“我看你和我们村上那些小伙子一样，都会说同样的梦话。那土梁是说能移走就能移走的？动用全杨河村人，十年都弄不走。”

“要不咱到那儿去看个仔细，看看挪走有没有价值？”

“看也是白看。”

“反正干坐在这儿也没啥事，咱去那儿转转。”

二人来到土梁上，尚双印仔细地观看了土梁的地形，心中很是冲动。他想真正把这个土梁弄平，这样少说近二百亩上好的土地就整理出来了。他在心中盘算着，东西两条沟应该设计两条涵洞，这两条涵洞应该埋在地下。一遇到发洪水，水就从地下走了，上面照样修地种庄稼。他在心中盘算这两条涵洞长度合起来要五六百米长。只要把这个问题解决了，一切都好办。

尚双印陷入沉思之中，脸上露出自信的笑容。

身边的倔老头问了尚双印好几句话，他都没注意到，气得倔老头扭头就走。

“你咋走了？”

“我看你毛眼不对了。”

“对着哩。”

“你想啥哩？”

“我算计这石头够不够？”

“你这眼睛不聚光，我这沟里啥都缺，就是不缺石头和土疙瘩。”

“我初步想了，给东西两条沟里修两道涵洞，下面走水，上面修地，把这条土梁向东西两沟里一平，没有了这道土梁东西不就连成了一个整体，不就有了二百亩平展展的土地了。”

“你真能做梦，比那些年轻娃还做得好。”

“你不知道，我现在有办法能把它修成。”

“现在人好吃懒做，五十年都修不成。”

“这样吧，咱们再仔细看看这里的石头和土源。”

“不用你看，石头遍地都是。不用动一钎一锤，只要把沟渠里的乱石一整，十条涵洞都够用了，而且石头都是有棱有角的好石头。你没看我村上的房基子砌得比水泥抹的都齐整，我从小长在这里，这些东西我还能摸得清。”

“不出一年，我就给你修成了。”

倔老头一听头也不回地走了。尚双印看这老者还是个牛脾气，也没往心上放。村子里也有人看见他们在这里指手画脚地察看什么，都在下面等消息。一看二人不欢而散，这才出来刨根问底。

倔老头给那些人说：“这尚双印是个充夸鬼，说他一年能把那条土梁弄平，修二百亩地。你说这是不是脑子有问题了？”

“兴许能行哩。”有人说。

倔老头扭头就走。

尚双印喜欢和那些有脾气的老头开玩笑，他知道这些人有别人所没有的优点，诚实和稳重能给他提供很多帮助。一看老头要走，他故意想再逗逗他，说："你这老家伙，我三个月就能给你修成。"

倔老头这下真正是火了，气得脸都变了，一句话没说就回去了，把大门紧紧地关上，不管外面再怎样热闹，他始终都没有再露面。

尚双印找到十二组组长给他透露了一个信息，并教他如何如何按他说的做，这个愿望就一定能实现。

尚双印这回打的是副省长徐山林的主意，他得到消息，徐副省长最近要来洛南，到洛南后要见他。

适逢村委会换届选举期间，徐山林来洛南考察基层班子建设情况，洛南县委赵书记和县政府王县长亲自作陪。

徐山林一行来到石门杨河村，十二组组长就带着一群人围了上来，他们大声齐呼要给省长反映情况，要告状为尚双印鸣不平。

徐副省长本来是要见一下尚双印的，没想到还没见到尚双印的人，却让为尚双印告状的群众给围严实了。

常务副省长徐山林是通过王双锡副省长认识的尚双印。王双锡和尚双印是因为工作关系而成为好朋友，有关乡镇企业的发展和农村工作的开展，王双锡时常向尚双印请教切磋。徐山林是一位求真务实的副省长，他很赏识尚双印的实干精神，一来二去，他们也就成了好朋友。

徐副省长问："这是咋回事？"村民说："咱们的省人大代表尚双印当不成村干部了，我们群众不答应，所以就来告状了。"徐副省长问："为啥当不成了？"群众代表说："有人搞阴谋诡计，私下里活动不叫尚双印当村长，我们群众气愤不过，今天本来是集体自发组织要去县政府上访，没想到在我们村上遇见这么多大领导，你们可要为我们群众办事，我们不要只为自己谋私利，耍阴谋诡计、玩弄权术的村干部，我们要尚双印继续当村长给我们办实事办好事。"

"这事弄得不小啊。"

"尚双印人呢？他在干啥？"

"他在十二组转悠哩，想的是咋削平十二组的那道遮阳的山梁。"

"去看看。"

尚双印正在山梁下转来转去，瞅上瞅下，一副落魄可怜的样子。

尚双印来到徐副省长面前低声说："徐省长好。"

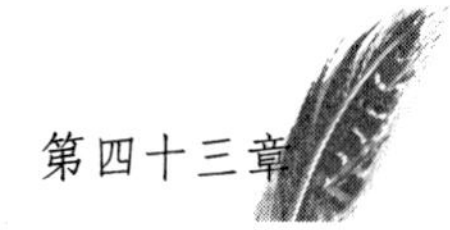

“遇上啥难事了吗？”徐副省长开门见山地问他。

“报告省长，干不了啦。”

“为什么干不了啦？”

尚双印的鬼点子就来了，叹着气说：“报告徐省长，就是干不了事啦，没脸干了。”

“有啥困难，说么。”

“报告徐省长，杨河村就数这十二组自然条件最差，在全村最为贫困，土地面积有限，有一半人家吃粮还紧张，要是能把眼前这道山梁推平，我算了一下，差不多能造出近二百亩良田来。”

“好事么，你带领乡亲们改造么。”

“没钱。工程干不成，所以没脸当村干部。”

“得多少钱？”

“二十万就够了。”

“二十万能修这么多的地？”

“千真万确。”

徐副省长拍了尚双印的肩膀说：“这真是一件大好事。如果村干部都能和你一样，一心想着给群众谋事，还怕基层不发展？二十万，我来给你解决。”

“谢谢徐省长支持。没有问题，三个月之内，我保质保量完成任务，我保证让眼前的秃山梁变成肥沃的良田。”

“尚双印同志，我相信你是个说一不二的人。村干部还当吗？”

“有你这位大首长支持，不当村干部也能完成这项工程。”

“村干部还要干，多给人民群众办些实际事情，老百姓永远记着你的好处。”

“听您的。”

徐副省长又给赵书记和王县长叮嘱说让他们多关心支持尚双印同志的工作。

徐副省长一行走后，倔老头凑上前来说：“双印子呀，我算是服你了。看样子给我们十二队，不对不对，现在该改叫十二组了，我这叫惯了，就是改不过来。”

“没关系，叫啥都是一个意思。”

“看来，你这回真要把给我们十二组修地的事情弄成了，真要给我们把土梁挪走了，真要让我们十二组的人一年四季都能见阳光了。”

尚双印说：“不是修地是弄啥哩？你没看见那些人，可都是省地县的大头头哩。”

“妈呀，这是积下啥福了？”倔老头高兴地说。

“你这老家伙不是不信我么？”

“你还别高兴太早，啥事都在变，你修成了才算数哩。”

“事在人为。要是修成了，你说咋办？”

“你要是修成了，我让十二组的人给你跪十天十夜。”

“你就吹吧。”

第四十四章

紧接着的村委会换届选举，迫于形势和民心的双重压力，梅劳实一看风向不对，收扎了手脚，尚双印差不多以全票继续当选村长。

由于杨河村是石门地区人口最多的一个村，再加上农工业发展得较快，村上工作量大，事务繁杂，两个正职忙不过来，经梅劳实提议，尚双印没意见，又给村支部增加了一名副支书，由李明担任副支书。

这是梅劳实一个折中的办法，他本来是要把尚双印的村长拿下，尚双印处处比他强，在外比他影响大，实事比他干得多，民心都倾向于他，他抬不起头喘不过气，不拿下就没有出头之日，倒不是他有多大的野心，干多大的事情，尚双印压得他会活活憋死。倒不是尚双印有意要压他，尚双印的品行和才能综合起来所发挥的作用确实是比他大得多。他才做工作让老表李明接替尚双印，可事与愿违，伤了大脸，给李明许下的愿没法兑现，才死乞白赖地求告尚双印给李明弄个副职。尚双印说："弄个副职行，弄到你支部去。"

于是李明就当了副支书。这样都能交代过去。

尚双印当选后的第一件大事就是开工动土，为十二组削山造地。

当地的工程队一听说那么大的工程才给二十万，吓得没有一个人去承接这趟活。

眼看半个月都过去了，工地上还是没有动静。

尚双印在等一个逢九的吉日。

关键是牵扯到迁坟。按理坟不能迁，但为了这项工程，坟又不迁不行，确定于九月九日这一天都给迁到一个指定的地方。

九月初九一大早，天还不算大亮。从十二组方向传来零零星星的鞭炮声，有人说是十二组的工程开工了，又有人说是十二组人在迁老先人的坟。紧接着从石门到十二组的公路上，有六辆机械正轰隆隆地向前而行，是两台挖掘机和四辆大型铲车。尚双印坐在第一辆车上，每辆铲车上端着四桶柴油。

机械一到十二组，把迁坟和看热闹的人都看呆了。

尚双印找来了组长，让他安排了堆放柴油的地方，再安排好师傅们的吃饭问题，最后安排施工方面的具体问题。东西两条沟，每条沟各摆放一辆挖掘机，两辆铲车。挖掘机开挖渠道，一辆铲车在前面把挖出来的泥石堆放在两边，一辆铲车在后面整理基础，让机械先行，三天后工人再上场。

尚双印和组长商量着把机械施工作了简单明了的安排之后，所有的机械立马开始动起来。他接着让组长找来了六个小伙子，加上组长和会计，一起开始放线。原定好放线一事由县土管局安排技术人员，带仪器来测量并制作成图纸。尚双印嫌麻烦，干了大半辈子的土地工程了，这点活算什么，目光早都锻炼得差不多了。他们先从东边的沟里目测，然后放线。不到三小时，线放好了，然后再洒上白灰，并在三十米一个点上打上两米高的木杆。上面绑上红布条，作为机械工作时的目标。

这一切都弄好后，尚双印爬到前面的半山腰，向下一看，是直流流的线条，他心中高兴，将来修成后一定美观大气。他又跑下山，来到机械的施工现场。让他最为高兴的是，这里的石质和他们原来分析的一样，虽然坚硬，但有纹理，经机械一碰，就棱角分明地掉下一大堆，所以进展速度很快。加之就近的石头完全能满足修涵洞的用料，这就大大地减少石料的供应费用。这样的石材不但利于加快砌方的速度，而且干出来的活路光滑顺眼，坚固耐压。不用水泥合缝，也一样牢不可破。为了不浪费材料，他决定每隔三米打一个方方两米的水泥石桩，涵洞拱顶必须用水泥灌浆。

所有这些都计划好后，接着是安排人工上劳，东西两条沟计划需要一百多人，每条沟五十人，砌石工四十人，杂工十人。由于有机械配合，所以用不了多少杂工人员，两条沟就能同时开进。

砌石难不住山沟沟里的人，百分之七八十的人都会这手艺。在没有水泥的年代里，人们修桥修房都用的石块干砌，一样的结实长久。所以这样

的活在农村人的眼里，不算是什么大事，每人每天能挣到八到十块钱就不错了，而且这样的机会非常少有。

尚双印决定按承包发工资，劳力不分大小，自愿结合。按方量计数，平均每人每天能挣上十五块钱左右，高出干平工很多，这最大限度地调动起这些干体力活的农民兄弟干活的积极性，同时也加快了工程进度。

在十二组村民的协助下，很快安排好了住处和吃饭的地方。等这些都落实好后，尚双印看了看表，快到吃午饭的时间了，村民们已各自在家中为他们做好了饭，这让尚双印非常感激当地的人。

人在忙碌中，时间就会过得飞快。转眼间天就要黑下来了，下班时，尚双印到工地上大体看了一下，开工第一天就开进了三十多米，两边的石块都摆放得非常整齐，后面的地基按标准都非常合格。

人们七嘴八舌在预算地基完工的时间，并提出各种各样的改进方法。对于机械神一样的速度，的确让山沟沟里的人瞠目结舌，大开眼界，他们不敢相信这一切都是真的，但又不能不相信眼前真真切切看到的场面的确是真实的存在。

第二天一大早，工人们开始按时开工。这么多的人立马把一个静静的十二组弄得跟赶集一样的热闹。村上也派出几个干部前来助阵，县区领导也时不时地下来参观，现场的工人分团分组，正在有条不紊地热火朝天地大干快进，这火热的场面不亚于当时骡子沟修水库的盛景。

县委书记赵希儒看到县电视台关于杨河村移山修田的情况报道之后，来到十二组的施工现场一看究竟。一下车，赵书记简直不敢相信自己的眼睛，动工十五天时间，东西两条沟的地基已经开挖成功，两边河堤也砌了一半，后边的涵洞也跟得很紧。再看砌出来的石埝光滑平整，他一激动就要钻入涵洞中看看。工人知道是县委赵书记来了，赶忙给他找了一顶安全帽，赵书记一看工人都没戴，他也就坚持不戴。

旁边的一个工人说："领导还是戴上吧。我们没戴一是怕干活热，二是我们在里面干惯了，不用看都知道那儿应该抬头，那儿应该低头。你才来，对里边不熟悉，还是戴上的好。"

赵书记一高兴，叫司机把带来的香烟给工人们发下去，在场的人一片叫好。

随后赵书记进入涵洞中，在这儿用手摸摸，到那儿用锤子砸一砸，兴奋地说：“这活干得好，干得让人放心。”

工人一听赵书记的表扬，干活更是卖力和负责任了。

尚双印在半坡的一棵松树下，不知是盘算什么还是睡着了，赵书记在他面前站了好大一会儿，他都不知道。旁边的人有意咳嗽了一下，他才惊醒过来。一看是赵书记，吓得他赶紧站了起来。他看了赵书记一眼，没弄清人家是高兴还是不高兴，所以忘记了先打招呼，就愣愣地站在那儿，等人家先开口。

谁知道赵书记一开口就问：“几天没洗衣服了？”

尚双印说：“忘了。”

“一身臭汗，臭死人了。”

尚双印嘿嘿一笑，啥话都没说。

赵书记一看尚双印这个样子，眼睛一热，就转过身去。过了一会儿又问：“还有啥难事没有？”

尚双印想了想说：“没有啥太难的事情，就怕天下雨。”

赵书记忍住没笑，顺手递过一根烟说：“这事我管不了。”

尚双印狠狠地吸了一口烟说：“放心吧，赵书记，我们能按时完成任务。”

“后面咋安排？”

“从明日起，开始移土造田。先盖涵洞和两边，然后车辆可以无阻碍通行。这样一来速度就更快了。”

“大概需要多长时间？我好给省上领导汇报。”

“月底涵洞全部完成，这时工人就可以撤出。剩下是机械的事，要不了一个月就能全部完工。”

“你能确定？”

“一定能。”

“我走了，要多注意自己的身体和工人们的安全。”

到农历十一月，地上微霜。随着机械声的消失，杨河十二组一片阳光朗照。人们坐在台阶上，眼前是一片平展展的田地，共计是一百六十八亩，散发着淡淡的泥土味儿。

第二天副省长王双锡下来视察，一见尚双印就问：“二十万够了没有？”

“没有。”

“还差多少？”

“两万三。”

“你补。”

“你不给的话，我补。”

“基层有你这样的带头人，农村还愁不发展？”

“谢谢领导夸奖。”

这时候，在新修的土地边，响起了噼噼啪啪的鞭炮声。

第四十五章

省人代会议结束后，在副省长徐山林的带领下，尚双印和部分乡镇企业家代表参观了安康地区的四十里工业走廊。

在参观过程中，原本就对安康的工业走廊有所了解的尚双印认真地分析了当地的地理环境、物产、交通以及潜在的对工业发展的主要的有利因素，实际察看了几个企业的发展状况，以他敏锐的眼光和远见卓识，对所察看的企业的前景进行了预见性的估算，并把地处长江流域的安康的实际情况和位于黄河流域的洛南与石门的现状进行比照，他非常自信地认为，他自己完全有能力在洛南创办一个规模更大的工业走廊。

在省地领导的印象中，洛南人民爱参观，参观回来不动弹。当徐副省长利用晚上休息时间和尚双印交流时，又旧话重提。尚双印说："有您的支持，我这一回去就开始落实。"

有了这个想法后，接下来，尚双印着力考虑洛南的地理位置、洛南的潜在资源，经过深思熟虑，他决定扬长避短，规避开安康四十里工业走廊的发展模式，初步考虑在洛南发展一个综合型工业走廊。

这天，尚双印来到杨河企业的一个分厂里。这是一个钼选厂，是公司中占地面积最多，规模最大，耗资也最大的一个矿产加工企业。这个企业为总公司带来了丰厚的利润。他想这次就以钼矿为主导产业，然后在此基础上加大规模。从源头的矿山开采到最后产品加工，形成一个一条龙式的加工链。在此产业链上再带动一些商业的发展，比如在矿山地区开设矿山加油站、矿山机械经销部、矿山机械维修部。

经过实地考察，尚双印发现从石门到黄龙铺四十多里长的地域里，沿

路两边的群山里，大大小小的钼选厂有好几十家，而且这一带的秦岭的山脉有丰富的钼矿藏，大小矿井就有二三百之多。这里来往的车辆和工人把一个寂静的山野弄得像大城市一样的热闹。所以这里的潜在的商业发展还是一个空缺，任何事情都有待于发展。尚双印正是瞄准了这一机会，形成了自己的发展基础。

经过实际考察和深思熟虑之后，尚双印决定在洛南县城到石门地区发展一个六十里长的工业走廊。因为从洛南县城到秦岭最深处的黄龙铺正好是六十里，而石门正好处在中间的位置上。石门以北到黄龙铺有着丰富的矿藏，在那里设点开矿，在石门再开办一个规模更大，设备更先进的一个选矿厂。从洛南县城到石门这一段上，开设各种矿山服务公司，其余的比如商店、餐饮、住宿等服务行业因地而设，规模大小灵活多变。

创建六十里工业走廊的宏大构想经过一个月的协调规划，终于形成了一套完整的方案，上报到省政府，很快得到了徐副省长的认可和支持。

地县区三级领导都非常积极地给予支持配合。

当时的矿山批复权没有集中在一起，有关的部门都有权把矿山划分给任何厂家。为了鼎力支持尚双印的六十里工业走廊的发展，省政府决定把黄龙铺的一个叫西山的山头全部划分给尚双印，这个地方的钼的储藏量最大，其次还有金、银、硫、铜等多种伴生矿。为了便于管理，西山这一片由省政府直接管辖，任何单位和个人没有权利在这里开采。

尚双印一看矿山到手了，他和他的同事们精心策划，首先在矿山上选定十八个开采井，购买当时最先进的开采设备。再预算出每日的采矿量，根据每日采矿量预算，计划至少得开办四个选矿厂。拟定在石门的麻湾村的一片撂荒地上开办第一家大选矿厂，把杨河原有的选矿厂进行改进并扩大规模，确定为第二选矿厂。第三、第四选矿厂拟定在一、二选矿厂投产后在黄龙铺，即矿山附近开建。

尚双印把这些材料整理好后，上报给县政府，很快得到批复，因为是常务副省长徐山林主抓的项目，县政府主要领导和分管领导都表示给予全力支持和配合。

县委杨调研和尚双印是朋友，他也是一个实干家，他非常欣赏尚双印的为人和实干精神。他建议尚双印在县政府门前修一座乡镇企业大楼。

尚双印说："县政府门口的地皮比天还高，我哪有那个能耐？"

"别人要肯定价高，你给咱县上争门面，撑面子，你要就白给。只要你有胆量在那儿建上一座二十二层高的大楼，地皮就不要钱。"

"妈呀！洛南现在最高的大楼才十层不到，二十二层是一个什么样的概念？"

"你怕了？"

"不是怕了，是没有那么多的钱。"

"钱你放心，我给你到银行弄六千万。"

"银行又不是你家开的。"

"你放心，我给县长一说就成。"

"能行吗？可问题是眼下六十里工业走廊还没有打造起来，等我把工业走廊弄起了，我会在这儿修建一座现代化的乡镇企业大楼。"

"不过，六十里工业走廊，在大的方向上不会有什么问题，我觉得在小的方面可能要费周折。"

"你指的是哪一方面？"

"我觉得在建厂征地这方面肯定事情多。因为一旦牵扯到农民的利益，许多事情都不好办，至少办起来非常麻烦。要不出难题则罢，要出难题，大部分难题都可能出在这上面，不是延误了修建日期，就是根本无法办到，所以弄不好，会让好多的事情都搁置了。"

"对别人来说这的确是个事儿，对我来说是小事，因为我在基层干惯了，这些事我最有把握处理。"

"那就好。愿你一切顺利。"

两人的手紧紧地握在一起。

尚双印要打造的六十里工业走廊，在石门地区引起了轰动效应，沿途的百姓欢欣鼓舞。为了发展经济，各村组都争取在自己的地盘上开办企业，每到一处都有人出来愿意为他出谋划策，六十里工业走廊得到了群众前所未有的帮助和支持。

尚双印首先从石门最北的黄龙铺开始，在西山下的后沟村拦沟打坝，开山整地。这样一来，为本来十里都无半里平的后沟村修造了一块五十多亩的平整土地。一部分用来建厂，一部分让当地人耕种。在厂子建成投产

以后，当地的多余劳动力，一方面可以进厂挣工资，一方面还可以种地。这叫挣钱种地两不误，也叫亦工亦农，这对当地人来说的确是一件难得的好事。

西沟组全组只有一片平整的土地，一共是四十亩，是本组人的粮食库和命根子，人们把这块土地看得比自己的生命还重要。一听说尚双印要在这里修建第三选矿厂，村民们坐在一起商量，最后决定把地卖给他。以前也有不少厂家看中了这片土地，但村民这一关都没有过去。他们信尚双印，心甘情愿和尚双印打交道，每亩地拍出八千元的价格，这在当时确实不是一个小数目。尚双印统计了一下全西沟组的人，男女老少一共是五十一人。他出人意料地说每亩地他愿意出一万元，四十亩地共四十万，前提是这些钱要按人头发放到村民的手中。

在当时的农村，特别是在深山里相对封闭的农村，一万元可是一家一户的一分子光景哩。

尚双印还私下给补充了一个规定，这些钱只能存在每家每户的账户上，不得私自领取。理由是农民没有了土地，就等于没有了粮食来源，怕有的人一看到钱，就好吃懒做，把这些钱浪费了，到最后要土地没土地，要钱没钱，那就成了大家都不愿看到的不好的大事情了。

什么时候才能用到这批钱？尚双印说："等我的厂子投产后，一切都非常稳定，同时把大家都安排到实处，有了稳定的工资收入，这个时候谁家需要用钱，通过村组的干部许可后就可以支取。就是说等大家都有了固定的收入，生活有了保障，你们的钱就由个人支配了，这时大家可以安居乐业，我也就放心了。"

尚双印的一番好心好意，村民们不但都很理解，而且还为尚双印替他们着想而心存感激。他们都一致认为尚双印每办一样事，心里首先都是替别人着想，为对方谋福谋利，从不为一己的私利而去损害别人，所以他才在石门上下群众心目中的威信特别高。

第三选矿厂的外围事务很顺利地解决了。第四选矿厂的最佳地方离第三选矿厂有十五六里地，那里是一条大山沟，长二十多里，前后都是比较大的山脉，只有中间是些走势相对缓和的小山丘，使得这里从远处看像是一个不大不小的盆地。中间那些小山丘是由七八个土丘组成的，看起来像一朵朵待放的花骨朵儿。

这地方叫四沟。里边有两个村民小组，共计居住着五十多户人家，二百来口人。这里的土地很少，大部分土地不是分布在各个沟沟岔岔，就是东一片西一片地分布在坡坡硷硷之上，村民们的经济来源主要靠上山采药。

尚双印看好这个地方。他把当地的村干部找来，初步计划把这二十里长的沟下面，全部箍成隧道。因为从这里的地理环境来讲，沟渠比较窄小，两边多山石，沿山沟两边开山石，就近修建涵洞隧道，上面一边修条公路，剩余的地方拉土造地。在中上部修选厂，把中间那些山丘平整成土地，这样下来能造二百亩土地，而且只会多不会少。

当地群众一听，这真是神人才能想出来的美事，很快就把协议达成了。

当地人静静期盼着动工的日子早点来到。

不到十天的时间，从最北的黄龙铺到最南的县城东的洛中桥下，尚双印共计征用土地和租用土地达四十多处，每亩五万到一万不等，还有的地方分文不取，以为地方谋福利作为交换条件，走的是互利共赢这条路子。

尚双印打造的六十里综合工业长廊，最让县委县政府担心的是土地征用问题。而令主要领导们没想到的结果是，尚双印用了不到十天的时间，就把这件大事情合情合理地给解决了。

一项轰轰烈烈的六十里综合工业走廊建设工程万事俱备。

这是洛南在新中国历史上首次征地最多，占线最长，规模最大的一个综合工业工程。

一切准备工作就绪后，尚双印就开始着手干了起来。采取的先易后难，层层推进的办法全面开始施工。

第四十六章

就在尚双印一头扎进六十里综合工业走廊建设项目里时，后面却出现了他没有预料到的问题。

一些对他不利的传闻慢慢显露了出来。他忙于工作，根本没有时间顾及这些淡而无味甚至是瞎扯淡的传闻。

直到有一天，一位和尚双印相处得非常要好的老上级把他请到自己的家中谈了一次话。这位上级是县组织部的部长。整个对话都在非常严肃的氛围中进行着。

话题绕了好多个弯子，终于绕到了正题上。组织部部长说："老尚啊，现在开始说话就不绕弯子了。你已经五十多岁的人了，眼看就要六十了，你做事没什么可说，大家有目共睹。不过在一些细节问题上，你要多加注意。"

"咱俩又不是外人，你有话就直说吧。这大半年的，我确实太忙了，也没留意工作上在哪方面做得不到位，你说出来，我好好地加以改正和完善。"

"既然是这样，我就把话说出来。你的这些事情，有人已经反映到大领导那边了。因为都不好意思找你谈，所以就压了下来。但下边的人还在不停向上反映。这次不找你谈不行了，怕对你这面旗帜以后有影响，所以大领导安排让我出面和你谈一下。"

"你说了大半天，我到底不知道你要说什么。难道我是抢占了别人的老婆不成？"

"这话让你说着了。"

"不是开玩笑吧？"

“正是这方面的问题。”

“我尚双印一生都没听有人在这方面给我胡说乱传。”尚双印气得满脸通红。

“你先不要着急。有没有你心中明白。”

“你信不过我？”

“不是我信不过你，而是我背后的大领导有所怀疑。”

“我对天发誓，没有的事。”

“眼下风声已经传成这样了，或许是你在那儿请人吃喝玩，但不要太过分就行。”

“没有的事，就是县上那些机关单位的人到我那儿去，都避着我，哪有公开和我在那儿吃喝玩的。”

“那我就直说了。”

“你说。”

“两个月前的一个晚上，你在石门娱乐中心消费时发病，被人抬到医院，这可是有日期可查的事，这你怎么解释？”

“这简直就是造谣中伤！”

“你在黄龙铺的一个餐饮中心，这个地方是你的一个商业点。你在那里和山阳的一个年轻女人出双入对，又和当地的一个女人不清不白，据说影响很坏。”

“我不知道这是哪个有才能的人编造出来的，我服了。”

“传言很多，只是没人敢在你面前提起而已。”

“算了，你别说了。让我回去想一想，然后再查一下。看这些小鬼们背后到底有啥阴谋？想干啥哩？”

“你以后要多长个心眼。”

“好。”

尚双印低头走出组织部部长的办公室。

之后一连好几天，人们都看见尚双印走路不是往日的抬头挺胸，而是低着头走路，脸上没有一丝的笑容，一根烟接一根地不停地抽。这样扛了好几天。终于有一天他把支书和副村长叫来，一块儿到石门娱乐中心去，他要彻底查清此事。当查到某月某日时，的确当时有一个姓尚的人在此消费，

而尚姓在石门除了尚双印家外，很难找到第二家。这个姓尚的人，六十多岁，因为高血压在此消费后，差点送命，确实送到石门医院抢救过，而且人没死，此人无儿无女，孤单一人。

“问题是谁把这传出去的？”

“这还用人去传，人都弄到医院了，不用传，人人都能知道。因为姓尚，人们就误以为是你。”

“是谁最后栽到我头上的？”

“你不要怀疑咱们这些村干部，虽然为工作的事有过吹胡子瞪眼睛的时候，但在这方面我保证没人那么阴险。再说你老尚是啥号人，咱谁不清楚，核心是你一贯就不好这一口。”

“难道有人想以此借题发挥？”

“反正已经传到大领导的耳里了，影响很坏。”

“唉，没办法。有人要传，有人要信！”

“算了，不说了。越描越黑。”

尚双印又来到黄龙铺，问了那里的服务员，才知道是一个外地的姓党的包工头和一个山阳的女人有不正当的男女关系。他心中的确觉得有些好笑。姓党和姓尚差得远了，为什么还有人能把这联在一起？

这件事就这样弄清楚了。虽然看似是小事，但是一片很大的阴影笼罩在尚双印的心头。他没有对人说，也再没有追究此事。只是从那以后，他像换了一个人似的，干什么事都没有了原先的劲头。六十里工业走廊在缓步发展着，县领导也时不时地视察一回，一些部门的领导也到下边基层走走。而最终的真相和假想在人们的传言中相互撞击着，胜负一时还难见分晓。

后来尚双印心宽了，到底时间会证明这一切的。最主要的是只要你走得端，行得正，什么都不怕，什么都没做，就不会有什么。

第四十七章

一年的时间很快就过去了，六十里综合工业走廊的发展并没有尚双印预想得那么快。

由于高层的人事变动，原计划划分给尚双印的西山采矿区，其中一半又划分给了别人。他隐隐地感觉到情况有些不妙。好在这个企业到目前为止，还没有投入大量的资金。一些小规模的服务性的行业正在稳步运行，而且效益也非常的好。按计划，六十里综合工业走廊要全部建成，需投资一个多亿，他是法人代表，意味着后果由他一个承担。所以每走一步，他对投资都相当谨慎，甚至到了谨小慎微的地步，他绝对不能拿国家的钱在这里打水漂。

尚双印心里很清楚，按照目前的形势发展，即使投入两个亿，也不会轻易地陷进去。他每天都在看报，研究当下的形势，耳闻目睹各地的发展势态，总结出了一个发财之道就是：土地、矿产、能源，谁抓住了，谁就挣钱。在这一点上，他丝毫都不含糊。

事实上，到后来才得到了证明，那些乡镇企业老板，个个都是靠这些发家的，什么煤老板、油老板、金老板、房地产老板，哪个都是从土地和矿产资源上起步发家的。

就在尚双印不知该选择走哪条路的时候，他突然从报纸上看到了一则消息：我省某县著名的乡镇企业家刘总，为当地的乡镇企业的发展做出了极大贡献，由他一手打造出来的在全省都有名气的水泥厂，经历过许许多多的风风雨雨之后，效益一直看好，最终成为我省的十强企业之一。该企业从最初的规模小，设备老旧，到后来的更新重建，再到现在的日产量比

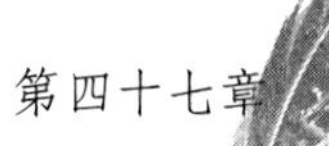

原先的月产量还要大，这一发展，无论从起初规划还是投资建设，直到后来的生产销售，主要都是创业者刘总一人之力。

然而当水泥厂正常运转之后，内部出现了争权夺利。由于刘总年龄比较大，已六十岁的人了，在这场权力之争中败下阵来。他在建设中所投的资金全部都是从银行借贷出来的，但这些欠资由他个人承担。由于经济负担太重，他一时想不开，气愤不过，上吊自杀，当时在社会上引起了巨大反响。

尚双印看到了这则新闻后，自己的心先凉了一半。再加上一些老干部和老朋友时常也和他在一起议论这些事，更是让他的下一步如何走，成为左右为难的事情。

一个老朋友与尚双印倾心交谈。人们都称此人为老学究，他的确很有学识，上识天文，下察地理，对世事有独到见解，一般人有不解之事都来寻他。

老学究对尚双印说："从你所干的事情来看，准确地说应该叫事业，都是为着大家的利益着想。用佛家的话说，你一直以来都是以利他为先。当然不能说你没利过自己，你的利己都是从利他中所得到相应的回报，不会去专门为自己谋私利，更不会为了自己牟取暴利而损害他人。这样的事情，你是做不出来的，这是做人的底线，你通过坚守做人本分而守住了做人做事的底线。你开办的十几个企业的发展宗旨都是为了大家，而不是给个人谋私利，企业所赢得的经济效益都是大家的，具体来说是由杨河的村民共享的，你和金钱打的交道比较少，可以说你就不粘钱。而眼下不同了，你弄那么大的世事，所有的一切都是用金钱铺出来的。而且占有的对象是国家的自然资源和土地资源。虽然这能让你发大财，能让你成为一个无法想象的大富人家。但是你想一想，你是从一个吃不饱穿不暖的时代走过来的人，早年你一心在为大多数人的吃穿着想，你的所作所为都是为了集体的利益。后来你办了砖厂，又成立了杨河企业总公司，你承包的是责任，利益都让大伙分享了，特别是每年替大伙上缴摊派款，群众对你感激不尽，所以大家才亲切地把你叫成'砖头'厂长。现在你又在折腾工业走廊。可你想过没有，在你创办的大大小小的公司里，管理层没有你一个亲人，你虽说有四个儿子，但没有让一个儿子参与到你的企业管理中。六十里工业走廊是一个多么大的构想，而里面竟然没有你的一个知心人参与管理。一且建成之后，它们的命运会如何？难免不会有人对此眼红。那时你把它们都交给谁？会不会和外县的水泥厂的结果一个样？你一心为乡亲们着想，从来没有打造一个家族式企业的野心，或者把村办企业转腾到自己名下，所以在这方面你应该有所考虑。因为从古到今，世事交替，在事业上你已经干到最辉煌了，已经登上了峰顶。你已这把年纪了，该到急流勇退的时候了。你还是多考虑下一代，让给他们看着弄去，他们有他们的办法，有他们的生活方式。在世事交替的洪流中，我们要么推波助澜，要么平淡下去。不管人家世事怎样，我们做个公公道道的自己就行了。省得一些人为了争权夺利，一方面损坏你的声誉，另一方面再设法阻挠你的事业发展，你不会搞阴谋诡计，更没有时间和他们在背后周旋。我相信在这一段时间里，你一定有过很多这样的感受和体味。”

老学究的推心置腹的一席话说到了尚双印的心坎上了。

尚双印心里也是这么想的，可是他一时还拿不出果断的办法。他这时才想起梅劳实他们请来清查组查杨河村账务的问题，他当时根本就没有往心里去。现在想起来，那些人早就在敲山震虎，准备着在六十里工业走廊上做手脚了。

事实上那次查账，以村干部为组长，特地从县审计局请来了五个专业人员，整整查了七个月时间的账。把杨河从砖厂开办以来，一直到十几个企业发展起来后的所有账目全部清查了一个底朝天，光那些财务账表就拉了好几三轮车。经过了七个月的盘查，不但没有发现一点问题，而且在经济上没有发现尚双印有半毛钱的贪污。

账查到最后，只不过增添了这些查账人七个月的清查费用而已。

凡是参与查账的人对尚双印彻底佩服了，就差给他叩头了，并生发出由衷的敬意来，用洛南土话来说，他们对尚双印服得净净了。

在开始清查的时候，一些人还以为尚双印会慌了手脚。在他担任杨河村干部以来，经济方面的事情牵扯到数以千计的事项。除了企业方面的，光修建学校就有三四次之多，最后一次规模最大，耗资最多，成为一些人怀疑的焦点。出乎意料的是，在尚双印把全部的账务交到清查组之后，只要了一个证明材料，证明历年来的所有账目由清查组保管，丢失责任问题交割明白。

此后的七个月，尚双印从没有和他们打过照面。

等结果出来后，人们似乎对此事已经淡忘了。只有那些别有用心的人心里极为不舒服，但又不能不去相信这个结果。这些账表要一吨多重，来回搬运不方便，那些人一怒之下，拉到了砖厂，一把火烧掉了。

尚双印知道后起初还很生气，但后来想了想，他们胆敢焚烧账务，只能证明我在这方面没有什么把柄可拿，这一点他心中本来就是有数的，所以他就不再与他们计较，也不再为这件事纠结了。

杨河村的账务经过审计后，被县审计局评为全县审计优秀单位。

不觉三年过去了，六十里工业走廊还是没有全面建成。一些服务性的行业收入可观。再加上黄龙这一带的钼矿开采达到了空前的高峰时期，在管理上自然也出现了前所未有的一些混乱。无论是集体企业还是私人企业，都以这样或那样的手段占着矿山开采权，而矿产所在地的村上干部之间也出现了明显的帮派之争。

这一切都不利于尚双印的计划再继续实施，并向前发展。

因此原本修建的四大选矿厂，一个都没有开始投产。

是进是退，把尚双印夹在两难之中。到目前为止，可以说他的事业到了如日中天的地步,那些来自方方面面的打击让他的思想方面有了些松懈。一部分人建议让他把六十里工业走廊一鼓作气地拿下，就是一两矿石都不加工，单就那些土地和矿产手续一倒手，就让他发财发得天高地厚了。另一部分人劝他急流勇退，适可而止，多半辈子了都为公为民，不要在最后丢掉了自己的半世清名。

除了这件事，依他的能力，在别处发挥，为自己谋点事情，完全有可能干成别的一番事业。

就尚双印内心而言，他比较倾向后一种思维。他静下心来思考了好久，他想自己家原本是一个讨饭的出身，能在这个地方发展得让石门当地人民认可，让省市县以及国家最高部门和国务院认可，他觉得自己已经十分满足了。

至于以后的事情，走一步看一步吧。

世事这么大，需要他干的事多了去了。

一想到这里，尚双印的心就开朗了许多。

第四十八章

进入冬季，村上的事情相对少一些，尚双印每天都坚持看报纸和电视新闻，了解国家政策和社会发展动向。分析这些政策会在农村起到怎样的作用，思考农村当下发展的长处和不足。

尚双印把他的所思所想，都一一地记下来，写成日记。

尚双印看到报刊文摘上的一个故事，说是在古代，有人向董遇求教，董遇不肯教，只说必须在这之前先读百遍。意思是读书一百遍，它的意思自然显现出来了。求教的人说苦于没时间。董遇说应当用三余勤读。有人问三余的意思，董遇说冬者岁之余，夜者日之余，阴雨者时之余也。意思是说冬天是一年的农余时间，可以用来读书；夜晚是白天的多余时间，可以用来读书；下雨的日子一年四季都有余的时间，都可以利用起来读书。

这个故事让尚双印很受启发，心想说不定哪一天就能用得上。

除非有特别要紧的事情与重大活动顾不上以外，尚双印差不多每天坚持都在看新闻学时事。

尚双印预感到国家对农村的政策将会有一次重大调整。

1997年7月，省委省政府新换了主要领导人。新的一届领导班子上任后，对陕西省的经济社会发展的现状开展调查研究，体察民情，紧接着召开了一次厅局级以上的干部会议，畅谈了改革开放以来陕西经济社会发展所取得的煌煌成就，当前存在的主要问题以及下一步到底该怎么办。会议围绕这一主题进行讨论和研究。最后得出的一致意见是，影响陕西的经济社会发展的首要问题是体制的问题，针对这一问题，省政府出台了“两个决定”，为陕西的经济社会发展注入了新的活力。

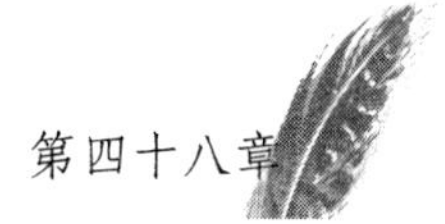

随着省政府的“两个决定”的实施，洛南县根据上级的指示，也提出了放开搞活国有企业，大力发展非公有制经济的决策。在洛南掀起了一场国有企业承包和拍卖的热潮。全县大小企业和供销合作社等，一时间都成了以私营为主导的产业结构。

从此，农村经济也发生了天翻地覆的变化。

杨河村办企业是洛南县内最大的村办集体所有制企业，随着私有的划分，一场轰轰烈烈的企业拍卖行动在杨河村如火如荼地酝酿之中。为了公开有序地搞好体制过渡，杨河村成立了杨河企业改制小组，小组的成员主要是村上的干部和区镇上的领导以及主办干事。

时间是从 1998 年 2 月 22 日到 1998 年 5 月 22 日，期限为三个月。现将当时改制的材料公示一二。

公　告

第一号

为了明晰企业产权，民主、公开且有组织搞好这次企业改制，确保此项工作顺利进行，经支部、村委会研究讨论，决定成立杨河企业改制领导小组，并发布公告，制定企业改制方案和实施办法。

公告内容如下：

杨河村广大村民：

杨河企业公司及所属企业，经过了几十年的风风雨雨艰苦创业，采取滚雪球的办法才发展到了今天的这个规模。为配合企业改制，村党支部、村委会、企业总公司决定，从 1998 年 2 月 22 日到 1998 年 5 月 22 日结束，三个月内，杨河村任何村民和社会各界人士都可以到公司举报、查账、询问。如果发现企业领导或业务人员贪污人民币 1000 元，并且证据确凿，公司奖励查报者人民币 500 元。欢迎每个村民参加。

杨河企业改制领导小组

杨河企业总公司

一九九八年二月二十五日

《杨河企业改制方案和实施办法》内容如下：

改制方案与方法：拍卖、入股、责任制

改制类别：（1）拍卖企业：杨河化工厂、杨河加油站、杨河锅炉厂、杨河浴池、杨河大楼前门面房。（2）股份制企业：杨河钼选厂、杨河大楼。（3）集体经营企业：杨河砖厂（实行目标责任制）。

拍卖范围和价格：（1）杨河化工厂（杨河大楼南大院，包括门面房十二间，餐厅七间，车间四间及院子）定价人民币三十万元。（2）门面房八间，允许将现房地基向东移五米，但在公路未拓宽，房子未改建时，不得自建任何建筑物和堆放杂物。需要修建时，房地基不能超过公路路基的三十公分；房屋高低不能超过两层。房屋四至：北至加油站院墙，南至现房根基，西至公路，东至现房基向后五米，但滴水在内。每间房定价一万一千元，一房或两房不单间出售。浴池间（包括现在的锅炉）：定价六万六，其他条件同上。（3）加油站（包括现有物资和器材，四至为南北均至院墙，西至公路，东至加油站房屋地基），定价人民币二十八万元。（4）锅炉厂定价两万元。

拍卖方法和条件：（1）拍卖采取先报名，交报名费三百元，再按所买的企业定价的百分之十的现金作为押金，方有资格参加拍卖，但参加拍卖者必须是杨河的村民。（2）在卖到自己所报的企业后，再交所定的其价的百分之十现金，剩余部分与企业公司法人协商债务取得担保后，方可经营。中途退让者，可从押金中扣除百分之十的违约金。（3）参加拍卖的人员必须遵守拍卖规定和纪律，无论是买到者，还是未买到者，三百元报名费将不退还。（4）门面房、浴池按基价的百分之十提交，方可有权参加拍卖，拍卖给任何人都必须当面交清全部金额。（5）所买企业无论交清金额与否，都要向公司缴纳企业所拍卖价格（化工厂百分之二、加油站百分之一）的管理费。每年一次，时间为当年六月份。

股份企业制：杨河钼选厂、杨河大楼，采取入股办法，每股三万元现金，面向社会，股份多少不限，改制后由股东推选董事长，在工商行政管理部门注册登记，更换企业名称。

集体经营企业：杨河砖厂，由于遗留问题，可采取集体统一经营管理，实行日标责任制，每年除给付生产小组根据合同所订的租金外，还必须负

担杨河村民的部分摊派款，不足部分，将由村民和企业干部协商解决。

拍卖大会上没有拍卖的企业，可交回原公司自行安排。

鼓励兴办个体私营企业，注册资金在三万元以上者，由村奖励一千元；注册资金在二十五万元以上者，能带动一批困难户脱贫，奖励一万元。

杨河企业公司债权债务的责任：

杨河企业公司债务（农行贷款 321.1 万元，农发行 306 万元，信用联社系统 223 万元，社会同仁筹款 77.1 万元）将由原公司经理尚双印全权负责偿还，决不能让国家的财产损失一分一文，并向全体村民负责，向国家和组织负责。使改制后的杨河企业产权进一步明晰，债务责任进一步明确，全村村民更加放心，相信在“两个决定”的强劲东风推动下，真正使杨河企业在沿着党的十五大路线方针再上一个新台阶，胜利跨入二十一世纪。

杨河企业改制领导小组

一九九八年二月二十二日

杨河村委会集体讨论研究的结果是两条意见：

凡是杨河企业总公司能变卖资产的集中变卖，变卖的钱用来清还外欠账；开办企业的银行贷款，谁贷的拧到谁名下，用等价的固定资产给顶账。尚双印给村办了一回企业，得到的回报是县农行八百七十万元的贷款由他来偿还，宏盛大楼和化工厂分给他来顶八百七十万元的债务。

这就是尚双印带领村民致富最后得到的回报，他没有任何怨言，因为这是村委会班子研究决定的，谁贷的款，谁负责偿还。后来通过和银行协商，银行让他拿出一百万，贷款的事情算是过去了。

第四十九章

受人敬重但却被人们渐渐忘却的全国劳模尚双印，过得充实而有意义，并且绽放出独特生命光彩的晚年生活，确定会给我们周围那些因为不注重晚年生活而活得无聊、落寞、孤独、郁闷、消极甚至绝望的高龄人群带来极为有益的启示。

2005 年，担任了近四十九年村组干部，其中担任村长支书三十八年的尚双印把他培养的年轻干部推上任后，自己主动从支部书记位置上退了下来。

这一年，尚双印六十七岁。

晚年怎么过又成为摆在尚双印面前的一个重大课题。

我们洛南当地人对普通人的生命运行过程有一种习惯说法，叫五年六月七日八时九后晌，意思是说人的身体随着岁数的增大而逐渐衰老，五十岁的人身体一年不如一年，六十岁的人身体一月不如一月，七十岁的人身体一日不如一日，八十岁的人身体一时不如一时，九十岁的人身体一晌不如一晌。

要用这种说法来理解，六十七岁的尚双印已处于一月不如一月的年龄段，退休就意味着养老，就表示他忙活了大半辈子，事业辉煌，风光无限。按理说，他有干部退休养老金和劳模补助金，加之子女都事业有成，日子都过得顺风顺水，不用他再操心，他完全可以和其他老年人一样，舒舒服服地安享晚年。

可尚双印不想过那种晒晒太阳、打打小牌、背着手从村头踅摸到村尾的无聊的日子，或者替儿女照看孙子孙女，享受天伦之乐。那是多数老人

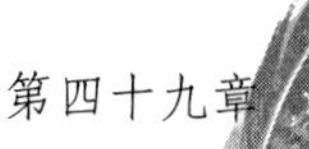

晚年在过的日子，但不是他想要的晚年生活。这也不是尚双印为人处世的风格，他不会因为老了，没有奔头而无所事事，坐着等待终老天年。

尚双印觉得社会如此美好，年龄还不能让他老去。

世界卫生组织经过对全球人体素质和平均寿命进行测定，对年龄划分作出了新的标准，将人的一生分为五个年龄段：1. 未成年人：0 至 17 岁；2. 青年人：18 岁至 65 岁；3. 中年人：66 岁至 79 岁；4. 老年人：80 岁至 99 岁；5. 长寿老人：100 岁以上。

另外还有这样一个新版本，联合国卫生组织确定新的年龄分段：44 岁以下为青年人，45 岁至 59 岁为中年人，60 岁至 74 岁为年轻老年人，75 岁至 89 岁老年人，90 岁为长寿老年人。

尚双印相信当代人确实在年轻化，和二十世纪相比至少年轻二十岁。

尚双印相信联合国卫生组织对人生命阶段的最新划分，他认为自己目下尚且还是中年，年富力强，正能干事。

尚双印幽默地说他得感谢联合国，虽然这辈子没能在联合国拿到个什么奖，但联合国却让他的青春失而复得。

尚双印越来越相信人老与不老是心态问题，而心态来自心灵所能承受生命的限度。历经过苦难岁月磨砺和人生摸爬滚打锻造出来的他依然思维活跃，思路清晰，精力充沛，干劲十足。他要让他的晚年活出第二次响声来，他要实现他卸任后心中一直在酝酿着的另一个梦想。

尚双印认定一个道理，人活着就得干实实在在的事情，干有益于他人和社会的有意义的好事情。国家富强是靠实干精神干出来的，家庭富裕同样是靠实干精神干出来的。

尚双印的人生哲学用一个字来表述，就是干；用两个字来概括，就是实干。他就是凭着实干这一个坚定信条，让在别人看来不可能干成的事情变为了可能。他干村里的事，干社会上的事，干家里的事，他就是要从能够干事起一直干到退休，退休后还要接着干，直到干不动为止。

人活一天，就要干一天的事，就要尽到一个农民的本分。尚双印一贯崇尚土地的奉献精神和黄牛默默无闻的劳动精神。常言说，七十二行，种粮义长。尚双印躬身劳作，在儿孙们进城各自发展自己的事业后，他与老伴儿利用半机械化的方式耕种着全家二十四口人的四十多亩责任田。为了种植好绿色食品，他在家里养了八头牛，用牛粪作肥料，种出来的粮食和蔬菜不仅味美，而且环保无害。虽然在食品令人不安的今天，这是一件微不足道的小事。但他认为，如果人人都能做到己所不食，勿食于人，都不为个人利益去弄虚作假，社会上就少了许多担忧和恐惧，人与人之间就不会因为失去底线地追逐名利而陷入互害的模式。

古之学者为己，今之学者为人。即古人学习的目的是为了提高自己，现在的人学习是为了炫耀给别人看。尚双印是一个勤于学习，善于思考的人。他有一句口头语是不读书不看报，国家大事不知道。他特别关心国家大事和国际时事。平时不管再忙，每晚必看新闻联播对他来说是雷打不动的惯例。读书、看报、思考使他的见识远远在别人之上，独到的见解往往能贴近现实生活。所以在退休后短短的几年里，勤学善思的尚双印一直奉行古人的教诲，坚持活到老学到老的学习习惯，一如既往地关心时事政治、国家大事和世界动态。继续坚持记笔写心得的习惯，他一生记笔记写感悟三十七本，共计一百一十五万字。

农村的现状引起尚双印的忧虑。

二十世纪七十年代，条件差，没粮吃，没钱花，大伙的干劲足；现在的物质生活是要啥有啥，人反倒活得劲头不足，怨声载道，由浮躁变得狂躁不安，打架斗殴和赌博欺诈的事情多了，相互宽容，扶弱济困的事情少了，为鸡毛蒜皮的事情斤斤计较甚至大打出手的事情多了。年轻人在丰厚的物质面前除了尽情享受之外，无所适从，道德在滑坡，信仰在缺失，精神世界被物质欲望挤占，人们的欢声笑语少了，唉声叹气多了，这都带给他新的思考。在一个什么都不缺的年代，占有物质很难再刺激人们的感官，并获得长久的满足。在新时代，比起金钱和物质，更重要的是精神层面的充实感，从实物中获得的满足感只能持续很短时间，而从中国优秀传统文化和世界经典中获得的思想启迪和精神享受，将会永久地入驻人们的生命与灵魂。

有一天，尚双印站在家乡北平塬上极目远望，发现昔日硕果累累、五谷丰登的大面积良田今日荒草丛生，荆棘遍野。那些砖墙瓦舍不见了，代之而起的是座座小楼，马路明亮宽畅，广场雕栏如在画中。然而昔日那万家灯火的景象已不复存在，生活在空寂的村庄里的空巢老人和留守妇女感

到不安、恐惧、孤单、无聊。他的心中感到了一阵深深的疼痛。

历经过沧桑世事巨变的尚双印发现农民富了、农业强了、农村美了，可身在福中的乡亲们的日子却过得普遍不够幸福，整天唉声叹气。多数青年人言语粗俗，了无教养，心灵空虚，灰色的精神现状影响到对人生价值的追求。大人小孩只认钱这一样东西。仁义礼智信等优秀传统文化受到嘲弄，甚至被年轻人所唾弃。这一普遍现象困惑着人们的心灵。问题的根源在哪里呢？尚双印在思考，在调研。历经过人世沧海桑田变化的尚双印思考出了问题的症结所在，是农民的文化素养和精神素质没跟上时代发展的需要。

一切的一切都是因为金钱物质和精神文化发展不平衡造成的。尚双印找到了问题的症结，是人文素养的缺失，思想和道德的滑坡，灵魂无处安放，精神无所寄托。用一句话来概括，就是丰富的物质生活和匮乏的精神生活失去平衡，甚至脱节，让人活在幸福中，却感觉不到幸福。要想解决这一问题，只有从文化建设着手。让圣贤精神、天人合一、仁义礼智信等中华民族的优秀传统文化重新回到人们芜杂的心灵，滋养人们的精神世界成为当务之急。

尚双印有了新思路。

六十七岁之前，他带领乡亲们广种粮食、挣钱发财，获取物质利益。七十岁之后，一辈子爱在土地上折腾事情的他要做文化事业，要一心一意地给乡亲们提供优秀传统文化食粮、精神产品和道德教化。尚双印这位故土情节深厚的老农民要尽自己的力量来呼唤传统道德文化的回归，也就是通过立德来夯实道德基础，通过尚德来实现道德引领，通过遵德来推动道德实践，通过载德来建设道德诚信，通过润德来培育道德风尚，通过弘德来传承道德文化。尚双印认识到源远流长的中国传统文化能用来为失去精神追求的人们提神招魂，解忧去烦，洁净心灵，治愈精神创伤，重塑文化自信，提升人文素养。

经过一番酝酿后，思路清晰了，目标明确了，主意确定了。尚双印决定要为改变农村这种令他忧虑的局面尽一份自己的力量，用当年为社员解决饥饿而广种粮食和解决花钱问题而开办砖厂的雄心壮志，来开创他人生的第二次辉煌事业。

尚双印要建造一座文化家园，要为村民饥渴的心灵提供多元化的精神食粮，要让他们用传统文化来修身养性，开启心智，让他们在阅读中以文化人，从而形成自己独立的价值判断，追求有意义和有价值的人生。

规划设计出来后，2013 年起，尚双印先后投资二百万元，在自家的房舍周围开荒平地两千平方米，动工修建文化家园。三年后，尚双印建成大小厅堂七十六间。集读书堂、农家书屋、道德讲堂、孝善堂、圣园堂、学古诗院等板块的气气派派的尚双印文化家园展示在世人眼前。

尚双印文化家园从大的方面来说共有三个区域，第一个区域为读书堂和农家书屋构成的读书区域，内存古代文化经典和适用农民阅读的各类图书三千余册。第二个区域为圣园堂、孝善堂和学古诗院区域，其内分别供奉花岗岩材质的老子、孔子和仓颉塑像，二十四孝青石碑字画。第三个区域在院落里分别竖立着刻有精美图文的花岗岩石碑三十七块，墙面上镶嵌着大小不等的花岗岩石碑九十八块，石碑上雕刻着历代文化名人的诗词，训诫，志铭。也有老人自撰的人生格言和座右铭。诸如双脚踏遍天涯路，红心印成惊世篇；不信唯心，信唯物，不信迷信，信科学；耕读传家久，诗书继世长等等。

读书堂是尚双印读书学习、思考问题和接待来访者的地方，里面摆放他从北京购回的五十九套、计四百八十六卷国学经典，存放有他的读书笔记和心得体会，悬挂着以励志修身为主要内容的名人字画。

圣园堂的圣殿里敬奉着道家之祖老子、文圣孔子和汉字始祖仓颉。

孝善堂里镶有二十四孝图文的青石牌，以及石东鳌等书法家书写的诸葛亮的《诫子书》和林则徐的处世格言。

道德大讲堂是交流聆听道德故事，领悟道德力量的地方。尚双印利用道德大讲堂开办讲座，宣讲孝德文化，对美化心灵、提升城乡文明、建设美丽乡村有着非常重要的意义和极大的促进作用。

尚双印创办的文化家园，虽算不上宏伟庞大，但园内的一点一滴都包含着他的智慧和爱心，都凝聚着他的无私奉献，彰显了他弘扬中华民族传统文化的愿望和梦想。

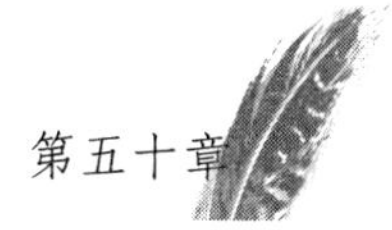

第五十章

自1956年担任西沟初级社会计开始，到2005年从杨河村支部书记兼村委会主任卸任，尚双印整整当了四十九年的村组干部。用他的话说，除了没有村级和联合国的奖状，其余从乡镇到国家的表彰奖励，他都享受遍了。

1988年，尚双印被陕西省政府授予优秀农民企业家称号。

1989年，尚双印被国务院授予全国劳动模范称号。

1991年，尚双印被农业部授予全国乡镇企业家称号。

1992年，尚双印主政的杨河村被陕西省委、省政府命名为小康先进村。

1993年，尚双印被陕西省政府授予优秀乡镇企业家称号。

1996年，尚双印管理的村办企业获得省级信用企业称号。

1998年，尚双印又被陕西省政府授予优秀乡镇企业家称号。

尚双印从第八届到第十四届，连续七届当选洛南县人大代表，从第六届到第八届，连续三届出席省人代会。

尚双印退休后顺应大众创新，全民阅读的新形势，打造的文化家园不图名，不图利，其目的是公益性的投资，就为村民来观看，阅读，接受教育，感化心灵，丰盈精神，更新乡亲们的思想观念，提升思想品位，提高精神素质和人文素养，让农民的心灵跟上时代快速发展的步伐和信息化浪潮。

省市县有关领导前来慰问时，看到尚双印打造的文化家园，深受感动和启发，并给予充分肯定，一致认为晚年的尚双印继续发扬昔日的劳模精神，又干了一件功德无量的大事业，特别难能可贵。同时希望社会各界广泛宣传学习尚双印的先进事迹、优秀品质，推动全社会进一步尊重劳模、关心劳模、学习劳模，使劳模精神不断发扬光大。要不断继承和发扬劳模精神，争当劳模，为经济社会发展多做贡献。特别是老年同志要借鉴尚双印的晚年生活经验，身退心不退，最大限度地发挥余热，为当地经济社会发展和文化繁荣出谋划策、贡献力量，让各自的晚年活出不一样的精彩来。

为了发挥尚双印这位退休老支书的余热，县关工委任命他为石门镇关工委常务副主任。

自 2015 年下半年开始，每天前来尚双印文化家园参观取经、接受文化熏陶、品尝精神食粮的人络绎不绝，节假日访客更是门庭若市。

2016 年 4 月起，石门镇党委政府将尚双印文化家园确定为石门地区青少年德育教育基地。

《商洛日报》2016 年 12 月 29 日社会特刊以《一位全国劳模的晚年》为题报道了尚双印创建文化家园的先进事迹。热心于公益事业的陕西益路人公益服务中心的联络人马永红先生以此文推荐尚双印为陕西爱故乡候选人，题为《尚双印：八旬全国劳模二度创业，只为建设乡村文化家园》，全文引用《一位全国劳模的晚年生活》。

2017 年 2 月 27 日，商洛市关工委召开全市关心下一代工作会议时把尚双印老人树立为“五老”典型，会议期间组织参会人员前来参观尚双印的文化家园，市关工委主任李邦印、副主任刘平、张智贤、张益民及洛南县关工委主任孙宝山一行四十余人参观后，对尚双印所干的功德无量的事业啧啧称叹。

2017 年 3 月 28 日，省关工委主任、省人大常委会原副主任李天文、省关工委办公室副主任林炜、市关工委主任李邦印、副主任张益民、张智贤等一行来洛南调研时，参观了尚双印文化家园。对尚双印老先生身退心不退，继续发挥余热，为下一代健康成长贡献力量给予高度赞扬，并要把尚双印的事迹在全省发扬光大，让外地学习借鉴，号召全省“五老”发挥好作用，为青少年健康成长做出新的贡献！

洛南在线 2017 年 7 月 25 日以图文并茂的形式宣传报道了尚双印文化家园。报道者采访结束离开时，正是傍晚时分，回望沐浴在晚霞里的文化家园，心生慨叹，情不自禁地赋诗一首：

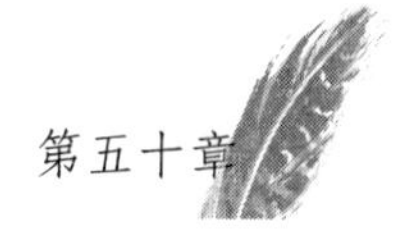

夕阳无限好，霞光射万道。

杨河出盛景，北坪塬上造。

文化家园建，育人第一要。

劳模精神传，万世仰师表。

《金秋》2017 年 10 月以《尚双印：文化家园一老翁》为题报道了尚双印创建文化家园，让当地人受益的真实情怀。

2018 年 1 月 27 日，陕西乡村振兴论坛暨 2017 爱故乡年度人物颁奖典礼在西安隆重举行。尚双印作为来自三秦大地九个县市的十二位爱故乡年度人物之一受邀出席会议接受表彰。在年度人物故事分享会上，每人只有八分钟时间。尚双印用三分钟时间谈了他对十九大报告的独到认识和领悟。用五分钟谈了他爱故乡而实干创业的几件事：一是他率先在洛南创办的杨河砖厂以及后来组建的杨河企业总公司只承包责任，目的是为了带领村民脱贫致富，乡亲们才亲切地称呼他为“砖头厂长”。二是他从村干部的位置上卸任后，和老伴饲养八头牛，用半机械化的方式耕种四十多亩土地，发展绿色农业，试图二次创业，被誉为洛南褚时健。三是针对传统文化流失，道德滑坡造成的农民精神失衡，心灵空虚，生活乏味的现状，2013 年，他又开始全力打造文化家园，先后投资二百万元，在自家房前屋后开荒平坡两千平方米，修建大小厅堂七十六间，集读书堂、农家书屋、圣园堂、孝善堂，道德讲堂、学古诗院等板块的“尚双印文化家园”展现在世人面前。

尚双印说，在中国，即便你是一个农民，无论你年龄多大，不能虚度时光，你一定要有所追求，有所作为。你在坚守农民本分的同时，还要心怀天下。比如在农村，扶贫就像当年的计划生育工作一样是重中之重，中央号召 2020 年农村贫困人口全部脱贫，他的切身体会是，这不光是要脱物质的贫，还要脱精神的贫，二者都脱了贫，才是真正意义上的脱贫。

士不可以不弘毅，任重而道远。有志者不可以不心胸开阔，意志坚强，因为肩上的担子沉重，而且道路遥远。尚双印认识到要成为新时代有威望的新乡贤，既要有物质储备，更要有精神储备，从文化功能上成为乡村发展的精英，坚守仁义文化和做人本分，践行道德操守，力争开辟出一条契合乡村实际的文化之泉水流淌的新渠道。

习近平说，让愿意留在乡村、建设家乡的人留得安心，让愿意上山下乡、回报乡村的人更有信心，激励各类人才在农村广阔天地大施所能，大展才华，大显身手，打造一支强大的乡村振兴人才队伍。尚双印在仔细琢磨习近平总书记的讲话，他会积极响应习总书记的号召，面对新时代信心十足，他要为农业强、农村美、农民富的乡村振兴战略做出自己的新贡献。

而今，进入八十岁高龄的尚双印老人，他身体健朗，声音洪亮，目光炯明。他常说他是一个小人物，小人物就要实事求是，说一不二，实实在在地干点小事，小事干多了，利家利民利国，就成了大事。他还说文化家园是大家的，有待大家进一步来完善，让更多有识之士参与进来，让他授子千金不如授子一德的夙愿逐步得到完善，以便为后世留下宝贵的精神财富。

夕阳无限好，大德可延年。而今八十高龄的有浪漫情怀的尚双印为他创建的文化家园成为北坪塬上一道美丽风景线感到骄傲和欣慰，为他的晚年在美丽的北坪塬上打造的文化家园感到无比自豪，为文化家园进一步的完善所做的坚持不懈的努力而欣慰不已。他兴致大发时，用两句诗来描绘如今的北坪塬：今看北坪塬，乡村赛江南。

恪守本分的意义

——《本分》后记

这是我生命历程中所写的第七本书。

任何一本书都需要一个名字，就像遍地的草木一样，再卑微的小草也有自己的不起眼的名字，也都有一滴露水可顶。

我不会执拗地专门为一个好书名去写作，但我坚信一本书一定得有一个好书名。恐怕没有谁愿意给一个接受过孔门四科良好教育的儒雅的君子取一个粗俗的名字的。

给这本书取名让我颇费了一番心思，比以前所写的任何一本书都费劲。我一般不用人名和地名为我的书取名，我的书名大多是我的书想要表达的主题，也是当代人特别关注的热点。

《本分》这个书名最早是和我有心灵默契且能进行灵魂交流的文友李太山提出来的，本书主人公在与我交谈时无意中也流露出这层他自己不曾意识到的意思。我认为这个书名倒是很贴切，很合我的心意，但不怎么起眼，我只是答应可以考虑考虑。

因为我想给这本书取一个奇特又别致的名字。我受到人本主义哲学的影响，想给这本书取名叫人本，目的就是想要思考一下人在当下躁动不安的社会里活着的本质意义到底是什么？怎样活着才不仅仅是为活着而活着，才是活着之上的真正有意义地活着？就是说人怎样才能弄明白人就是人，人如何才能活成人的样子。以及人为什么受功名利禄的诱惑而失去人应有的尊严，人为什么不愿和不能坚守做人的本分，更不愿去做力所能及的本分事，而是在煞费苦心、发癫发狂地追逐德不配位的虚妄之事。这个名字基本确定后，著名作家贾平凹老师的第十六部书写秦岭本质和本来面目的长篇小说《山本》出版了，尚且有一点自知之明的我就悄然枪毙了我这个已经确定好的名字。

我最终决定采纳太山的提议，用“本分”作为该书的书名。加之细嚼慢咽过诸如《吃茶去》《本分事》和《石头出汗吗》等一些禅门公案后，更加觉得这不起眼的名字是这本书再合适不过的名字。因为我从出家人一心修行，守一不移，讲经说法，普度众生的智慧中得到领悟是，人生的意义有时候就在于恪守住了本分，所以俗世中的人在衣食无忧后都要本本分分地做好自己的本分事。

为什么要写这本名叫《本分》的书呢?

作为书写现实的写作者，我主要叙写两种现实：一种是生活中应该有却没有的现实，另一种是生活中不该有却着实普遍存在的现实。

我发现两种现象形成明显的反差。

我耳闻目睹到我周围有不少人越来越不愿意恪守本分，更不愿意做自己力所能及的本分事，主要有以下几种表现形式：

其一是不清楚做人的本分到底是怎么回事，把愚痴和无明当脾气和本事耍，本该知道的知识不知道，本该明白的业务不明白，本该懂得的事理不懂得。而且不知道得理直气壮，不明白得大言不惭，不懂得得毫无羞耻感。难怪说世间最可怕的人不是小人，也不是坏人，而是无明的人。

其二是有了失误和错误常常不肯认错，总认为自己才是对的，害怕认错丢面子并承担责任，自己错了都说是别人的错，总要在对方身上寻找原因。

其三是以我为大，过高估计自己的能力，自大得不能看低看平自己，整天抱着不切实际的幻想，有的人甚至死抱石头能出汗的妄想，认为自己什么都能干，干得努力认真，结果一事无成，还不能觉悟。违背了老子说的企者不立，跨者不行的道德智慧。而事实上企者和跨者都是染上了心魔，他们对自己追求的东西或者事情有着强烈的憧憬，高远的目标，宏大的志向，却不具备实现这一理想的条件，而为了满足自己的所谓的理想，不顾客观实际，能力不足，修养不够，硬干蛮干，甚至用歪门邪道弥补能力的不足，最终得到的结果就是企者不立，跨者不行，难以长久，甚至事与愿违。

其四是消费与享乐主义盛行的今天，把金钱和权力当作衡量人生价值的唯一标准，取代了君子爱财，取之有道的传统道德观念，被功名利禄迷惑了初心，忘记当初出发时的本心，不择手段地追逐权力和名利，失道失德，甚至失去理性，突破道德底线，什么事情都敢干，干什么事情都失去道德底线，甚至泯灭人性，沦为彻头彻尾的挣钱消费的工具和无度享乐的经济动物，有的人甚至被折腾成演技相当差劲的演员，最终使人与人之间的关系陷入互害模式。

而本书中写到的主人公尚双印是一个地地道道的农民，他不受商品经济大潮的冲击，不受城市化进程的影响，在外表越来越华丽半商半农的乡村里，成功地恪守住了自己的本分，心甘情愿地在土地上本本分分地坚守了一生。尚双印认为人的生命和能力都有限，一生干不了几件事，在土地上坚守就是他永不动摇的本分，他主要做了三件本分事：先抓粮食生产，让饿怕了肚子的群众吃饱饭；再带领群众创办乡镇企业，解决群众缺钱花的问题；如今又在令人振奋的新时代里，以新乡贤的身份，创办文化家园，传播中华民族优秀传统文化，满足群众的道德修养和精神需求。尚双印说：人活一生，不管是干啥的，本分是最基本的，也是一个人做人做事的底线。你仔细想一下，凡是出事的官人们，哪一个是守本分的？哪一个真正知道自己是谁？一顿能吃多少饭？一辈子能吃多少粮？没有吧，要是明白这个道理了，就都不会有事了。尚双印一生的所作所为正好印证这个人的本分、本真和本心，也是这个人活出了生命最本质的东西，说成根本也行。他明白孔老先生说的君子务本，本立而道生。意思是说君子也应该是以做人之道为本，只有本立了，人间的道德才能产生。他还明白只有坚守本分的人，才能不忘初心，方得始终。他叹息说，那些出事的贪官们，哪一个在坚守做人本分？他心中先想的是他人与社会，其次才是自己，因为一生恪守本分做人，做本分事而活出了生命的成色。尚老如今八十多岁了还在干事，他说人只有一生，因此活多久，就要干多久。

这是尚老人一个人活着的本分的理解。

就是这样的反差促使我写这本名叫《本分》的书。

现在就来说一说本分和本分事吧。

关于本分的真实含义，词典上的详细解释有五点：一是本分亦作本份，本其一定之分也。其二是 本人的身份地位。其三是安分守己，肯守本分之意。

其四是本身分内的意思。其五是 指本身分内的事。而本分的近义词为天职、安分、分内。本分的反义词为分外、非分。

而在现实生活中，本分的常用之意有三：一是自己本身应尽的责任和义务；二是属于自己实际职责的事情；三是安于自己所处的环境和责任。本分在当下有三种含义：一是指隔离外力，在平常的心态下，把握住应该做的合理方向。二是指与人合作时坦诚沟通，平等互信，互利共赢，合作发展，成为健康长久的合作典范。三是指出现问题时，首先求责于己的态度。

小时候，父母教育我们做人要善良本分。

上小学时，老师给我们讲过，工人爱机器，解放军爱枪和炮都是本分事，农民种地打粮也是他们的本分事。

后来走向社会，有了自己的朋友。关于交友，人们常说的一句话是帮你是人情，不帮是本分。

到单位上班后，领导讲不管你心里咋想的，你可以有自我有私心，但前提是要安守本分，做好自己的本职工作。

到了知天命之年才明白，本分事是人生一个阶段、一个时期，或者是自己一生中凭自己的道德修养和自身能力必须要做的德能配位的事情，是人生必须要完成的任务，是一个人来到这个世界的唯一目的，整个的人生意义就在于此。简单地说，就是要活明白自己是谁，找到自己最适合、最应该也最擅长的事，把一生中所有重要的精力，所有重要的时间，所有重要的资源，都放在这件事上，以这件事作为生活的轴心，一心一意地去把它做好，尽全力去做到极致，尽全力去做到圆满，尽全力去做到皆大欢喜。

一个人因为想要奋斗，要创新，要干一番事业，可以不安分，但不能不本分，不安分是在本分的前提下的不安分。

一个人的体面是守本分守来的。一个人守住了本分、做好了自己才是真正的体面。有的人以为有钱，别人就能瞧得起自己，这只是有面子，而不是体面。

本分与保守、偏执、故步自封、安于现状、不求上进，不思进取、知足常乐、无欲无求、小富则安、躲清闲，以及安贫乐道是没有关系的。

本分是自性中不受外界影响和诱惑的本有的一种高贵的品质，道德规范和行为准则，建立在仁义礼智信和温良恭谨让基础上的一种正知正见正信正言正行的人文品质。

北大校长说，人要培养两种功夫：一是本分，二是本事。做人靠本分，做事靠本事，靠两本起家靠得住。

著名相声演员师胜杰说，要说好相声要靠天分、缘分、勤奋和本分，其中最重要的是本分。

时寒冰说，跟德国人接触，你会发现，他们会用一生去踏踏实实地做好一件事，一件产品精益求精到像艺术品。

古人为什么要说不忘初心，方得始终。初心易得，始终难守。说到底是贵在坚守本分的问题。

在生活中，我们可能还发现，有时你受别人尊重，不是因为你很优秀，而是优秀的人把对谁都尊重当作一种本分，把尊重领导、同事是本分，属下是美德，客户是常识，对手是大度，强者是欣赏，弱者是慈善，师长是伦常，晚辈是关爱，家人是幸福，同学是缘分，尊重所有人是一种基本教养。

人生的意义就在于恪守住了本分。

其实人人都应该恪守自己应该恪守的本分，都有适合于自己的本分事，难能可贵的是能弄明白自己应该恪守自己的本分，找到适合自己的本分事。我老家商洛西峪河人常说人无论干啥事情，都要耐得下心烦。贾平凹曾说写作要耐烦，光耐得住寂寞不行，耐烦要高于耐得住寂寞。

而耐烦的人一定是能恪守本分的人，就是凭自己的修为踏踏实实地做好自己应该做好的力所能及的事情。

悟端大和尚开示世人要做本分事，持平常心，成自在人。

我苦故我在是为谋生。

我行故我在是为谋智。

我思故我在是为谋道。

文学阅读与写作就是我后半生应该恪守的本分事，这条路是否还能走下去，能走多远，我不得而知。但这既然是我一生应该坚守的本分，应该做的本分事，我只能量力而行地走下去。

最后对我的知心文友李太山为这本书的素材收集与采写，我在此深表谢意。

胡云山，曾用笔名胡涛，陕西省洛南县西峪河人，二十世纪九十年代中期开始业余文学写作，先后在《延河》《百花园》《延安文学》《西安晚报》等报刊发表作品，有作品被《小说选刊》和《小小说选刊》转载。著有小说集《黄牌警告》、散文随笔集《一轮明月》、长篇小说《成携》《一个人的奔走》，编著评论随笔集《从〈成携〉说起》等六部专著。中篇小说《援越战事》入选贾平凹主编的《现场 2011—2012 文学双年选中篇小说卷》。短篇小说《白露来了打核桃》入选《2013 年陕西文学年选》。曾获得《小说选刊》小说笔会中篇小说奖、《小小说选刊》创作奖、《散文选刊》原创散文奖、商洛市山泉文学奖等奖项。2000 年加入陕西作协，陕西作协第三届签约作家，陕西作协百优作家。